小学館文庫

わたし、型屋の社長になります

上野 歩

わたし、型屋の社長になります　目次

第一章　花丘製作所の人々　6
第二章　疑惑　44
第三章　アッコ社長誕生　86
第四章　決別　120
第五章　新しい力　162
第六章　敗北　202

第七章　マニラへ　246
第八章　金型　288
第九章　試し打ち《トライアル》　327
第十章　町工場《まちこうば》　357
解説　細谷正充　408

第一章　花丘製作所《はなおかせいさくしょ》の人々

1

花丘明希子《はなおかあきこ》がプロジェクターのリモコンを操作すると、背後のスクリーンに小冊子の映像が現れた。

「これが、轟屋《とどろきや》から依頼のあったガイドブックの見本です」

明希子の手にはスクリーンの映像と同じ冊子の実物がある。かなり厚みのあるページを、明希子は一同に向けてぱらぱらとめくってみせた。中身は白いページばかりが続いている。

「轟屋の得意先五千軒の飲食店を紹介するガイドブックを、我がダイ通《つう》に制作せよとの依頼です。Ｗｅｂ版も同時制作します」

明希子は言って、ダイコク通信社第一営業局第三営業部のスタッフ一同を見渡した。第三営業部副部長というのが明希子のポジションだ。実際に現場を取り仕切るのは部長ではなく副部長である自分だ。

広告代理店、ダイ通のミーティングルームには、テレビ局や映画会社と制作提携しているアニメキャラクターのフィギュアやぬいぐるみが並び、劇場公開されている時代劇のポスターが貼られている。

「洋酒メーカーは、自社のボトルをお店の酒棚に並べてもらうためならなんでもします。店の看板をプレゼントしたり、従業員が暖簾《のれん》分けされれば立地のよい店舗を探して紹介します。今回の取材先は、どこも轟屋の営業マンが何度も足を運んで、ボトルを置いてもらうようになった上得意ばかりです。ガイドブックの取材は、轟屋の得意先への挨拶回りを兼ねているわけです」

話しながらも、明希子の頭の中を今この瞬間に浮かんだアイディアが目まぐるしく駆け巡る。撮影したお店の写真て、きっとどこも同じようなものよね。ナンバリングをひとつでも間違えたら、店内風景の区別がつかなくなる。そんなことになったら、大パニック！　そうだ、写真管理は綜合発色《そうごうはっしょく》に委託しよう。あそこは自動車のカタログ写真を扱ってる。マイナーチェンジして微妙にボディが異なる車の型番写真が分類できる綜合発色なら間違いないわ。印刷屋のほうはもう決めてる。龍谷堂《りゅうこくどう》がいい。龍谷堂は山田証券の年間印刷経費を二千万円削減した実績がある。そしてもうひとつのプランは――

定刻通りにミーティングが終了すると、明希子は部下の佐々木理恵《ささきりえ》を呼び止めた。

「あなた、これ、中心になってやってみる?」

明希子の言葉に、理恵の表情がぱっと輝いた。

「は、はい!」

二十九歳の明希子より理恵は二年後輩だ。彼女にとってこれは飛躍のチャンスになる仕事だろう。

「よろしい。じゃ、今夜、時間空けといて。轟屋のお偉方に紹介するから。赤坂あたりで、ホルモンのおいしい焼肉屋さんを探して予約しといてくれる? 好きなんだ、向こうの部長が」

「分かりました。でも、アッコさん……あ、花丘副部長……」

「アッコでいいよ」

明希子は笑った。

「アッコさん、大丈夫でしょうか、わたしで? 務まりますか?」

「ねえ、理恵ちゃん、マーケティングマネージャーにとっていちばん大切なものはなんだと思う?」

「やはり人望ではないでしょうか？　多くの人たちのサポートを受けることは、その人が人材として優れている証《あかし》だと思います」

「それは間違いじゃないよ。でも、やや古い考えね。マーケティングマネージャーにとっていちばん大切なものは判断《ジャッジ》と運《ラック》よ。そして、そのチャンスを理恵ちゃんはつかんだわけ。ね、一緒に頑張ろう」


その夜、TBS近くにある焼き肉屋で轟屋の営業部長と食事した。営業部長は、本件の実質的な担当者である若い部下一人を伴っていた。その後、スナックに流れ（理恵と明希子もリクエストに応じてカラオケで歌った）、今、自分たち二人は地下鉄の駅に向かって外堀通りをぶらぶら歩いているところだった。日枝神社の上に夏の終わりの月が浮かんでいる。

「轟屋の部長、あなたのこと、ジトッと見てたね」

「ひゃ」

「ま、気に入られたってことなんだからイイんじゃない」

そう言ってから明希子は理恵の顔を見た。

「全国五千軒もの飲食店を一挙に紹介するガイドブックは前例がないの」

改めて口にしてみたことで、明希子は身体の奥がふつふつと熱くなってくるのを感じた。

「わたしたちが、それをやる」

「はい！」

理恵も力強く返事をした。

その時、明希子のスマートフォンが鳴った。

「ちょっとゴメン」

なあに？　せっかく決意も新たに二人して闘志を固めてたのに、と思いながらショルダーバッグからスマホを取り出す。

「もしもし」

「あ、アッコちゃん！」

「……お母さん？」

母、静江《しずえ》の声だった。

「すぐ来て！　お父さんが大変なの!!」


病院の廊下は常夜灯のみが残され、薄闇に包まれてひっそりとしていた。それとは対照的にガラスの向こうのＩＣＵは煌々《こうこう》と明るい。そこには白いカーテンに囲われたベッドが幾つか並んでいた。そのひとつに父の誠一《せいいち》が横たわっているのだった。

「お父さん、頭が痛いって倒れたの。それで、あたしが救急車を呼んで……」

静江が言った。

明希子は静江の隣で言葉もなく立ち尽くしていた。

「花丘誠一さんのご家族ですね」

若いナースに声をかけられた。

「医師がご説明いたします。こちらにどうぞ」

静江と明希子は廊下の先にある一室に案内された。

そこには四十代のガッシリとした体軀《たいく》の医師がいて、「松尾《まつお》です」と名乗った。

松尾はX線やCTの画像が映し出されたモニターを二人にも見える角度に向けた。

「脳出血ですね」

明希子の背中を冷たいものが滑り落ちた。

「しかもかなり危険な状態にあります」

〝危険〟という言葉に、明希子が声を上げそうになった時、

「……た、助からないんですか!?」

隣にいる母が声高《こわだか》に訊《き》いた。

「まあ、落ち着いてください」

松尾がなだめるように言った。そうして、患部は左脳の前頭葉で、広範な出血が見

られること、毛細血管から滲《にじ》み出たと思われるが、そうなると手術は困難で、止血剤を点滴に注入して経過観察したいと説明した。

「あの、手術はできないんですか？」

思わず明希子は発言した。

「ええ」

その返事に、今度は静江がむきになったように、

「どうしてですか⁉」

「毛細血管の手術は最悪の状態になった時です。そうして、その時は命を取りとめたとしても、社会復帰は困難になるでしょう」

静江も明希子も黙り込んでしまった。

「今夜は仮眠できる部屋を用意します。そこかＩＣＵの前で待機していただけますか。容態が急変した場合はお知らせします」

「急変……した場合は、どうなるんですか？」

母の声はさっきまでの勢いを失い、震えているようだった。

「開頭手術になります。しかし、それは申し上げたとおり最悪の場合です」

明希子の胸に〝命を取りとめたとしても、社会復帰は困難になる〟という松尾の言葉が突き刺さった。

「いずれにしても右半身に麻痺《まひ》が残ると思います。覚悟してください」

静江と明希子が先ほどのナースに案内されたのは、畳敷きの小部屋だった。隅のテーブルに院内電話がある。

「お父さんが駄目だったら、会社どうしよう……」

母がぽつりつぶやいた。

「駄目って？」

「助かったとしても、社会復帰できないんじゃあ……」

「それは最悪の場合よ」

明希子は強い口調で返した。

「最悪の、い、い、場合は!!……」

静江が大きな声を出して、突然言葉を詰まらせた。そうして今度は噛《か》み締めるように、

「……最悪の場合は、死んじゃうんでしょ」

死ぬ――死ぬって、お父さんが？

想像もしなかったことを突然目の前に突きつけられて、全身が粟立《あわだ》った。

「ねえ、お母さん、しっかりして」

明希子は声を絞り出した。

「そんなわけないでしょう。お父さんが死ぬなんて、そんなこと」

ふいに、母がすがるように明希子を見つめてきた。

「アッコちゃん、そうなったら、会社をあなたが継いで」

「……え？」

思いもかけない言葉に、明希子は息を呑《の》んだ。

「なに……なに言ってるのよ」

「だって……」

静江がくぐもったような声を出した。

「お母さん、少し眠ったほうがいいよ」

明希子は押入れから仮眠用の布団を出して、敷いた。静江がくずおれるようにそこに横たわった。

明希子は静江に毛布をかけてやった。目を閉じた母の頬を涙が伝った。明希子はそれをぼんやり眺めていた。


会社というのは、誠一が経営する花丘製作所《はなおかせいさくしょ》のことだ。明希子の実家は東京の下町、墨田区吾嬬町《あずまちょう》で金型《かながた》の受注生産の工場を営んでいる。従業員は三十名とちょっとのはず。けっして大きな会社ではないが、父は、「日本のモノづくりは、金型産業でもっている」というのが口癖で、気概を胸に働いていた。

ずいぶん工場に行っていないな、と明希子は思った。

大学を卒業すると間もなく、工場の近くにある実家を出て、独り暮らしをしていた。小さな工場が密集する吾嬬町は、よくいえば人情に厚い土地柄だったが、若い明希子にしてみれば、生まれ育ったそうしたコミュニティーからいちど離れてみたいという思いがあったのだ。

町に住む人々は誰もが顔馴染《かおなじ》みだ。隣近所は夕べの晩ご飯のおかずがなんだったかさえ、知っているようなところがある。まさか、自分がデートした相手の数まで知らないだろうな、と明希子は思ったものだ。いや、もしかしたら知ってるかもしれない……ええっ、いくらなんでもそんな!?

午前三時になろうとしていた。母は低く寝息を立てていた。

明希子は壁に寄りかかった。身体が重く疲れていた。今日は新規プロジェクトのキックオフミーティングもあったし、轟屋の部長の接待もしたのだ。そのうえ……疲れていないはずがなかった。だが、頭の芯《しん》がおかしいくらいに興奮していて、ちっとも眠くなかった。

――お父さんがこんなことになるなんて……

——急変したらどうしよう？

——松尾先生は麻痺が残るって言ったけど、寝たきりになるのかしら？　それとも車椅子？　じゃ、会社はどうするの？　わたしに会社を継げって本気で言ってるの？わたしのほうの仕事はどうなるのよぉ。

——それよりなにより助かってほしい。

考えれば考えるほど、よくないことばかりが思い浮かぶ。

明希子はいたたまれず、部屋をそっと抜け出してＩＣＵの前に立った。夜の病棟はどこまでも静かで、ＩＣＵは暗い廊下に向けて光を放っていた。明希子は祈るような気持ちでその光の部屋を見つめていた。


座卓の上の電話が鳴ったのは、一睡もできないうちに窓の外が白み始めた頃だった。布団に身だけを横たえていた明希子は反射的に起き上がり、受話器を取った。父の病状が急変したのかもしれない、と思った。

静江も飛び起きて、怯《おび》えたような表情でこちらに泣き腫《は》らした目を向けていた。

「検査の結果では再出血は見られません。もう大丈夫でしょう」

電話の向こうで松尾の声が言った。

静江と明希子は思わず手を取り合った。そうして、すぐさま部屋を出る。

「助かるんですね！」

静江が安心したように言った。

「油断はできません。しかし、お二人は、ひとまず帰っていただいて結構です」

ＩＣＵの前で待っていた松尾が、意識はないが少しくらいなら誠一に会えると言ってくれた。

静江と明希子は白衣とマスクをつけ、専用の靴に履き替えて中に入った。

誠一はたくさんのチューブで機械に繋《つな》がれていた。明希子には、そんな父が別の人のように思えた。いつの間にか、とても齢《とし》をとっていた。しかし、よく見ると、その顔は静かで穏やかだった。

2

結局、誠一は九日間ＩＣＵにいた。

「でも、お父さんたら、なにも覚えていないって言うのよ」

との静江の言葉に、

「はっきり……はな」

と、誠一。

父は一般病棟の個室に移っていた。

「三日目に脳のカテーテルをしたのは?」

明希子は訊いてみた。

「いや……」

「あの時、わたしと話したのも覚えていないの?」

「……」

父の表情がなにかを思い出そうとするようなものになった。

「でも、しゃべっていたわよ、〝アッコ、頭痛かったよ〟って」

「お、覚えて……ないなあ」

会社帰りに病院に立ち寄った明希子の目には、言葉はおぼつかないながら父は元気を取り戻しつつあるように映った。麻痺が残ると言われた右半身も幸い目立った障害はなく、少し安心した。

「でね、アッコちゃん、考えてくれた?」

静江が言った。

「なあに?」

「ほら、あの日話したこと」

「なんだっけ?」

「会社を継ぐって話」

「えーっ！」

明希子は、静江が本気で言っていたのかと、改めて驚いた。

「ま……まあ、待て・よ」

とベッドの誠一が言った。

「お、俺だって、まだ引退する……つもりはない。し、心配するな……て、ての」

「そんなこと言ったって、お父さん――」

静江が不安そうな顔をした。

「だ……だけどよ、なんだ……ほれ……」

誠一がなにか言いたそうにしている。倒れた後遺症で、言葉がすぐに取り出せないのだ。

「〝もしも、俺になにかあった時は〟でしょ、お父さん」

静江が横から言った。

「うん、うん……そうだけど・さ」

「〝あとは頼むよ、アッコ〟ね、そうでしょ」

静江が急《せ》かすように口を挟む。

それを見ていた明希子は、

「ちょっと、お母さん、お父さんに話す余裕をあげなさいよ」

「そ、そうだよ。……しゃべらせろ・よ」

「あら、ごめんなさい」

「ま、まあよ、なんかあった時って、も……もう、充分、なんかあったんだけどさ」

そう言って誠一が笑った。

「でもよ、う、うちはよ……」

「うちって、会社のこと？」

と静江が訊くと、誠一がうなずいた。

「うちはよ、必要とされてる、るんだ。に、日本の産業はよ……か、金型で……も、も、もってるんだ。かた、かた、かた、型屋《かたや》は日本の……い、い、命だって」

誠一が興奮して言った。

面会時間が終わって、静江と明希子は病院を出た。

「お父さんの前で、会社のこと話題にしないほうがいいよ」

明希子は言った。

「そうね。あたしも、心配なものだから、つい口にしちゃって」

そう言った後で、静江がクスリと笑った。

「右脳型人間、左脳型人間て言葉があるでしょ。お父さんたらね〝俺は、そんな呑気《のんき》なこと言ってる場合じゃなくなった〟って」

明希子も笑って、

「そんな冗談が出るんじゃあ、お父さん、もう大丈夫ね」

3

明希子は、部下の理恵を連れてタクシーに乗っていた。

轟屋のガイドブックについて、五千軒の店を回る取材スタッフを、明希子は編集プロダクションに外注するつもりはなかった。今回の取材が得意先の挨拶回りを目的としているなら、編集職に従事するようなとかく職人気質で愛嬌《あいきょう》の足りない人間よりも、営業のプロを使おうと思ったのだ。取材項目をマニュアル化し、アンケート形式にすれば素人記者でもなんとか対応できるはずだ。明希子は販促会社のスタッフを使うつもりだった。それで普段、清涼飲料水や冷凍食品のキャンペーンで取り引きのあるセールスプロモーションの会社を回って当たりをつけることにした。

「ワルい。理恵ちゃん、ちょっと付き合ってくれる？」

錦糸町にある三社目を回ったあとで、タクシーは荒川方面に向かって走っていた。このルートだと吾嬬町近くを通る。明希子は、花丘製作所に寄ってみたくなった。

ここんとこお父さんのことで休んじゃったし、職場にも迷惑かけてるよな。仕事だって山積みになってるのに……それでも、誠一が不在の花丘製作所が気になっていた。

タクシーは中居堀《なかいぼり》通りから横に折れ、入り組んだ細い路地を窮屈そうに走ってゆく。道の両脇に商家や住宅にまじって家内工業の小さな工場が散見された。そうした建物の内部からは、さまざまな機械音が漏れ聞こえてくる。だいぶ減ってきたとはいえ、吾嬬町は中小の工場が集まるモノづくりの町だ。

「あ、運転手さん、ここで——」

明希子の指示で車が止まった。

「アッコさんのご実家が経営している会社ってこの建物なんですか？」

降り立った理恵が興味深そうに言った。

タクシーが乗りつけたのは、確かに花丘製作所であるはずだった。しかし……

「あれ!?」

明希子は思わず驚きの声を上げていた。スレート葺《ぶ》きの古く汚れた建屋が、明希子の記憶の中にある花丘製作所だった。それがきれいに建て替えられていた。

そういえば、わたしが就職した頃だったかな、改築するって聞いたような……

ここから歩いて十分ほどのところにある実家には、年に数回顔を出すことはあっても、工場にまでは足を運ぶことがなかった。

「オシャレじゃないですかぁ」

理恵の言葉に、明希子は呆然《ぼうぜん》としたまま頷《うなず》き返していた。

四階建てのビルのピンクの巨大な壁面には、しかし、確かに〈HANAOKA〉という赤いロゴが掲げられている。右側にある西洋の城のような円筒の搭には所々に長方形の窓があって、メルヘンチックな雰囲気を醸し出していた。

しかし、一階正面は大きなシャッターで、それが開け放たれていることから、紛れもなくこの建物が工場であることが分かる。中では工作機械が稼働しているのが見通せた。

搭の部分――階段室のようだった――にもドアがあって、その横には〈株式会社花丘製作所〉という黒々とした文字の、古い木の看板が掛かっていた。明希子にも見覚えがある。それは、以前の工場の入り口に掛けられていたものだ。誠一が書いた文字である。

理恵と明希子はシャッターの開いている広い間口から中に入った。

構内を見回してさらに驚いた。黄色、緑、青と、柱は一本一本がカラフルに色分けされている。エレベータの扉はオレンジ色、見上げればキャットウオークと呼ばれる壁に沿って走る作業用の細い通路の手摺《てす》りは赤だった。それは、油と喧騒《けんそう》に包まれたかつての薄暗い工場の風景とまったく違っている。

「……」

明希子は衝撃を覚えていた。

子どもの頃の自分は、油にまみれて働き、近所に騒音をまき散らす家業の工場を、心のどこかで恥じているようなところがあった。だからここにも自然と足を向けなくなったのかもしれない。しかし花丘製作所は、いつの間にか、こんなにも変わっていた。

「なにをつくってる工場なんですか?」

理恵に訊かれ、

「……金型」

と、明希子は虚《うつ》ろに応《こた》えていた。

「カナガタ?」

理恵の顔には「?」マークが飛び交っている。まだ、目の前に現れたものが信じられない。

「そう」

明希子は自分を取り戻しながら、ま、普通の人の反応なんてこんなものよね、と思った。わたしだって、うちが工場じゃなかったら興味持ったりしないもの。

「そうねえ……」

なにかよいたとえはないかとしばらく考えてから、

「理恵ちゃん、鯛焼《たいや》き好き？」

と訊いてみた。

「あっ、甘い物大好きでーす」

理恵の言葉に明希子は微笑《ほほえ》んで、

「じゃ、鯛焼きってどうやってつくるか店先で見たことあるわね？」

「ええっと、鯛の形をした型に、溶いた小麦粉を流して、餡子《あんこ》を入れて焼いてますよね」

「あの鯛の形の型――あれが金型ね」

理恵が要領を得た表情になった。

「ああ、なるほど。じゃ、アッコさんのご実家って、鯛焼きの型をつくってるんですか？」

「んー、鯛焼きじゃあないんだけど」

明希子は、懐かしい家業の話をすることに笑みを浮かべたままで続けた。

「実は身の回りのたくさんのものがいろんな金型でできてるの。これなんかもそう」

明希子がバッグからスマートフォンを取り出して見せた。

「スマホの外側のケースも、ボタンも、この中に詰まった電子部品も、さまざまな金型から生み出されてるの。テレビも、パソコンも、大きいのなら自動車のボディだって、ありとあらゆるものが金型からできてるといってもいいわけ。溶いた小麦粉と餡の代わりに溶かした金属や樹脂を金型に流し込んでね。この工場では、そうしたいろんな部品の金型を受注製造しているんだ」

「へー」

「金型は、金属製品をつくる金属金型と、樹脂金型の二つに大きく分けられるの。うちは樹脂金型――つまりプラスチック製品用の金型が専門なんだけどね」

その時、大きな影がゆらりと現れた。

「ちわっス」

声のしたほうを見上げると、筋肉の塊《かたまり》のような男性が立っていた。浅葱色《あさぎいろ》とでもいうのだろうか、わずかに緑色をおびた薄いブルーの半袖の作業服を着ていて、太い二の腕が覗《のぞ》いている。そんなに持てるのかというくらいの鉄板を抱えているため、上膊《じょうはく》部《ぶ》が張りつめて瘤《こぶ》のように盛り上がっていた。作業服と同じ色の作業帽に汗が染みている。

理恵がビクリと身を震わせた。

「あ、土門《どもん》君、久し振り」

そう言葉を返しながら、理恵が驚くのも無理ないなと明希子は思った。土門は強面《こわもて》である。しかし、その風貌とは裏腹に、物静かで優しい青年だ。明希子より一つ齢下で、自分が大学生の頃から花丘製作所に勤めている。

「久し振りに来て驚いちゃった。きれいになったのね、工場」

という明希子の言葉に、

「うッス」

とだけ土門が応えた。

構内を物珍しく眺めながら歩いていた明希子だったが、明らかにほかとは異なる一角を見つけた。そこには旋盤やフライス、ボール盤、その他、明希子には名前の分からない工作具とともに古い作業机が置かれていた。それは誠一の机だった。明希子には、その机に向かって寡黙に作業に取り組む父の後ろ姿が見えた。

どうやらここは誠一の作業場らしかった。この場所だけは、懐かしい機械油のにおいがした。

「アッコさん、ここって？」

横にいる理恵が遠慮がちに声をかけてきた。

明希子ははっとして、

「ああ……ええ、父の仕事場だと思うの。たぶん、ね」

「たぶん？」

「来たことないのよ、工場を新築してから。わたしもびっくりしてるの。いつの間にか、こんなハイテク仕様になってたのね、花丘製作所は」

そこで明希子は少し笑って、

「でも、父の仕事場だけは相変わらずなんだもの。アナログもいいとこ」

その時、

「よー、よー、ネエちゃんたち、勝手に入ってきてもらっちゃー困るんだよな」

背後で声がした。

振り返ると、作業帽をあみだに被った小柄な工員が立っていた。グリースで固めたリーゼントスタイルの前髪が帽子のつばの下から突き出ている。

「こんなとこうろついてたって、面白ぇーもんなんて、なんもねーよ。それによ、そんな踵《かかと》の高い靴であちこち歩き回ってっと危ねーど。油ですべって転んだりすっぞ。そんで、カッチョイイそのスーツが汚れっぞ。そしたらツライべ？　泣けるべ？　な？　な？」

ひとりでしゃべっていた。

「こら！　キク!!」

やはり、胸に〔HANAOKA〕と濃いブルーの糸で刺繍《ししゅう》の入った、浅葱色の作業服に作業帽の年配の男性が現れて、小柄な工員を怒鳴りつけた。

「あ、クズさん」

「クズさん、工場長はどこですか？」

と明希子は訊いた。

「事務所だと思いやす」

「事務所？」

「へい。三階にあります」

オレンジ色の扉のエレベータは、重機が運搬できる大型で頑丈なものだった。ステンレス鋼板の床にヒールの音をカンカン響かせて乗り込んだ自分たちの服装は、先ほど菊本が言っていたとおり、この場にふさわしくないかもしれない。

「アッコさんのおうちの工場に勤めてる方って、ユニークな人が多いんですね。ああいうのが、時代がかってるっていうのかしら」

理恵が楽しそうに笑った。

「どこか浪花節《なにわぶし》なのよね。ま、いい人たちではあるんだけど」

三階に到着しケージを出ると、すぐに〔Hanaoka - Products Co,.Ltd.〕と銀文字の入った透明のガラス扉があって、向こうに事務所が見通せた。左側は例の円筒形の階段室で、普段は皆エレベータではなく階段を上がり下りしているのだろう。

花丘製作所の敷地は六十坪くらいだったと明希子は記憶している。二十三区内で工場として確保できる土地は限られている。所有しているそれほど広いとはいえない敷地に、以前の工場は二階建てで、建屋の前に車二台ほどが置けるスペースがあっただろうか。新工場は三階になり、ほぼ敷地内いっぱいに建っていた。規模を拡張し、デザイナーズビルのような外観にはなったけれど、下町の小さな家々に囲まれ、花丘製作所は肩をすぼめるようにしていた。それは異彩を放っているともいえたし、周囲から浮いているようでもあった。

明希子はドアを開けて室内に入った。カウンター越しに窮屈そうに事務机が幾つか並んでいる。そこに工場長の菅沼《すがぬま》だけがいて、電話で話していた。

明希子は、菅沼のでっぷりとした姿を懐かしく眺めた。数年前に会った時には頭頂部にもぽやぽや残っていた髪が完全に禿《は》げ上がり、天井照明を受けテラテラ光っていた。菅沼は、創業当時からの父の片腕だ。

そうよね、お父さんも髪、真っ白だもの。

もうすぐ還暦の誠一より菅沼のほうが三つほど若い。

カウンターの外の通路側が建物の正面にあたり、遮光ガラスの広い窓から道路を挟んで駐車場が見渡せる。会社関係の車も何台か駐《と》まっていた。

菅沼がドアロに立っている理恵と明希子の姿に気がついて、慌てたように受話器を置いた。そうした動作が、大柄な身体に似合わずひどくこの人を卑小《ひしょう》に見せる。まるで、悪いことでもしていたみたいだった。

そんな菅沼に向かって、

「こんにちは」

明希子はことさら快活に挨拶した。

「アッコさん――」

菅沼がまごついた表情を浮かべている。

明希子はなおも明るく言った。

「ご無沙汰《ぶさた》してます。お元気でしたか?」

「このたびは社長が……大変でしたね」

「工場長もお見舞いに来てくださったと母から聞きました。ありがとうございます」

「ええ、まあ……」

そこで、会話が途切れた。

「彼女、会社で一緒に働いている佐々木理恵さんです」

明希子は菅沼に紹介し、

「よろしくお願いします」

理恵がペコリと頭を下げた。

「はあ……どうも」

菅沼がなんとなく会釈したあとで、

「アッコさん、今日はまたどうしてここに？」

なによりそれが訊きたかったのだというように切り出した。

「仕事で近くを通りかかって、懐かしくて。ごめんなさい、気まぐれに押しかけちゃって」

「それだけですか？」

「え？」

「まさか、社長が倒れて、アッコさんがここを――」

「工場長まで、そんな……」

「――ってことは、社長や奥さんもそう考えてるってことですね」

するとと、横から理恵までが、

「アッコさん、それ、本当なんですか？」

訊いてきた。

「待って。そんなことない。わたしにだって仕事があるもの」

菅沼が無言で明希子を見ている。

「工場長、もしもわたしが会社の経営を継ぐことになったとして、そしたらなにか都合が悪いことでもあるんですか？」

「……」

菅沼は黙っていた。

「看護師さん」

「かんご……へさん」

「看護師さん！」

「かんごえ……さん」

「看護師さんでしょ！」

「かんご……おっさん」

「オッサンじゃないでしょう。お父さんの担当の看護師さんは、若くてかわいい女の看護師さんじゃないの！　はい、もう一度!!」

明希子が病室を覗くと、言語障害になった父を母がスパルタ訓練していた。

「お母さん、そんなに急かしたら、お父さんかわいそうよ」

「そ……そ……そうだよ、かわい、そうだ」

誠一が言うと、静江がキッと睨《にら》みつけた。

「お父さんのためを思って、あたしは心を鬼にしてるんでしょう」

「でもね、お母さん、お父さんは努力が欠けていて言葉が出ないわけじゃないのよ。そんなだと、心理的な圧力でよけい言葉が出にくくなるし、話す意欲を損なうことになるわよ」

「だって……」

こんどは静江がしょんぼりしてしまった。

少し言い過ぎたかな、と明希子は思った。静江に悪意があるわけではない。誠一を思う気持ちが高じてなってしまうことだ。

明希子は話題を切り替えた。

「そうそ、この間、工場のほうに行ってきたよ」

「え！　そうなの！　ほんと!?」

静江の表情が途端にぱっと輝いた。

「会ったの、みんなと？」

「土門君とクズさんと……」

そこで明希子はクスクス思い出し笑いをしてしまった。

「キクって、面白い人」

「なんなの、あんたは笑ったりして。キクちゃんは、あれでなかなかいいコなのよ。侠《おとこ》気《ぎ》もあるし、よく働くし」

そこで静江がベッドの誠一に顔を向け、「ねえ」と同意を求める。

「ああ……い、いいやつだ、キ、キクは……み、み、み、どこ、どこ、どこ、見どころが……ある。うん」

「あと、工場長にも会ったよ」

明希子がそう言うと、誠一の表情が固くなったように見えた。

「な、な、なにか……言って、たか？」

「なにかって？」

「い……いや……いい」

明希子は、誠一の顔に一瞬よぎった表情が気になって仕方がなかった。

4

父はなにかを言わないでいると思った。心配事があるのかもしれない。

明希子はパソコンのキーボードから手を離すと椅子の肘掛《ひじか》けに両腕を乗せ、背もたれに身体を預けた。

それに菅沼だ。もとからオドオドしたようなところがある人だけれど、この間は明らかに様子がおかしかった。そんなふうに思いたくないけれど、まさか父が不在の間に内緒でなにかしようとしてるのではないだろうか？

いや、工場長に限ってそんなことあるはずがない！

自分が幼い頃から姪《めい》のように愛《いと》おしんでくれた菅沼を一瞬でも疑ったのを明希子は恥じた。

それにしても、嫌なことが起こらなければいいんだけれど……

明希子は深呼吸し、両腕を上げて伸びをした。すると、今さっきまで聞こえていなかったオフィスの喧騒が耳に戻ってきて、それが心地よかった。なにより、ここが自分のいるべき場所だからだ。自分が申し分なく能力を発揮でき、評価を積み重ねてきた場所。今の仕事が明希子は好きだった。

やれやれ、ここんとこ実家《うち》のことで振り回されっぱなしだな。

その時、

「アッコさん」

傍らに理恵が立った。

「ガイドブックの取材チームとのミーティング、来週水曜の午後にセッティングしておきました」

「分かった。わたしも時間が合えば、ちょっとだけ顔を出すようにする」

「え、ちょっとだけですか？」

「だって、この仕事の指揮は理恵ちゃんに任せたんだもの。ね、そうでしょ」

「はい。頑張ります」

「よし」

明希子は微笑んだ。なんだか、一瞬解き放たれたような思いがした。

理恵も笑って立ち去ろうとした。しかし、再び向き直ると、

「……あのー」

「なあに？」

「アッコさん、ご実家の工場に行かれることとって、またあるんですか？」

明希子はうんざりしてため息をついた。

またその話題か……

「それがどうしたっていうの？」

いささかつっけんどんな口調になってしまった。

理恵が少しモジモジしてから、

「……素敵な人がいたなって」

テヘへ、と照れ笑いを浮かべた。

「!?」

あんぐり口を開けてしまう。

「なにを言い出すかと思えば……」

呆《あき》れたように言ってから、

「素敵な人なんて、うちの工場にいたかしら?」

理恵は相変わらずはにかみながら、

「あの、大きい人です」

「土門君!」

「キャー」

理恵が両手で顔を覆った。

明希子は吹き出しそうになった。これまで笑顔のひとつも見せたことのない無骨な土門の横顔を思い出したからだ。

「わたし、ああいうマッチョな感じに弱いんですよ。格闘技とかも大好きですし。ちょっとゴリラっぽいとこがたまらないんですよね。究極の理想はキングコングかなあ、イヤーン」

明希子は大いなる脱力を感じ、手をヒラヒラさせて理恵を追い払った。

なによ、人の気も知らないで。

それにしても、花丘製作所がなにか問題を抱えているのなら調べなくてはならない。工場長が口を閉ざしている以上、誰からそれを聞き出そう?

明希子は、まず菊本の顔に×印を付けた。アレは問題外だ。

昔気質《むかしかたぎ》の葛原はよけいな話などけっしてしないだろう。

その時、あらためて彼の顔が浮かんだ。

明希子はデスクの電話に手を伸ばし、内線番号を押した。

「理恵ちゃん、ちょっといい？」


その晩、理恵と明希子は、吾嬬町の喫茶店の椅子に並んで座っていた。

「緊張してる？」

と明希子が言うと、

「ええ。めっちゃドキドキしてます」

と理恵。

「ほんとに、ああいうのがタイプなわけ？」

彼女が顔を真っ赤にして頷いた。

「今日は、どう言って土門さんを誘ったんですか？」

「この間会社で会った時、わたしと一緒にいたコとお茶でも飲まないって」

「そしたら、彼、なにか言ってました？」

「〝う〟って」

「〝う〟ですか？」

「〝あ〟だったかな。なにしろ、無口なのよ土門君」

そこに、

「お待たせー」

という声とともにジーンズの短い脚が二人の前に立った。

顔を上げた明希子は、

「……」

一瞬唖然《あぜん》としてしまった。

「菊本君！」

「おっと、覚えててくれたんスねえ、アッコさん。感激っス」

隣で理恵が泣き出しそうな顔になった。

「土門君は？」

「いやね、先輩ひとりで粗相《そそう》があっちゃあいけねえと思いまして。なにしろ愛想がねえんだから土門先輩は。——ほら、先輩、なにそんなとこでもじもじしてるんスか。こっち来てくださいよ」

菊本が呼ぶと、土門が大きな身体を小さくして現れた。彼はちょこんと頭を下げると、向かいの椅子に縮こまるようにして座った。

途端に理恵の目がハート型になる。

「しかしよかったなー、こうやって二人して残業もしないでアッコさんたちのお相手ができるのも、工場が暇だからだもんなあ」

菊本が言った。

「暇なの工場？」

明希子はすかさず訊く。

「もう、暇で暇で。なんたって、五軸のマシニングを二台も入れたってーのに、ぜんぜん仕事が来ないんスからね」

明希子の頭の上を暗い影がゆっくりと通り過ぎた。

第二章　疑惑

1

明希子は、東京駅始発の上越新幹線を浦佐《うらさ》で降りた。越後湯沢と長岡の間に挟まれた、これといって特色のない駅である。下車した客も少なかった。

北の町の朝の空気が頬にすっきりと冷たい。駅前のタクシープールで車に乗り、ひと気のない住宅地を抜けると、すぐに道の両側はアキノキリンソウとススキの野原になった。そこには早くも忍びよる冬の気配さえ漂っていた。

やがて、新米の収穫が済んだのどかな田園風景が一面に広がり、紅葉を帯びた八海山の麓《ふもと》に、越後《えちご》クリエイツの近代的な巨大工場の姿を見渡すことができた。

ここに来れば分かることがあるかもしれない——その思いだけで明希子は新幹線に

飛び乗ったのだった。

なにかが起こっているのだ、花丘製作所で。それも、よからぬなにかが。分からないそのなにかが気になって仕方がなくて、自分がやるべきことはほかにあるのに先に進めないでいた。

ならば、悶々《もんもん》と悩むよりも、解決の糸口を探すまでだ。そうして考えた末が、ここに来ることだった。越後クリエイツは花丘製作所と同業の樹脂金型の製造工場だし、社長の関《せき》は誠一と旧知の仲だ。

応接室で待っていると、茶のコーデュロイのスリーピース・スーツを着た関が現れた。いかにも職人的な風貌の誠一にくらべ、口髭《くちひげ》をたくわえた関は富裕な牧場主のようだった。

「よお、アッコちゃん、久し振り」

「ご無沙汰してます」

「最後に会ったのはアッコちゃんの成人式のお祝いパーティーだったかな……いや、違った、大学の卒業祝いの時だ。お父さん、きみのことがかわいくって仕方ないんだろうな。なにかにつけて人を集めて盛大にパーティーするんだから」

「ご迷惑をおかけしました」

「迷惑なんてことないさ。そのたびにアッコちゃんの振り袖姿が見られるんだからね。

きれいだったよ、アッコちゃん。——おっと、今日会って、ますますきれいになってるんで、びっくりしたよ」

「そろそろとうが立ってきてるんですけど」

　明希子は困って微笑むしかなかった。

「そうそ、お父さんていえば、このたびは大変なことだったね。私も近々東京に行く予定があるんで、お見舞いに伺おうと思ってるんだが」

「ありがとうございます」

「ところで、どういう用件でわざわざ訪ねてきてくれたのかな?」

「ええ……」

　明希子は言いよどんだ。ともかくここまでやってきてはみたけれど、どう切り出したものか……

「いや、特に用事なんてなくても大歓迎だよ」

　関が微笑んだ。

「そうだ、久し振りに訪ねてきてくれたんだ、工場でも案内しようか」

「わあ、広いですね」

　外観も大きかったが、天井まで吹き抜けの工場内はドーム球場のように明るく、広大だった。そこに最新の工作機械が並んでいる。久し振りに訪ねた花丘製作所がすっかり近代化していたのにも驚かされたけれど、ここは圧倒的に規模が違う。

関の案内で、明希子は充実した設備を見て回った。ハイテクマシンが高精度、高速で加工を行ってゆく。

「そもそも日本は金型立国と言っていいんだよ」

と関。

「世界の三〇パーセントの金型は日本企業でつくられているんだからね」

その言葉に、明希子は目を丸くした。

「じゃ、世界中の製品の中に組み込まれる部品の多くが日本の金型からできているって、そういうことですか!?」

「ああ、そう言っても大げさじゃないだろう。特に精度の高い物はそうだね」

「それって、すごい……」

関が笑って、

「知ってるのはこの業界の経営者たちくらいだろうな。大学の先生も知らない。お役人も知らない。金型企業に勤めている従業員も知らない者が多いんじゃないかな。社長令嬢もご存じないようだし」

後半のほうは少しからかうような響きがあって、明希子は身がすくむ思いだった。

そんな自分を見つめながら、関がしかし真剣に言った。

「日々の作業に追われ、自分たちが世界一の技術を冠して働いていることを知らないなんてもったいない話だ。金型屋は目覚めてほしいな、自分たちの手による仕事が世界中の製品をつくり出しているのだという事実に。そして、世界の人たちを幸せにする仕事をしているのだという自負を持ってほしい」

世界の人たちを幸せにする仕事……花丘製作所の仕事もそうなるのかしら?

「関さん」

と、明希子は言った。かつては〝関のおじちゃん〟と呼んでいたのだけれど、もはやそうもいかないだろう。

「五軸のマシニングってどれですか?」

「うちは五軸は置いてないんだ。それにしても、アッコちゃんの口から〝五軸〟なんて言葉が出るとはね。やっぱり型屋の娘だな」

関がふと立ち止まり、

「三軸なら、これがそうだよ」

そう言って示したのは、真っ白なカバーに覆われた門型構造の大きな機械だった。どこか未来のようなものを感じさせる。

「これがマシニングセンタだ」

「マシニングセンタ……なんだか、SF映画に出てくるロボットみたいですね」

「まさに、ロボットだよ。機械内にある数種類のエンドミル——一見ドリルに似た刃物なんだけどね、これを用途によって自動で交換する機能を備えていて、切削、中ぐり、ネジ立て、そういった異なる加工をこれ一台で行うことができるんだ。金型加工《フライス》の主役となる機械だよ」

透明な扉の向こうで、おそらく摩擦を防ぐためだろうノズルから噴出する液体を浴びせながらドリル状のものが金属を削っている。その動きは、そう、ゲームセンターのUFOキャッチャーを連想させた。ただ、UFOキャッチャーはクレーンを操作するプレイヤーがゲーム機の傍らにいるが、すべての運動がプログラミングされているマシニングセンタは無人で稼働していた。

関がエンドミルの動きを見つめながら、

「うちのは三つある軸が同時に動いて加工を行うわけだけど、セイさんとこのマシンはこの軸が五つある高機能の機械ってわけさ」

高機能……越後クリエイツのようなこんな大きな工場にもない、そんな機械が、うちみたいな規模のところにあるなんて……きっと高い機械のはずよね。大丈夫なのかしら？　明希子の中に一気に不安が広がった。

「花丘製作所で二台購入したらしいんです、その五軸を」

「へえ、さすが機械好きのセイさんだな」

そう言ったあとで、関の表情が怪訝《けげん》なものに変わった。

「しかし、五軸をねえ……それも二台──」

「なにか？」

明希子は心臓を鷲《わし》づかみにされた思いだった。

「いや……」

関がなにか考えを巡らせているようだった。

明希子の鼓動が速くなる。

やがて、関がはたと思い当たったように、

「もしかして、アッコちゃん、継ぐ気になったのかい？」

「え？」

「セイさんの跡をだよ。だって、そういう心積もりでもない限り、そんな大きな設備投資なんてできないからさ。あんた一人娘なわけだし。それとも婿《むこ》さんでももらうのかな？」

「そんな予定ありません」

明希子はきっぱりと言った。

「そうなんだあ……」

関は少しばかりがっかりしたようだった。

「アッコちゃん向いてると思うんだけどなあ、製造業。子どもの頃から根性があったしさ。素質あるよ」

「そう、なんでしょうか」

明希子はあやふやに応えた。みんなが自分に花丘製作所を継げという。

「私が保証するよ。いいよ、モノづくりは。なんたって夢がある。それに、人に喜ばれる仕事だ」

再び応接室に戻ってくると、明希子と同年代の男性がソファに腰を下ろし、ノートパソコンに向かっていた。

「やあ、小野寺《おのでら》さん、早かったですね」

関が声をかけた。

小野寺と呼ばれた青年が立ち上がり、感じのよい笑みを浮かべた。すらりと背が高く、濃紺のスーツがよく似合っていた。

「すみません、社長。ご来客中ということだったので、勝手に部屋を使わせてもらっていました」

応接テーブルにパソコンのほか書類が幾つか載っていた。

「相変わらずお忙しいんですね」

「いやー」

小野寺が照れたようにまた微笑んだ。

「関社長を見習って、もう少し余裕を持って生きたいと思っているのですが」

「怠け者なんですよ、私は」

と関が言ってから、

「そうだ、紹介しましょう。こちら、花丘製作所の社長令嬢の明希子さん」

「令嬢だなんて……」

明希子は顔が赤くなった。

「花丘明希子です」

小野寺に向かってお辞儀した。

「何屋さんですか?」

と彼に訊かれ、明希子はきょとんとしてしまった。

「うちと一緒」

横から関が応えた。

「ああ、型屋さん」

小野寺が納得したように言った。

〝型屋の娘〟――さっき、関もそう言っていた。この業界では、金型の製造会社は

〝型屋〟なのだ。そういえば誠一もよくそう口にしていたような気がする。

「会社は新潟に？」

と、再び小野寺に訊かれた。

「いいえ、東京です」

「そう。ハナオカセイサクショ、か――聞いたことないな」

なによ、ずいぶんずけずけ言うじゃない。明希子は少しばかりむっとした。

「小野寺さんも東京からいらしたんだよ」

と関。

「多門《たもん》技研の小野寺です」

明希子に名刺を差し出しながらそう名乗った。そこには〔多門技研工業株式会社技術部　生産技術課　小野寺亮《りょう》〕とあった。

「今日は試し打ち《トライアル》でいらしたんでしたね」

関が言った。

「ええ」

「すぐに準備させます。そうだ、アッコちゃんも見ていくかい？　小物《こもの》が得意なアッコちゃんとこと違って大きい製品を扱ってるからね。面白いよ」

確かに大きな製品だった。工場内にある一際《ひときわ》巨大な機械――なにしろ二階建ての家ほどあった——から、それでも意外に静かなモーターのうなりとともに現れたのは硬質樹脂製の自動車バンパーだった。

胸に社名が赤く刺繍された真っ白な作業服に着替えた小野寺と、越後クリエイツの従業員らが試作品を前に話し合いを始めた。

なんだか取り残されたような気分で、明希子は彼らを見つめていた。

小野寺が、真剣な表情でなにか言っている。話している内容は専門的過ぎてよく分からないが、どうやら彼は先ほど明希子に接したような調子で遠慮なくものを言っているらしく、少しばかりやり取りが厳しくなっていた。だが、誰もが充実した表情をしている。

わたし、羨《うらや》ましいんだ。

身辺がなにやらごたごたしていて、近頃仕事に集中できていない。わたしだって、あんなふうに、いつだって頑張ってきてたのに……

「ゆっくりしていけばいい」と関が言ってくれたが、そうもしていられなかった。明希子は、このあと自分が誰に会って、なにを訊くべきか決心がついていた。

関が愛車のベンツで小野寺と明希子を駅まで送ってくれた。

えぇ！　小野寺さんと一緒なの？　というのが正直なところだったが、帰る先が同じ東京なのだから仕方がない。

その小野寺が電話を掛けるために二人から離れると、関が、

「これは言おうかどうしようか迷ったんだけどね」

そう切り出した。

「花丘さんのとこ、材料屋の手形サイトが長くなってるって話を耳にしたよ」

明希子ははっとして関の顔を見た。

「仕入れ業者への支払いが滞ってるということですか？」

「業界内の噂《うわさ》は早いからね。特によくない噂というのは」

明希子の中で、「もう、暇で暇で。五軸のマシニングを二台も入れたってーのに、ぜんぜん仕事がこないんスからね」そう無頓着《むとんちゃく》に言う菊本の顔が閃光《せんこう》のようによぎる。

「しかしよかったなー、こうやって二人して残業もしないでアッコさんたちのお相手ができるのも、工場が暇だからだもんなあ」

明希子は失望と怒りを覚えた。

——まったく、うちの従業員はなにをやってるの!?　なにが〝暇でよかった〟よ!!

だが、すぐに自分の考えを打ち消した。

——うちの従業員？　じゃあ、わたしはなに？

今の自分は、誰かを責める立場になどないのだ。そう、今の自分はただ傍観してい

るだけ。

——だったら、どうしたらいいの？　当事者になれということ？

「アッコちゃん、覚えてるかな？」

関が言った。その声はどこまでも穏やかだった。

「子どもの頃、よくスキーをしに来たね。私が山の上まで無理やり連れていってさ。それでもアッコちゃん、泣きながら滑り降りてきたっけ」

明希子はそっと微笑んで頷いた。

「覚えています」

関も明希子の顔を見て静かな笑みを浮かべた。

「いい根性してるよ、アッコちゃんは」

明希子は自分の身体の中に温かく懐かしいものが満ちてくるのを感じた。だが、感傷に浸ってはいられなかった。

それにしても花丘製作所になにが起こっているのだろう？

帰りは、小野寺と一緒の新幹線で東京に向かうことになった。

二時間も一緒か、と明希子はなんとなく落ち着かない気持ちで席についた。が、小野寺は、こちらのことなど気にも留めない様子でノートパソコンを開き、無言でキーボードを打ち始めた。

そっか、仕事忙しいのよね。明希子は、ほっとしてシートに身を沈めた。

「あっ！」

と、小野寺が突然声を上げた。

「はい？」

「アッコさん、納期がありますんで、車内では仕事させてもらいます」

「はあ」

順番が逆ではなかろうか、パソコンを開く前に言うのでは、普通、と明希子は思った。

「あっ！」

と、また小野寺が声を上げる。

「なんでしょう？」

「〝アッコさん〟なんて呼んで馴《な》れ馴れしかったですね」

明希子はくすりと笑って、

「アッコでいいです。みんなそう呼びますから」

「じゃ、そう呼ばせてもらいます」

彼は再度パソコンに向かった。が、しばらくして明希子が隣を見ると、静かに寝息を立てていた。

ずいぶんマイペースな人だ、やれやれ、と明希子はため息をついた。そうして再び考えることは、うちになにが起こっているのだろう？　ということだった。

だが、それを訊く相手は最初から決まっていたのだ。ただ自分が目をそらしていただけだった。

2

病院の廊下の向こうから母が歩いてくるのが見えた。

「あらアッコちゃん、今工場長が来てくれてるのよ」

「そう。ちょうどいいわ」

本当だった。もし、花丘製作所が危機的状況にあるのなら、なにより社長である父から直接話を聞くべきだったのだ。

でも、わたしはそれを避けていた。

父の病気のこともあったかもしれない。だが、それだけではなかった。父と話し合うことで、自分が渦中に巻き込まれたくなかったんだ。わたしは……怖くて、だからずるく逃げてたんだ。

擦れ違いざまに静江が、

「お父さんのリハビリのことで、あたし、松尾先生のところに行ってくるから」

と言った。

そう。それもちょうどいいわ。静江が横から口を挟んでくると話がややこしくなりそうだった。

病室で、父がベッドに半身を起こしていた。その傍らでパイプチェアに工場長が腰を下ろしている。

「こんにちは」

明希子が入ってゆくと、菅沼が立ち上がった。

「こりゃあアッコさん。先日は失礼しました」

そうして、座っていた椅子を明希子に勧めようとする。

「いいんです。座っていてください工場長」

明希子は誠一に顔を向けた。

「お父さん、具合はどう?」

「あ……うん……あ、相変わらずだ」

「焦らないで。ゆっくりリハビリして」

「そ、そう言ったって……のんびり、びりびりしてられるかよ。お……お、お……」

「〝俺がいないと、工場はどうなる〟でしょう?」

「あ……う、うん」

父は、ずいぶん気分がよいようだった。一時期、ICUで昏睡《こんすい》に陥っていたことを思えば、奇跡とも思える。

明希子は一瞬だけためらった。が、口を開いた。

「その工場だけど、いったいどうなっているの?」

「ど……ど、どどどど……どうって?」

「新しい機械を導入したのに、思うように仕事が入ってきていないんじゃないの?」

誠一が押し黙った。

菅沼も黙っていた。

やっぱり、そうなんだ! 関の言葉は本当なのだ!

「出入りの業者さんへの支払いにも困っているって」

「アッコさん、それを誰から!?」

慌てたように言う菅沼に向かって明希子は、

「そうなんですよね、工場長」

静かに言った。

菅沼がうなだれた。

明希子は待った。

しばらくの沈黙の後に誠一が口を開いた。

「し、仕方ねえ。こ、工場長……アッコに、は、は、話してやってく、くれや」

「社長！」

「い、いいから、話せ。お、お、俺たちが、だ、黙ってい……いても、アッコは、ど、ど、どっかで聞いてく・る」

誠一が、「なあ」と言うふうに明希子を見た。

明希子は頷いた。

「アッコさんがおっしゃるとおりです」

菅沼がぼそりと言った。

「大きな受注を見込んで、最新のマシンを入れましてね。付随するCAD／CAMなんかのシステムも一新したんですよ。ところが、お客さんの自動車会社のほうでリコール騒ぎがありましてね。注文がストップしちまった」

「注文が……」

「うちとしちゃあ、売り上げの八割にあたる得意先ですからね。にっちもさっちも行かなくなっちまったっていうわけです」

八割、という数字に、明希子は慄然《りつぜん》とした。つまり、今の工場は、ほとんど収入がないことになる。だが、仕事がなくとも、人を雇っている以上、毎月おカネは出ていかざるを得ない。もちろん人にかかるおカネだけではないだろう。マシニングセンタのような機械（しかも二台も！）を一括で買えるはずがない。となれば、借金をしたということだ。その支払いもあるだろう。

「……そ、そ、そういうわけだ、アッコ」

「どうして、話してくれなかったの!?」

思わず語気が強くなった。そうして、そんな言葉を発しながら、自分を「ずるい」と感じる。ろくに工場に足も向けていなかったのに、いざ目の前に危機的な数字を並べられると、相手を責めるような口調になる。だが、言葉を止めることはできなかった。

「工場長も。なぜですか？」

「心配させたくなかったんですよ」

菅沼がぼそりと言った。

「アッコさんを巻き込みたくなかったんです」

「だけど――」

明希子は父に向かってなじるように言った。

「放っておけないじゃない。そんな状態になってる会社を放っておけないじゃない。

だって、わたしが今こうしていられるのも、花丘製作所があったからなんだもの」

父に向かって言いながら、その言葉が自分に返ってくるようだった。そのとおりなのだ。自分があるのは、あの工場のおかげ。それなのに、父が倒れるまで見向きもせず、自分には自分の道があると思い込んでいた。

「その会社が危ないのに、知らない顔でいられないでしょ」

誠一の目が潤み、肩が震えた。

「や……やっぱり、だ、だめだ」

「お父さん？」

「か、かかわらないほうが、い、いい……」

「どうして？」

なにを言い出すのだろうと思った。

「な、な……情けねえ。情けねえな……あ」

「………」

「だ、だ、だってよ……いい時なら、な……と、ともかくだけどよ……こ、こ、こ、こんな、じょ、じょ、状況で、ア、アッコに頼ること、ことにな、なるなんてよ……」

誠一が低く嗚咽《おえつ》した。

「こういう状況だから言ってるんじゃないの。こういう状況だからこそ、なにかできないかって思ったの。いい時だったら言わなかった。こんな時だからなのよ」

誠一が枕元にあったタオルをとって、顔を覆った。

明希子は菅沼に向かって、

「工場長、わたし、工場長に謝らなければいけないことがあるんです」

菅沼が戸惑ったように明希子を見返している。

「この前、久し振りに会社を訪ねたあと、わたし、工場長を一瞬だけ疑ったんです。お父さんが倒れている間に、なにかしようと考えているんじゃないかって」

菅沼の表情がゆがんだ。

「アッコさん……」

「ごめんなさい」

誠一がタオルを引きはがし、紅潮した顔を覗かせると大きな声を出した。

「そ、そ、そそそ……そんなことが、ががが……あるはず、な、ないじゃねえ……かっ！」

「お父さん興奮しないで」

「ば、ば、ばかなこ、こ、ことをい、言うな！」

菅沼が誠一の身体を支えるようにした。

「社長、落ち着いて」

「だ……だってよ、スガさん……」

誠一の肩を抱えたままで菅沼が明希子に顔を向けた。

「アッコさん！　あたしになんでも言ってください！　会社のためだったらなんでもしますから！　あたしになんでも命令してください！」

「工場長……」

「あたしゃね、ふがいなかったんですよ。会社がこんな状態で、社長が倒れて……そうなったら自分が頑張らなきゃいけないのに、なにから手ぇつけたらいいのかも分からない……そんな自分がつくづく情けなかったんです。それで、せっかく訪ねてきてくれたアッコさんに、ついあんな態度をとっちまった……でもね、あたしゃ、嬉《うれ》しいですよ。アッコさんが力を貸してくれるってことが、つくづく嬉しいんです。アッコさん、あたしゃなんだってしますよ」

誠一が再び顔をタオルで覆った。

その時、静江が病室に戻ってきた。

「あら、お父さん、どうしたの？　具合が悪いの？」

「お……お、おまえがいなくて、よ、よ、よかった。は、話がこじれないで……す、す、済んだ」

タオルの下で誠一がくぐもった声を出した。

3

「売り上げが前年比で五〇パーセントダウンしています。一方で借入金が三億あります。ほぼ売り上げに相当する借り入れがあるんです」

顧問税理士の落合《おちあい》から伝えられた花丘製作所の経営状況は予想以上に思わしくないものだった。

「よくない……ですね」

明希子は朦朧《もうろう》として言った。そうして、そのすぐあとで、

「ううん、よくないどころじゃない。〝さあ頑張って、なんとかしないと！〟っていう状況でもすでにないような気がしますけど」

自嘲《じちょう》するような言葉が口をついて出てしまった。

――三億円！

「アッコさん、大丈夫ですか？」

落合が眼鏡の奥で柔和な笑みを浮かべつつ自分を眺めていた。それは、深刻な病状にあることを知ってしまった患者の不安をなだめるように。

「あ、ええ……」

そう応えたものの足が地についていていない。

「落合先生、今うちにいちばん必要なものはなんでしょう？」

やっとの思いでそう訊く。

「それはもちろんおカネですよ、アッコさん。資金です」

「おカネ……」

落合が頷いた。

「そうです。カネです。月の売り上げが一千五百万必要なところが、それに達しないんで、銀行への返済も期日が遅れがちになってます」

落合の物腰はあくまでもソフトだった。まるで大学教授のような温厚で知的な風貌。実際に彼は大学でも教鞭《きょうべん》をとっているのだという。

「あるいは――」

と言って、落合が窓の外を見た。

明希子もそちらに視線を向ける。二人は花丘製作所の三階事務所奥にある社長室で話していた。主《あるじ》なき部屋で。

晩秋というよりも初冬といった感じの、空気の冷たい朝だった。窓は社の裏手を向いていて、高い建物が少ない家々の屋根の向こうに東京スカイツリーが威容を誇っている。自分が少女時代、こんな巨大な建造物が目の前に出現するとは想像だにしなかった。すぐそばに見えるのは吾嬬小学校の校舎と校庭だ。父の誠一も、明希子も同じあの小学校を卒業した。静江はすぐ隣町の出身だった。両親は幼馴染みである。思えば花丘家は地元に根ざして生きてきたのだった。この中小の工場が建て込む吾嬬町で。

しかし、モノづくりの町は、年ごとに活気を失っていた。もはや都内で工場を操業する時代ではないのかもしれない。少子化の影響から父娘の母校、吾嬬小学校も廃校に追い込まれてしまった。かつての校舎は、いま地域センターとして利用されている。

「——あるいは」

と、もう一度落合があくまでも穏やかに言った。

「アッコさん、会社を閉鎖もしくは倒産させるという選択肢もあります」

倒産……！　それは、まさしく花丘製作所の死そのものの宣告だった。

明希子は窓枠をつかんでいた。凍りつくようなアルミの感触が指に痛いくらいだった。その指先にわずかな振動が伝わってくる。工場の機械の振動だった。微《かす》かな、でも確かな振動。それは、花丘製作所のみんなが働く鼓動だった。

不意に思った。なくなってしまうのだ、と。この小さな振動も、機械音も、下で働いているみんなもいなくなる。

どうして？　それは憤りに近い感覚だった。

どうして？　みんなこうやって働いてるのに……みんな頑張ってるのに！　花丘製作所が倒産してしまえば、なにもかもなくなってしまう……

「都内でやってるんで狭いとはいえ土地がありますからね。だから今までは銀行も貸してくれました。しかし、売り上げがここまで下がると厳しいですな」

落合がゆっくりと社長室を見回した。

大きな木の机、肘掛けのある革張りの椅子、どちらも古いものだった。壁に額に入った賞状がいくつか掛かっている。それは技術賞だったり、企業からの感謝状だったりした。

明希子も窓枠につかまりながら、落合の視線を追うようにそれらをぼんやりと眺め渡していた。

落合が言った。

「お父さんは古い職人気質の半面、最新の工作機械やCAD／CAMを積極的に導入する進取の気性に富んでいた。腕のいい従業員もたくさんいる。花丘製作所には技術力があった」

その声は、気のせいかどこか懐かしむかのような響きを含んでいる。過去に存在していた輝かしいなにかに対し感慨を述べているような。

「……この会社には、花丘製作所には技術力があるんですね」

明希子はやっとの思いでそうつぶやいた。自分が発した〝技術力〟という言葉が、じんわりと胸に染み入るようだった。

向こうで落合が頷いた。

「ええ、優れた技術力がね」

その言葉は単に事実を伝えているだけかもしれないが、確信に満ちており、先ほどのように回顧の色合いは微塵《みじん》も感じられない。

花丘製作所には、技術力がある！　冷たかった窓枠が、ほんのりと熱を帯びたような気がした。明希子は壁に掛かった幾つもの賞状を見やった。

技術力があるということ、それは誇っていいことだった。モノづくりの企業にとってなによりの強みではないか。そうして、その技術力を備えたこの会社は、いま瀕死の状態にあった。

明希子は窓枠をつかんでいた手を離し、落合に向き直った。

「わたし、ここをなくしたくありません」

「きっとこの会社にいる誰もがそう思っていることでしょう」

落合は無表情だった。

4

花丘製作所が倒産するかもしれない――その事実は、ダイ通のオフィスにいても身体中を駆け巡っていた。

今日も花丘製作所では、みんなが働いているはずだ。けれどなにか手を打たない限り、こうしている間にも三億という借入金の利子は積み上がっていく。そうして、花丘製作所の残された寿命を削っていく。

なにか手を打たない限りっていうけど、そもそもわたしが会社にかかわるのは、お父さんが復帰するまで？　それとも……？　なによりわたしは、落合先生に会社の現状を聞いて、すっかり逃げ腰になってる。

「どうしたんですか、アッコさん？　心ここにあらずって感じなんですけど」

ついつい注意力が散漫になって、理恵にフォローされるありさまだった。

「ごめん……」

今となっては、轟屋ガイドブックのプロジェクトリーダーに理恵を置いたのがせめてもの救いだった。もしも自分がメインになって進めていたら……そう思うとぞっとする。

父の件で病院から呼び出しがあり、静江と並んで明希子はカンファレンスルームで主治医の松尾と向き合った。

「そろそろ花丘さん、リハビリテーションセンターへ通われたらいかがでしょう?」

誠一はすでに一般病棟に移り、リハビリは院内でも行っていた。

思わぬ松尾の助言に、静江も明希子もどう応えていいのか分からなかった。

「リハビリ専門の病院で、本格的に言葉の訓練をされては、という提案です。センターにはご自宅から通っていただきます」

「退院できるということですか?」

静江と明希子は声を揃えて言っていた。

「そうなりますね」

二人は手を取り合って喜んだ。

松尾が微笑んで、

「それでは、センターへの紹介状を用意します」

「ぜひ、お願いします」

と静江が言った。

「松尾先生、父はいつ頃から職場に復帰できるのでしょうか?」

明希子は訊いてみた。

松尾の表情が険しいものになった。

「それは不可能だと思ってください」

明希子は息を呑んだ。松尾の言う〝不可能〟という言葉の意味を咀嚼《そしゃく》するために、もうひと呼吸を要した。〝不可能〟――それは、つまり父が職場には戻れないということを言っているのだろうか？

明希子は松尾にすがるような視線を向けた。

医師が静かに応えた。

「お父さまは、ひとまず命の危険がなくなったとはいえ、失語症という後遺症が残りました。のんびりした会話や雑談をしている分には不自由しませんが、複雑な内容や急いた言い方をされると理解不能に陥ってしまいます。そしていったん理解不能に陥ると、話全体が飛んでしまう。健常な頃なら前後の言葉の関係で推測できたところが、今は片鱗《へんりん》すら消えてしまうのです。特に相手と対面しない電話は、コミュニケーションの手段が言葉だけなのでさらに意思疎通が困難になります。これでは重要な商談を行うことなどできないでしょう」

そこで松尾がこちらの反応を見るように言葉を区切った。まず明希子の顔を眺め、それから母の顔へと視線を移し、再び明希子を見つめた。

「ましてやお父さまは会社の経営者だと伺っています。お父さまの言葉の障害は後遺症のほんの一部であって、それがすべてではないのです。杖《つえ》こそついていませんが右半身には軽い麻痺が残っています。そのほかにも他人には理解できない、身体のあらゆる部分に生じたズレをご自身は意識しているはずです。リハビリによって軽減されるとはいえ、お父さまの健康のことを考えれば社長職という激務に戻すことは医師として反対です」

「娘としても反対です」そう言おうかと思った。終わった、と思った。

「アッコちゃん」

母の顔を見たら目が真っ赤だった。

「お父さんのところにもう一度寄っていく?」

明希子は首を振った。

すっかり日の短くなった吾嬬町の通りを、明希子は花丘製作所に向かってとぼとぼと歩いていた。時折、頬を切るような冷たい風が吹きつける。

もうどうしようもない。終わったのだ。父の会社は、父が復帰できないことで幕を引くのだ。

花丘製作所の前まで来ると、パートの新井泰代《あらいやすよ》がしゃがんでプランターの植物の世話をしていた。

「泰代さん、寒いのに……」

「あら、アッコさん」

泰代が顔を上げた。

土地が狭い下町界隈《かいわい》の住宅事情では、庭を持つ家は少ない。花丘製作所にしてもほぼ敷地いっぱいに工場が建っている。吾嬬町の人々は、たとえ小さくとも植物の鉢を軒先に置き、緑を愛《め》でようとする。通りや路地は、住人らにとって庭であり、コミュニケーションの場でもある。明希子もここに顔を出すようになって、社の前のわずかな車寄せで荷物の積み下ろしをしている社員たちが、近所の人々と気さくに言葉を交わす姿をよく目にしていた。

手に小さなシャベルを持った泰代が、

「来年咲くようにチューリップの球根を植えてるの」

楽しげに言った。

来年……その言葉が胸に迫った。中学生と小六の二人の息子がいるという泰代さん。いかにもよいお母さんといった泰代さん。会社の車寄せの隅に鉢植えを並べ、いつも手入れしているのは彼女だ。

夕刻の製品の搬出を終えたばかりらしく、正面のシャッターが開いていた。なんともいえない重苦しい気持ちを抱え、明希子はそこから中に入った。一階は製造部である。午後五時の終業時刻を過ぎ、稼働している機械はない。残業するほどの仕事がないのだった。すっかり陽が落ちた冷たい外気が入り込んでくる。明希子の足元で木枯らしが舞った。

奥で葛原がグラインダーでドリルを研いでいた。それはいかにも職人といった佇《たたず》まいが感じられた。

葛原が明希子に気がついて、

「お嬢」

いつもと変わらぬ温かな笑みを浮かべた。明希子にはその笑顔を直視することができなかった。

「お疲れさまです、クズさん」

「病院に行かれたんでしたよね。社長のお加減いかがでした?」

「退院できるんですよ。まだ、リハビリには通わないといけないんですけど」

「そいつぁ、よかった！　うん、うん」

葛原は何度も大きく頷いていた。

「よかった。ほんとによかった。お嬢も、さぞほっとされたことでしょう。いや、めでてぇこって」

葛原の目が潤んでいた。

「ありがとう」

明希子は燻《くす》ぶったような笑みを浮かべた。でもね、クズさん、お父さんはもう会社に復帰できないんですって。

「お疲れです」

頭の上のほうで声がした。土門だった。

「お疲れさま」

明希子が言葉を返すと、岩のような強面に柔和な笑みが浮かんだ。

土門君も、ごめんなさい。もう無理みたい。だから……だから、わたし、父に言って花丘製作所を……

「お先に失礼します」

声の先に、ジャンパーを着た温厚そうな男性が微笑んでいた。製造部の主任の里吉《さとよし》だった。仕事がない今も機械の手入れなどして、いつも遅くまで工場に残っている彼が、今日は定時で作業服から私服に着替えを済ませていた。

「お疲れさまでした」

明希子は里吉に言った。

「今日は、せがれの誕生日でしてね」

里吉がシャッターの外を見やった。そこには彼の妻と子どもらしい二人連れが立っていた。

「いつも主人がお世話になっております」

里吉の妻が明希子に深々と頭《こうべ》を垂れた。小柄で、かわいらしい感じの人だった。

「こちらこそ」

明希子も頭を下げた。

「こんにちは」

小学三年生くらいだろうか、素直で賢そうな少年が挨拶した。

「お誕生日ですってね、おめでとう」

明希子は少年に言った。

「ありがとう」

「今日は外で晩飯でも食おうと思って」

と里吉。

「いいですね。行ってらっしゃい」

里吉はいつもより少しだけ晴れがましいような表情をしている。きっと自分の家族が自慢で、その家族を社員のみんなに見せていることが誇らしいのだろう。

「よー、よー、よー」

菊本だった。彼は外に出ていくと、

「坊主、誕生日おめでとうナ。これ、少なくってワリィけどよ、今持ってるのがこんだけなんだ。とっときな」

作業服のポケットから五百円硬貨を出した。

「おっと、むき出しってーのもなんだな」

菊本はそう言って、やはりポケットから取り出した油染みたぼろきれで硬貨を包んだ。

少年はそれを受け取ろうかどうしようか迷い、里吉の顔を見た。

「もらっときな」

里吉が言った。

「ありがとう」

少年が嬉しそうに笑った。

「いいって、いいって」

「ありがとうな、キク」

里吉はいつもより心持ち堂々ともしていた。こうして職場の人間に顔が利くことが、家族に対しても誇らしいのだ。

菊本が澄まして首を振った後で、眩《まぶ》しそうに里吉親子を見た。

「俺、なんか主任たち見てたら、いいナって思って」

「おまえも早く持てよ、家族」

「そうっスね」

と菊本が言ってから、彼にしては珍しくはにかんだような表情になった。

「ま、俺らみんな、家族みてえなもんじゃないっスか」

明希子の目から不用意な涙がぼろぼろっとこぼれ落ちた。

「ありがとう、キクちゃん」

明希子は言った。

「いいんス、いいんス……え？　なんで、アッコさんが俺に礼を言うんスか？」

「なんでも」

明希子はいたたまれずに小走りに外に出ると、里吉母子《おやこ》の脇を軽く会釈して擦り抜けた。

わたし、取り返しのつかないことをするところだった……わたしは、これまで社長の娘として豊かに、幸せに暮らしてきた。自分の好きな勉強をし、好きな仕事を選んで就職し、家業のことなんて考えたことは一度もなかった。いや、かつて「キツイ」「汚い」「危険」の3Kなどと呼ばれた家業を恥じてさえいた。そのイメージを払拭《ふっしょく》しようと父が建て替えた社屋さえ最近まで目にしていなかったのだ。

自分は常に家業とは無縁で、好きなことだけをしてこられた。それもみんな、花丘製作所のために一生懸命に働いてくれていた社員のおかげだった。なのに、わたしはみんなのことを考えずに会社を見放そうとした。社員とその家族のことも考えずに……

涙で視界が曇った。

すぐ傍で車が止まったようだった。

ふと見やると、タクシーからスーツ姿の男性が降り立った。

「やあ、アッコちゃん。花丘製作所に向かうところだったんだよ」

越後クリエイツの関だった。

「今、お父さんのお見舞いに行ってきたんだ」

「関さん――」

「セイさんから話を聞いたよ。いろいろ大変なようだね。それで、アッコちゃんに会ってぜひとも提案したいことがあってね」

「わたしもお伝えしたいことがあったんです」

そう、父が戻れないなら、自分がやるのだ。

明希子は関を真っ直《ます》ぐに見て言った。

「わたし、花丘製作所を継ぎたいと思うんです」

関が頷いた。

「実は私もそれを言おうと思ってきたんだ。今度こそ本気でね」

「賛成してくださるんですか？」

「もちろんだ。この間も言っただろう。アッコちゃんには根性があるって」

――あの日、雪山で鹿を見た。

と、明希子は思った。

小学生の頃、関に連れられて、泣きながらゲレンデを滑り降りていた時のことだ。白く雪化粧した木々の間に鹿の姿を見つけた。

――そう、泣きながらでも、目はなにかを見ているものなのだ。


「残念ですぅ、アッコさんが会社を辞めるなんて」

理恵が言った。

理恵と明希子は、二人でよく来る六本木のバーで飲んでいた。

「でも、なにしろご実家の会社にかかわることですもんね」

明希子は目の前のカクテルを眺めていた。フローズン・ダイキリ。シャンパングラスの広い口から盛り上がるほど入ったシャーベット状のアイスが、あの日のスキー場の雪を思わせる。

「それに、アッコさんが花丘製作所にいれば、いつでも土門さんに会いに行けるし」

明希子は人差し指を伸ばし、カウンターの隣にいる理恵のこめかみをつついた。

「いいよ、時々遊びに来て」

「言われなくても」

彼女がチロリと舌を覗かせる。

「もう、ここ理恵ちゃんのオゴリだからね」

「俺のオゴリでもいいんだけどな」

振り返ると、趣味がいいとはいえないが、仕立てのよさそうな白いスーツを着た男が立っていた。栗色がかった長い髪。光沢のある黒いシャツの胸元が大きく開いていて金色の太いチェーンが覗いている。南雲龍介《なぐもりゅうすけ》――広くメディアでも取り上げられているIT企業、株式会社サウスドラゴンの社長だ。明希子もサウスドラゴンのイベントの仕事を担当したことがあった。

「アッコちゃん、ダイ通辞めて実家の工場を継ぐんだって？」

浅黒い肌の目元にしわを寄せて笑った。スポーツの陽焼けなのか、陽焼けサロンにでも通っているのか、肌が黒いために目と歯が対照的にとても白く見える。歯にはおカネをかけているのかもしれない。

「あら、南雲社長、ずいぶんと情報が早いんですね」

「この世でいちばん大切なものはカネと情報だ。以前から目をつけてる魅力的な女性に関する情報となればなおさらさ」

明希子の隣で理恵がさっと立ち上がった。

「あの、南雲社長、名刺をお渡ししてよろしいでしょうか？　ダイコク通信社の佐々木理恵といいます」

南雲が無言で理恵の名刺を受け取ると一瞥《いちべつ》もせずに上着の内ポケットに入れた。

「ダイ通さんは美人が多いんだね」

「社長のお連れの女性こそたいそうお美しいですね」

明希子は言った。

ブロンドのロングヘアーをなびかせて長身の白人女性が近づいてくると、ノースリーブの腕を南雲の腕に絡めた。

「アッコちゃん、困ったらいつでも連絡くれよ。なんだったら、お宅の会社を買ってていい。俺、昔からモノづくりってやつに興味があるんだな」

すでに充分に困っておりますが、あなたのところにだけは連絡するつもりはございません。明希子はバーの奥へと消えてゆく二人の後姿を見送った。

「おカネと情報か……」

と理恵がぼんやり言った。

「ねえ、理恵ちゃん。以前、あなたに〝マーケティングマネージャーにとっていちばん大切なものはなんだと思う？〟って訊いたよね」

「ええ。そしたら、アッコさんは〝判断〟と〝運〟だって」

「確かにそう言った。でもね、今夜、ここでそれを訂正する。マーケティングマネージャーにとっていちばん大切なもの、それは〝判断〟と〝覚悟〟よ」

今はわたし自身がその言葉を心の片隅に留めておこう。そうして、なにかあったら取り出して眺めよう。一度決心したら、腹を据えてとことんやる。それしかないんだ。

第三章　アッコ社長誕生

1

明希子は父を、母の軽自動車の助手席に乗せ走らせていた。力のない表情で誠一が窓外の風景を眺めている。

退院した日、タクシーに乗って帰宅する際に、それほどスピードを出していないのにもかかわらず、誠一の目には景色がものすごい速度で後ろに流れ去ってゆくように映ったという。建物や街路樹もチカチカと光っていて、信号も実際以上に煌々《こうこう》と輝いて見えたと語っていた。

退院から数日経《た》った今、父の目に車窓からの風景はどのように映っているのだろう？

リハビリセンターへの送り迎えは、普段は静江が行っている。今日、明希子が運転しているのは、誠一に話しておかなければならないことがあったからだ。辛《つら》い話だったが、自分たち親娘《おやこ》だけの問題ではない。花丘製作所で働く社員全員にかかわる問題なのだから。

しかし、明希子は話を切り出せないままに、センターに到着してしまった。

「あ、りがと・よ」

と言って誠一が車から降りた。

明希子も降りて、誠一の隣に寄り添うように並んだ。

「お父さん、会社のことなんだけど——」

そこで明希子は思い切ってそう口にした。

「松尾先生に言われたの」

「……お、俺には、む、む、無理だって、か?」

誠一にも察しがついていたらしい。

明希子が頷《うなず》くと、

「……だ、だろう……な」

誠一はしばらく黙ったまま足元の辺りを眺めていた。

「か、会社、どうするするするか、だ・な」

明希子は誠一を真っ直《ま》ぐ《す》に見つめた。

「お父さん、わたしに花丘製作所を任せてくれない」

「だだだだだ、だって……お、おまえ……」

「落合先生から聞いた。今、会社がどういう状況かは知ってる」

「そ、それでも……やるって、いうの・か？」

明希子は再び頷いた。

それまで表情にとぼしかった誠一の顔に一瞬生気が甦《よみがえ》った。

「関さんにも話したの」

「越後の、せ、セキちゃんに……」

「うん」

「な、な、なんて、言って・た？」

「賛成してくれたよ」

「そ、そ、そうか、セキちゃんが……」

「わたしには根性があるって言ってくれた」

「こ、こ、こ、こ、こ、こ」

「お父さん、落ち着いて」

「根じょー、が・な」

「うん」

誠一が嬉《うれ》しそうに何度か頷いていた。そうして一人、とぼとぼと歩き出した。

「わ、分かった。おまえに……ま、任せた」

「お父さん！」

明希子は誠一に歩み寄って再び隣に並んだ。

誠一が前を向いたままで言った。

「た、頼んだぞ、アッコ社長」

「はい!!」

明希子は父に向かって力強く応《こた》えた。

「よ、よ、よぅおーーし。り、り、りんりんりんりん臨時役員……か、会の、しょ、しょ、しょー、招集だあぁ」

2

誠一が招集した臨時役員会とは、極めて家族会議に近いものだった。

花丘製作所の代表取締役である誠一、取締役の静江、菅沼、営業部長の高柳《たかやなぎ》、それに監査役として顧問税理士の落合が出席した。

明希子も、もの心がつかないうちから花丘製作所の株主である。こんなのは中小製造業ではざらにあることだった。ちなみに、明希子の持ち株は、誠一、静江に続いて三番めに多い一五パーセントである。

場所は花丘製作所の社長室。久し振りに自分の席についた誠一が、無骨な手で、半ば無意識に古い木の執務机の表面を愛おしげに撫《な》でていた。

やはりこれも古い革張りの応接セットに、残る面々は腰を下ろしている。

内輪の集まりだったが、明希子は緊張して座っていた。誠一は認めてくれたが、ほかの人たちは、製造業のことをなにも知らない自分を、本当に受け入れてくれるのだろうか？

「お、お、お集まりいた……だいたのは、わ、ワタクシ、花……丘誠一は、しゃ、しゃ、社長職を、じ、辞そうと、け、け、けつ、けつ、決意したから、で・あります」

あらかじめ根回しが済んでいるらしく、誠一の言葉に動揺を示す者はいなかった。

「花・丘、せ、製作所の次の社長には、花丘、あ、明希子を、すい、すい、すーい、すい、推薦、し、します」

誠一の言葉の後で司会役の落合が、

「それでは、取締役の皆さんの賛否を伺います」

と一同に向かって問いかけた。

「賛成！」

と静江が右手を高々と上げ、満面の笑みで元気よく言った。

「賛成です」

と菅沼が、やはり微笑《ほほえ》んで言った。

「反対だ」

その場にいる全員の視線が、声の主に注がれた。

高柳は誰を見るでもなく、その顔は真っ直《まっす》ぐを向いていた。

明希子は間近で隣にいる高柳の横顔を見ていた。四十代後半くらいだろうか。肌が浅黒く、オールバックに撫でつけた髪には、年齢の割りに白いものがかなり多く混じっている。半白《はんぱく》といった感じだった。

「花丘製作所の舵取《かじと》りを、経験のない素人に任せることに賛成なんてできるはずがないでしょう。違いますか？」

誰もなにも言わなかった。

誠一が口を開きかけ、それでも言葉を呑《の》み込むようにして黙っていた。

落合が一同の顔を順番にゆっくりと見回した。そうして言った。

「高柳部長から反対意見が出ましたが、多数決で花丘明希子さんの社長就任を、役員会で承認しました」

明希子は立ち上がり、

「ありがとうございます」

と挨拶した。そうして、高柳に向かって、

「一生懸命頑張ります。よろしくお願いします」

と言った。

高柳はやはり明希子のほうを見ずに、

「反対だ」

ひとこと言って席を立ち、社長室を出ていった。

「なあに、あれ！」

堪《こら》えきれないといった感じで静江が声を出した。

「ばりばり仕事を取ってきてたのは、とっくの昔の話じゃないの！　いつまでも偉そうになんなのよ!!」

「よ、よ、よせ！」

誠一が言った。

「だって、お父さん！」

「も……もう、いい」

「反対──とまでは言いませんけれどね」

とそこで落合が言った。

「諸手を挙げて賛成とは言いかねる気分ですよ、私としても、ね」

「お、お、お……」

と言葉が出ない誠一の横から静江が、

「落合先生！　それはいったいどうしてです!?」

「リスクを考えればね、そうでしょう？」

落合が明希子に顔を向けた。

「アッコさん、私は、前にあなたに言いましたね。花丘製作所を潰してしまう手もある、と。それほど会社は深刻な状態なんですよ」

静江の顔が蒼白《そうはく》になった。そうして興奮した口振りで言った。

「ねえ、それはいったいどういうことなの!?　深刻な状態ってなに!?　アッコ、あんたそれを知ってて会社を継ぐつもりだったの!?　もう、いっつもあたしにはなんにも言わないんだから!!」

やれやれ、と明希子は思った。これだから母にはなにも聞かせられないのだ。

「今なら引き返せます。アッコさんが当事者になることは避けられるわけだ」

と落合が言って軽く咳《せ》き込んだ。

「社長になるということはね、会社の借金をアッコさん個人も保証するということなんですよ。花丘製作所が借金の返済をできなくなれば、アッコさんがそれをしなければならない。借金取りに追われる人生になるんですよ」

「アッコちゃん！」

静江が悲鳴のような声を上げた。

明希子は静かに言った。

「でも、今このことに真正面から取り組まないと、わたし、きっと後悔すると思うんです」

落合が小さく首を振った。

「これも言っておきましょう。中小企業の社長というのはね、いわばスーパーマンなんですよ、アッコさん。営業もすれば現場で誰よりも腕が立つ。経理も見る。そんな偉大な社長の姿を、これまで社員は見てきている。社長はね、会社の〝顔〟であり、みんなの精神的支柱なんですよ。花丘製作所の社員にとって社長はただ一人、あなたのお父さんだ」

落合が執務机に向かって座っている誠一のほうを見た。

誠一は黙っていた。

落合が再び明希子に向かって語りはじめた。

「アッコさんは、先代社長の幻影とも闘って、みんなの気持ちを掌握しないといけない。非常に困難な船出をしようとしているんですよ。しかも、どこに行き着くかもしれない航海のね。それに……」

と落合が少しためらってから、

「それに、若い女性であるアッコさんが製造業の社長になるというのはね……現場からの反発もあるでしょう。なにしろ古い体質の業界ですから」

「チャンスかもしれませんよね」

と明希子は言った。

「女が社長になる。それはチャンスかもしれない。なにか新しいものをつくり出すチャンスかもしれないじゃないですか！　花丘製作所にとって。そして、製造業界全体にとって。チャレンジする。そこからチャンスが生まれる」

明希子はまぶたを閉じ、再び大きく目を開けた。

「わたし決めたんです。だって、なにより――」

3

「――なにより花丘製作所とわたしは双子の姉妹のようです」

明希子は、二階にある食堂に集合した社員全員に向かって言っていた。

まず最初に明希子は、「おはようございます」と朝の挨拶をした。「このたび十一月二十日の臨時株主総会で可決され、花丘製作所の代表取締役社長に就任しました花丘明希子です」それは社長としての所信表明だった。明希子は自分の言葉で、飾ることなく自分の気持ちをみんなに伝えようと思った。

「そう、花丘製作所は、わたしの分身なんです。会社が創立してから少しして、わたしも生まれました。わたしはこの分身のおかげでご飯が食べられたし、学校にも通えたんです」

昨夜、実家のバスタブに浸かって練習した挨拶を述べながら、明希子は社員の顔を見渡した。知った顔もいる。まだ馴染《なじ》みのない顔もいる。菅沼が嬉《うれ》しそうにこちらを見ている。葛原はなにやら感慨深げで、涙でもこぼしそうだ。土門がなにを考えているのかは、相変わらずその表情からは読み取れない。にやにやしながら落ち着かなく身体を揺すっていた菊本が、里吉に頭をはたかれている。

「少しだけお姉さんの分身に、父は深い愛情を注いでいました。わたしが小学校の時、父は約束したのに運動会に来てくれなかった。きっと、なにかあったのだろうと、わたしはわたしの分身に嫉妬《しっと》しました」

花丘製作所の会長となった誠一は、この場に姿を見せていなかった。「これからは、おまえの時代だ」と言って。あるいは、落合の言葉ではないが、先代社長の姿がいつまでもちらつくことで社員の気持ちが明希子に向かないことを気にしたのかもしれない。

「そうして今、その分身はとても悪い状態にいます。わたしは、自分の大切な分身を失うわけにはいかないんです」

食堂に集まった社員の顔は、自分を歓迎してくれてばかりはいなかった。懐疑的な表情でこちらを見ている者、明らかな敵意を持ってにらんでいる社員もいる。

明希子は、あらゆる表情と対峙《たいじ》していた。


三階事務室の奥にあるドアを開けて社長室に入ると、明希子は執務机にそっと手を触れた。この間、誠一が触れていた机に。革張りの椅子に腰を下ろす。肘掛《ひじか》けの付いたその椅子は、自分には大き過ぎた。

社長室だなんて、なんか大げさだな。無駄に広い気がする。それに比べて、さっき朝礼をしてた食堂の狭いことっていったら。二階に設計部があるから、そのために食堂と更衣室のスペースが削られてるわけだ。でも、狭いところに押し込められてお昼を食べてたら、午後の仕事に影響するよな。そんなことを考えていたら、ノックの音がした。

「はい」

と返事をする。

「おはようございます」

花丘製作所の作業服と同じ浅葱色《あさぎいろ》の事務服を着た経理の恩田《おんだ》ルリ子が入ってきた。ルリ子は四十五歳で独身である。誠一や菅沼からの信頼も厚い。地元の商業高校卒業と同時に花丘製作所に入社し、以来勤続二十七年。眼鏡をかけた、もの静かで、美しいといってよい女性だが、「わたくしの青春は花丘製作所に捧《ささ》げた」が口癖だ。そうしてなにかの拍子に、静かな微笑をたたえた彼女の唇からこの言葉が発せられる時、周囲にいる者は彼女の来《こ》し方《かた》に思いを馳《は》せ、曖昧《あいまい》な表情で沈黙するしかないのだった。

ルリ子が、漆の盆に載せてきた湯飲みを机に置き、「にこっ」という音がしそうな笑みを向けてきた。

「ありがとう。でも、気にしないでください。明日からは自分でしますから」

明希子は言って、せっかくなのでルリ子が淹《い》れてくれたお茶をひと口飲んだ。

「おいしい！」

本当だった。

「ルリ子さんて、お茶を淹れるの、とっても上手なんですね。なにかコツがあるんですか？」

レンズの向こうでルリ子の瞳が輝いた。

「特別な裏技みたいなものがあるわけじゃないんですよ。そうですね、あるとしたら、飲む人の好みに合わせた温度に淹れることかしら」

そうして、明希子を見て言う。

「社長は、あまり熱くないのがお好みですよね？」

「ええ」

〝社長〟と呼ばれて、なんとなく居心地が悪かった。

「ずっと以前に会社にいらした時、お茶をお出ししたら、熱いのが苦手とおっしゃっていたので」

「わたし、猫舌なんです。でも、よく覚えているんですね」

ルリ子はにこにこと、ただ優しげな笑みを浮かべていた。

「父は熱いお茶が好きですよね」

「ええ。舌が焼けるほどに。それに毎朝、梅干も一緒にお出ししていました」

「そうそ、熱いお茶に梅干」

明希子はつかの間、父の姿を思い浮かべることでずっと続いている緊張から解かれるような気がした。

「人の好みの温度に合わせて、か――」

感心したようにそう言ったら、

「でも社長、わたくしのそういうところには、愛人体質が潜んでいるのかもしれませんわね」

やはり屈託のない笑顔でルリ子がキワドイ発言をする。

明希子はどう応えてよいものか分からなかった。

「あ、そうだ、〝社長〟じゃなくて、今までどおりアッコにしてください。なんか調子が出なくって」

「では、アッコさん、これからよろしくお願いいたします」

「こちらこそ。なにしろルリ子さんは、この会社の事務についてなにからなにまでご存知なんですから」

「ええ、わたくしの青春を捧げた職場ですもの」

ドアの前で振り返り、再びこちらに笑みを向けるとルリ子が一礼して去った。

出た！

「さてと――」

明希子も立ち上がった。

食堂での朝礼に、高柳の姿が見えなかった。

明希子は社長室を出ると、カウンターで囲まれた事務所を通り、一方にあるドアの前に立った。そこが営業部長室だった。花丘製作所で個室を持っているのは、社長と高柳だけである。

虎穴に入らずんば虎児を得ずってね、まあ、ここは自ら敵陣に乗り込むしかないでしょ。

明希子はドアをノックした。しかし反応はない。

トントン。

窮鳥《きゅうちょう》懐に入れば猟師も殺さず、なんだからね。ともかくここを開けてもらって、中にさえ入れれば……

トントン。トントン。

だが、いくらノックしても、高柳からの返事はなかった。

4

「おはようございます」

と明希子は挨拶した。

すると、仙田《せんだ》がプイと顔をそむけた。

仙田は、製造部で葛原と並ぶベテランの職人である。

明希子は仙田を追うようにしてもう一度声をかけた。

だが、仙田のほうは相変わらず無視している。いつものことだった。

社長になって当面なにをしていいものか明希子には分からなかった。そこでひとまず社員と触れ合おうと思い、全員に声をかけることにした。「お疲れさま」とか「元気?」とか、一言でいいから、毎日一人一人に話しかけた。でも、なかには、けっして応えてくれない社員もいた。仙田もそうだった。

今日は必ず挨拶を返してもらうぞ、と意気込んで、仙田の前に明希子は立った。

「おはようございます!」

すると、仙田が無言のまま明希子をまじまじと見返してきた。

明希子も仙田の顔を正面から見据えた。しゃくれた顎《あご》に無精ひげがまばらに伸びている。そこに白が多く混じっていた。

やがて仙田がまたそっぽを向いた。

明希子はその視線の先に立って、さらに言う。

「お・は・よ・う・ご・ざ・い・ま・す」

今度は仙田が下を向いた。明希子は身体を傾けて、その顔を覗《のぞ》き込んだ。

「仙田さん、おはようございます!」

明希子はにんまりと笑って見せた。

「けっ、しつけぇなあ」

仙田がぼそりと言った。息にかすかに酒のにおいがした。

明希子が上体を起こすと、仙田がムスッとした顔で見つめ返していた。だが、やがてその表情がほどけ、にやりと微笑んだ。

「おはようさん。これでいいんだろ」

そう言うと、仙田はすたすたと去っていった。

明希子はその後ろ姿を見送りつつ、ま、一歩前進てとこね、と思う。

「お嬢、すいやせんねえ」

葛原だった。横から見ていたらしい。

「なにしろセンさんは一途《いちず》な男でね。やつには、社長っていったら先代しか、お嬢のお父さんしかいねえんですよ。いや、悪く思わないでくだせえ」

――「花丘製作所の社員にとって社長はただ一人、あなたのお父さんだ」落合の言葉が明希子の中で甦る。

「夏の暑い日にね――いや、昔のことでさあ」

葛原が遠い目をした。

「先代が〝頑張れ〟って、現場の人間一人一人に栄養ドリンクを配ってくれたことがあったっけ。当時はね、まだ高かったんじゃねえかなあ、ああいうの。それからクリスマスに、今日は寄り道しないで真っ直ぐ帰れよって、ケーキ持たせてくれたりね。そういうことを一つ一つ覚えてんだな、俺もセンさんも、いや、みんながさ」

明希子は黙って聞いていた。

「ああ、だからって、物をもらったこと言ってるんじゃねえんですよ。気持ちが嬉しいんでさあ。俺たちのことを思ってくれてる社長の気持ちがね。それでみんなも〝よっしゃっ、頑張ろう！〟ってなるんですよ」

「クズさん……」

「へい、なんでしょう」

「ううん……いいんです。ありがとう」

葛原が微笑み、小さく何度か頷いた。

「お嬢、あせっちゃあいけやせんよ。少しずつですから、ね」

なにが、今日こそ挨拶を返させる、よ。なにが、一歩前進よ。なにやってるんだろう、わたし……明希子は社長室に向かって歩きながら思っていた。そうして、高柳の部屋の前に差し掛かり、

「ふぅ」

ため息をついた。

明希子はしばらくドアを眺めていたが、意を決してノックした。

トントン。

相変わらず返事はない。

明希子が社長に就任して以来、一度も高柳の姿を見ていなかった。

高柳はこのドアの向こうでなにをしているのだろう？　だいいち彼は社に来ているのだろうか？

トントン。

明希子は再びノックし、反応がないとドアノブに手を伸ばした。

その時だ。

「アッコさん！」

菅沼が必死の面持ちで、

「ちょっと外に出てもらえませんか！　それで、しばらく社には戻らないように!!」

「どういうことです？」

「さあさ、早く！」

「待ってください、工場長。どういうことか説明してください」

今度は打って変わって菅沼が声をひそめるようにして、

「材料屋が来てるんですよ。支払いはどうなってるんだって」

「！」

窓の外を見たら正面の車寄せにワゴン車が一台駐《と》まっていて、今しも運転席のドアが開き、ずんぐりとした男性が降り立ったところだった。

金型に使われる鋼材はさまざまで、強度などによって使い分けられる。また、鋼材に熱処理や表面処理を施して材質を向上させたものを使用することもある。いずれにせよ、この鋼材なくして金型をつくることはできない。〝材料屋〟とは、この鋼材業者のことを言っているのだ。

「ここはあたしがなんとかしますから、アッコさんはひとまず姿を見せないほうがいい」

釣られて明希子もひそひそ声で、

「でも……」

「アッコさんが新しい代表取締役だってことは、対外的にはしばらく公表しないほうがいいと思うんです。いろんなうるさい催促が押し寄せてくるだけで、いいことはなんにもありませんからね」

明希子は声を元のトーンに戻して言った。

「待ってください。わたし、会います」

「アッコさん」

「逃げ回ってても仕方ないと思うんです。遅かれ早かれ、対処しなければならない問題なんですから」

5

菅沼が汗だくになっていた。

「うー、ですからね……遅れ遅れではありますが……そのー、かならずなんとかしますんで。だから……えーと……」

菅沼と明希子は、社長室の応接セットで材料業者の小喜多《こきた》と向かい合っていた。

「あのー、実は設備投資をしてですね……ところが、えー、思うように注文がですね……」

しどろもどろで言い訳する菅沼を、小喜多はさも楽しそうに、にこにこと眺めていた。

「それで、ですね……」

「暑いのかの?」

菅沼に向かって小喜多が言った。

「いやさ、工場長ってばこの季節に汗びっしょりになって、暑いのかなあ思ってな」

菅沼が作業ズボンのポケットからハンカチを出して、ゴシゴシ顔を拭きはじめた。

「いやー、人が悪いなあ、小喜多さんも」

小喜多は七福神の恵比寿《えびす》さまによく似た顔で、相変わらずにこにこと菅沼を眺めていた。

「小喜多さん、うちとお宅とは長い付き合いだ。そこんとこ事情を酌《く》んでくれませんか。頼ンます」

菅沼が耳の上にだけわずかに髪が残った頭を下げた。

小喜多がにこにこ顔を今度は明希子のほうに向けた。

「そうかね、あんたが社長の娘さんかね」

「はい、花丘明希子です」

「で、今度社長の跡を継いだと」

「はい。よろしくお願いします」

「社長にはーーあー、先代社長には、うちも大変お世話になりましてね」

小喜多はにこにこと明希子を眺めていた。

「いいでしょ。もう少しだけ、そう、一か月だけ待ちましょう」

「ありがとうございます！」

明希子は言って深々とお辞儀した。

「頼ンます」

と、隣で菅沼も深く頭を下げた。

「けど、危ないなと思ったら、即刻搬入はストップさせてもらいますよ。まあ、もう充分に危ないところではあるんですが、ね」

「んな……小喜多さん、そしたら、うち、お手上げですよ」

菅沼が泣きそうな声を出した。

小喜多がにこにこ顔で明希子に向かって言った。

「確かに、うちとこと花丘さんとは長い付き合いだ」

その瞬間、小喜多の目がギロリと覗いた。顔は笑っているのに、その目は冷え冷えとしていた。

「けど、そりゃあ、うちとことあんたの親父さんとの付き合いだ。あんたとの付き合いじゃあない」

今度は菅沼に向けて、

「お手上げって、うちとこもお宅に付き合ってたら、お手上げになっちまう。うちとこも、お宅とおなし中小企業だもの。おなしようにいっつも崖っぷち歩いてる。だけどね、ここですぐ手ぇ引かないのは、先代に恩があるからですよ」

そう言うと小喜多は見送りを辞して帰っていった。

「へっ、これじゃあどっちが客か分かったもんじゃない」

菅沼がため息とともにつぶやいた。

「それにしても、小喜多のあんな仏頂面《ぶっちょうづら》は見たことないなあ」

「仏頂面って、ずっとにこにこしてたじゃないの」

明希子が言うと、菅沼がうんざりしたように、

「ああ、あいつはね、もともとあんな顔してるんですよ。財布を落っことしたって、にこにこしてるように見えるんだから。でも、今日のやつはさすがに不機嫌そうだったなあ」

そう、確かにあの目は笑っていなかった、と明希子は思った。

「苦しい中でね、銀行の返済分をなにより最優先してるんですよ。小喜多んとこには悪いんだけどさ。だって、銀行に目を付けられると大変なんで。いや、もう目は付けられてるんだろうな。なにしろここんとこ期日に遅れっ放しなんで。それでも、数日遅れでなんとか返してる。そうしないと、たちまちいっぺんに全部返せって言って寄越しかねないんだから」

「全部返せ……」

「そしたら、うちは完全に終わりですよ」

終わりって……ともかく、あと一か月だけなんとか材料が途切れることなく済んだ。

そうして、これも誠一の威光によるものなのだった。

いや、誰のおかげとか、そんなことじゃなく、材料の供給があるうちに早く次の手を打たないと。

「工場長、取引銀行に挨拶に行きたいんです。一緒に来てくれますか」

「はい」

「月々の返済分を減額してもらうか、さらなる融資を頼んでみようと思うんです」

6

「そうですか、花丘製作所さん、代替わりされたんですか」

ひかり銀行法人営業部の担当者、西山《にしやま》が言った。

「ええ、それでご挨拶をと思いまして」

明希子は言った。

西山は三十代半ばくらいといったところだろうか、しばらく興味深げに明希子のことを眺めていた。

「いくらご実家の会社とはいえ、今のような状況で継がれるなんて、勇気がある方だなあ」

こうした言葉にはとっくに慣れっこになっていた。それでも西山は、その勇気とやらを評価してくれたのか、

「分かりました。融資の件は稟議《りんぎ》にかけてみましょう」

と言ってくれた。

「本当ですか!?」

胸が弾む。

部長の砂川《すながわ》に引き合わせると言われ、菅沼と明希子は応接室に案内された。

しばらくして、髪をきれいに撫でつけた金縁眼鏡をかけた上品そうな風貌の男性が入ってきた。そうして、

「やあ、社長」

砂川は、その見かけとは裏腹な横柄な感じで菅沼に声をかけた。

菅沼は一瞬ぽかんとしていたが、慌てて明希子のほうを示した。

「いえ、社長はこちらです」

こんどは砂川のほうが啞然《あぜん》としていた。それから苦笑いを浮かべ、

「またまたあ」

「いや、本当です」

そう言う菅沼を相手にせず、

「忙しいんだから冗談はよしましょうよ」

そう言って不愉快そうにソファにどかりと腰を下ろすとタバコに火をつけた。

明希子は刷り上がったばかりの名刺を差し出して、

「このたび株式会社花丘製作所の代表取締役に就任いたしました花丘明希子です」

「あっそー」

明希子が社長だと分かると、砂川はますます気分を害したようだった。明希子の名刺の端を指でパチパチ弾きながら言った。

「あんた、社長だなんていって、ほんとのところ名目だけなんでしょ？　後ろ盾になる人の名前と経歴を書面で出してよ」

「そんな人はいません」

「じゃあ、話にならないなあ。どうせ、融資の件で来たんでしょ。まあ、お宅のメインバンクにでもお願いしたら」

「メインバンクは貴行です」

話にならないのはどっちだ！　自分の銀行の古くからの取引先も知らないなんて!!

「まったくひでえ態度だったなあ。いくら今がこんなだからって。いや、長いこと優良企業だったんですよ、うちは。先方からの〝お願いしますよ、助けてくださいよ〟

の声で、預金にも協力してきたし、金融商品だって買ってきた」

ひかり銀行を後にすると菅沼が言った。

「ま、雨が降った時には傘を貸さない、晴れてる時は傘を貸す——それが銀行ってもんだって言いますさあね」

「今に言わせてみせるわ、向こうのほうから〝もっと借りてください!〟って」

明希子は言った。

「そう!　その意気ですよ、アッコさん」

会社に戻ると、再び高柳の部屋の前を通りかかり、明希子は立ち止まった。

「部長ですか?」

菅沼が明希子に言った。

明希子は頷いて、ドアをノックした。

トントン。

例のごとく返事がない。

今度は躊躇《ちゅうちょ》することなく明希子はドアノブに手を掛けた。

カチャ。

ドアには鍵がかかっていた。

「いませんか?」

菅沼に訊かれ、明希子は頷いた。

「まったく、なにを考えてるんだか、高柳部長は……」

菅沼が呆《あき》れたように言った。

その時、並びにある事務所のカウンターから高柳の部下の小川《おがわ》が出てきた。

「小川君——」

明希子は声をかけたが、小川はそそくさとその場を後にした。

「なんだ、あいつ？」

「あーあ、小川君もか……」

「どうしたんです、アッコさん？」

「社員の信頼を得るのって大変ですよね」

あれもこれもうまくいかない。明希子は社長室の窓からぼんやり外を眺めていた。

そこにルリ子が入ってきた。

「アッコさん、判子をお願いいたします」

机の上に書類が差し出された。

「これはなんの書類ですか？」

明希子は訊いた。

これはなに？　あれはどこ？　そんなことばかりをいつも誰かにいちいち尋ねている。以前の職場では、自分は先頭に立って指揮を執っていた。ところが、ここではただのお荷物だ。

「小喜多さんのところに支払いを待っていただく覚書です」

明希子はその書面を改めて見た。

「上手な字ですね。ルリ子さんが書いたんですか、これ？」

「ええ」

嬉しそうにルリ子が微笑む。

確かに達筆だった。しかし——

「こうした書類は、すべて、こんなふうに手書きなんですか？」

「はい、そうですが……」

ルリ子が不思議そうな顔をして、

「ごくたまにワープロを使うこともあります」

「ワープロ……」

今時パソコンではなくワ、ー、プ、ロ、！　明希子は気を取り直して、さらに訊いてみた。

「もしかして、請求関係の書類も手書きですか？」

「そうです」

「すべて？」

「ええ……やっぱり、ワープロを使うより早いものですから」

今度はルリ子の顔が困ったような表情になった。

「パソコンはないんですか？」

「あります」

その返事に少しほっとする。

ルリ子について事務所に行くと、片隅にある丸テーブルにデスクトップが所在なげに置かれていた。

「Eメールなんか使ってます？」

「メール――ええ、一日にいちど確認してます」

ルリ子が得意げに応える。

「えーと、たとえば一か月分の請求書のチェックなんかどうしているんですか？」

「算盤《そろばん》です。わたくし一級なんで、やはり電卓より早いんです」

「手計算してるんですか!?　パソコンは使わないんですか？」

「パソコンて、なんか信用できなくって。やっぱり自分で計算して、きっちり検算しないと」

そう言ってからルリ子は楽しそうに、「ほほほ」と笑った。

最先端の加工機械が並ぶ工場に比べて、経営部門のこの旧態依然ぶりはどうだ……明希子は家に使い慣れたノートパソコンを取りに戻ることにした。独り暮らししていたマンションを引き払い、今は会社まで自転車に乗って五分ほどで通える実家に住んでいた。便利ということもあったけれど、経営が立ち直るまでは無給で働く覚悟だったので、家賃の心配のいらない実家で暮らすことにしたのだ。

花丘製作所の通りを挟んで向かい側は好都合に民間の駐車場である。そのため駐車スペースを考慮に入れず、敷地面積いっぱいに工場を建てることができたわけだ。駐車場になる以前は、工場街で働く人々を当て込んだ吾嬬富士館《あずまふじかん》という映画館だったらしい。シネコンが登場する遥か以前の、二本立ての名画座は、しかし、モノづくりの町の衰退とともに閉館の憂き目にあった。

その駐車場に会社では自動車三台分のほか、隅に駐輪用のスペースを借りている。そこに置いてある静江のママチャリのスタンドを外すと、

「お疲れさん」

声をかけられた。

振り返ると、作業服の男が立っていた。

「……仙田さん」

「お出かけですか?」

「ええ。ちょっとうちまで取りに行くものがあって」

「気ぃつけて」

「ありがと」

きびすを返した仙田がふと足を止めて、

「ああ、アッコさん、社長に——いや、先代にお大事にとお伝えください」

「はい、伝えます。センさんがそう言ってたって」

明希子は微笑もうとした。それが泣き出しそうな笑顔になった。

「……伝えますね」

仙田も顎を突き出すようにして静かに笑った。

その笑顔が、明希子の胸深くにじんと沁《し》みた。嬉しかった。

——バカみたい。こんなことくらいで喜んでるなんて、わたしってバカみたい。

明希子は自転車を漕いだ。

——でも、いいじゃない。バカみたいだっていいじゃない。

明希子は勢いよくペダルを漕ぎ続けた。頬を打つ冷たい空気が心地よく感じられた。

——いいじゃない！

第四章　決別

1

「突然そうおっしゃられましても……」

明希子は言葉に詰まった。

「ええ」

と、電話の向こうでひかり銀行法人営業部の西山が言ってから軽く咳払《せきばら》いした。彼から伝えられたのは新たな融資の提案でも、月々の返済の減額でもなかった。それどころか、息が苦しくなるような通告だった。

「失礼」と、西山が自分の咳払いについて詫《わ》びてから続けた。

「先日、花丘さんがうちにいらしたあとで、部長の砂川が急に〝どういうことになってるんだ？〟と言い出しましてね。貴社の状況を伝えると、〝そりゃあ早く返してもらわないと困る。半分だけでもいいからすぐに返してもらえ〟ということになって」

明希子は目の前が真っ暗になる思いだった。

受話器を置くと、「どうしました？」という声のほうに呆然《ぼうぜん》と視線を向けた。社長室の中に菅沼が立っていた。

「工場長……」

「ルリちゃんが銀行からの電話をアッコさんに取り次いだんで、なんだろうって、居ても立ってもいられなくて。いや、ノックはしたんですよ」

明希子はひかり銀行からの要求を伝えた。

「〝貸しはがし〟ってやつだな、そりゃあ」

「カシハガシ？」

「貸し付けているカネを、こっちが嫌だって言ってるのに回収しちまうことですよ。向こうにとって、もはやうちは不良債権てことなんでしょう」

「なにが不良債権よ！　冗談じゃないわ！　砂川部長に直接掛け合ってみる!!」

明希子は会社を出ると、自転車を飛ばして銀行に向かった。すぐにでも砂川に会わなければならない。融資を受けているカネを半分返せなどと急に言われても、そんなこと土台無理な話だ。それでは花丘製作所は一歩も立ち行かなくなる。潰れろっていうの、うちに……

法人営業部のカウンターで西山を呼び出し、砂川と直接話したい旨を伝えた。

「さあ、忙しいし、急に訪ねてこられても……」

西山が渋った表情をした。

「お願いします。どうしても、お会いして、うちの窮状を分かっていただきたいんです」

「お宅の窮状、ですか……しかし、それを部長に訴えることは、けっしてプラスにはならないと思いますがね」

どこまでも迷惑そうに西山が言うと、明希子をフロアの隅にあるミーティング用の簡易ブースに案内して、出ていった。

パイプチェアに座り、白い壁をぼんやりと見る。なんとかしなければ。わたしがここでなんとかしなければ。

意外にも間を置くことなく砂川が明希子の前に姿を現した。

「やあ、花丘さん」

明希子は立ち上がって深々と一礼した。

砂川が向かいの椅子に腰を下ろす。

「ご用向きは伺わないでも分かりますよ。ただね、こちらの返事はノーです」

息が詰まった。

「最近、花丘製作所さんは返済日を無視しているようですね」

「それは西山さんにうちの現状をお話しして、多少のタイムラグをご容赦《ようしゃ》いただいてます」

「なあにがタイムラグですか。もし、次の返済期日に一日にでも遅れたら、その時点で相応の措置を取ります」

「相応の措置……とは？」

明希子は立ったまま振り絞るような声で訊いた。

すると砂川がいともあっさりと、

「返していただけないということで、法的措置を取ります。預金を押さえるってことですよ」

にやにやしていた。

悪意。そんな言葉がかすめて、明希子はぞっとした。こちらがどうしようもない状態に陥っているのを見て、どう反応するかを愉《たの》しんでいる。そうなのだ、砂川は愉しんでいるのだ。猫がネズミをいたぶるように、愉しむためにこの場に顔を見せたのだ。

「預金を差し押さえられたら、うちは終わりです！」

明希子は必死に訴えた。

砂川の顔には張り付いたような笑みが浮かんでいた。

どうすればいい？　どうすればこの男を動かせる？

気がつくと、膝を床につけていた。ビニールタイルの冷たさがじんと伝わる。明希子は唇を噛《か》んだ。

震える指をさらにテーブルの足元へと落とす。

「お願いします」

手のひらをつき、頭を下げていた。髪がパサリと頬を打った。

「やだなあ、土下座なんて。そんなことしても無駄、無駄」

砂川が虫でも払うように手をヒラヒラさせた。

「私はね、こう思うんだな。いいですか、駄目な会社は駄目になるだけです。いわば自然の摂理だ。イッツ・ナチュラル！　ひゃははははは!!」

砂川の甲高いヒステリックな笑い声が狭いブースに響き渡った。

「ほんと、いいかげんに立ってくださいよ。妙齢の女性にいつまでもそんな格好させてちゃ、私にヘンな趣味でもあるみたいだ。ともかく、無駄ですから」

明希子は悲しみと怒りと屈辱で身体が震え、歯がカチカチ鳴った。悔し涙が出そうになり、視界がぼやける。その先に、足を小刻みに揺すっている砂川の磨き込まれた靴があった。こんなやつにちょっとなにか言われたくらいで、涙なんかこぼしてたまるか！

「返済の期日を守ればいいわけですね？」

「もちろんですよ」

相変わらずにやにや笑いを浮かべて砂川が言った。

放心状態でひかり銀行を出ると、外に菅沼が待っていた。傍らに彼が乗ってきたらしい自転車がある。その瞬間、自分独りではないのだと思えるような気がして、ほんのわずか嬉しかった。

落ち着かない感じでいた菅沼の目が自分を捉えた。

「アッコさん！」

明希子は首を振った。

「そうですか……」

菅沼がうなだれた。それからはっとしたように顔を上げた。

「アッコさん、大丈夫ですか？　なにか言われましたか？」

「わたしは大丈夫です」

どんな扱いを受けたかまでは話したくなかった。

「今のうちがどんな状態にあろうと、次の返済日は遅れることができません。遅れた場合、預金を押さえると言われました」

「そんな!!」

しかし砂川の言葉は真意を突いていた。いくら頭を下げたって無駄なのだ。そう、おカネのことはおカネでしか解決できない。だから……なんとかしなければ……

「これからほかの銀行を当たろうと思うんです」

明希子の言葉に、菅沼がさっと顔を上げた。

「あたしも行きますよ、アッコさん。なあに、大手都市銀の支店が吾嬬町にはごろごろある。より取り見取りってもんだ」

菅沼が励ますように笑みを投げかけると、乗ってきた自転車のスタンドを威勢よく蹴って見せた。

「さあ、どこから行くかな」

「そうね」

明希子もやっと微笑むことができた。


最初に飛び込んだ銀行の法人営業部の男性行員は組んだ両手を応接テーブルに乗せ、静かに明希子の話に耳を傾けていた。話が終わると、

「分かりました」

と、やはり物静かに言った。

菅沼と明希子は相手の次の言葉に期待をかけた。

するとと彼は、目の前に置かれた花丘製作所の決算書を一度も開くことなく、くるりと向きを変えるとテーブル上を滑らせるようにして押し返してきた。

「お引き取りください」

一言もない菅沼と明希子に、

「話は分かりましたと申し上げているんです」

そう言って帰ることを促すように立ち上がった。

「ひかり銀行さんは、お宅との付き合いをやめたいと思ってるんでしょうね。そして、当行にも、なにもできることはありません」

明希子はゆらりと立ち上がった。

「お時間を取らせてしまい申し訳ありませんでした」

「まだどちらかほかを回られるんですか？」

「……ええ」

彼は鼻先でふっと笑い、

「時間の無駄だと思いますよ。お宅の話さえ聞こうとしないところがほとんどだと思います」

隣で菅沼が、

「話を聞いてくれただけでも感謝しろと、そういうことですか？」

「違いますか？」

そして、事実その後は彼の言うとおりになった。どこに行っても門前払い同様の対応をされたのだった。

菅沼と明希子は無言のまま自転車を漕ぎ、引き返してきた。すると会社の向かいの駐車場で、丸く人だかりがしていた。

「てめえ、どういうつもりなんだよ！」

菊本が営業部の小川のスーツの胸倉をつかんでいる。

「おい！　なんとか言えよ!!」

「キクちゃん！　どうしたの!?」

明希子は自転車を降りると、ハンドルを持って押しながら駆け寄った。

「なにがあったの!?」

「アッコさん——」

菊本が手を離した。

「この野郎、営業に行くって会社出て、パチンコしてたんスよ」

明希子は小川の顔を見た。

「本当なの？」

小川は黙ったまま下を向いている。

「見たっていう人がいるんス」

「誰？」

「女房ですよ、うちの」

意外な人物が前に出てきた。

「――里吉主任」

里吉が小川にちらりと視線を送った。

「息子の保護者会で学校に行く途中、小川がパチンコ屋に入るところを見かけたらしいんです。それで、女房のやつ、気がとがめたんだけど、店を覗いてみたらしい。そしたら、小川が玉を弾いてたって」

明希子は再び小川に顔を向けた。

「本当なの？」

小川が頷いた。

「てめえ！　人が現場で汗水たらしてる時に!!」

菊本が小川に殴りかかった。すると、後ろから大きな手が伸びて、彼の襟首をヒョイとつかみ、引き戻した。土門だった。

「あわわわ……なにするんスか先輩！　活を入れる相手が違うんじゃないっスか？」

「すみません」

里吉が明希子に向かって謝った。

「小川だけに確認すればよかったことなのに、キクに聞かれてしまって……不注意でした」

「分かりました。後はわたしに任せてくれますか」

2

明希子は小川を社長室に連れていった。応接セットのソファを示して座るように言ったが、彼は立ったままでいた。

明希子は執務机の椅子に掛けた。

「好きなの？」

小川が虚《うつ》ろな表情を向ける。

「パチンコ。好きなの？」

首を振った。

「じゃ、どうして？」

「………」

明希子は小さくため息をついた。

「初めてだったの？」

「三回目です」

そう応えてから、

「すみませんでした」

頭を下げた。

「仕事はどう？　楽しい？」

小川は黙っていた。

「今、会社の状況がよくないの。小川君には期待しているのよ」

彼はうつむいたままだった。

そこで、明希子は話題を変えてみた。

「ねえ、高柳部長のことなんだけど」

あるいはこちらのほうこそ訊きたかったことなのかもしれなかった。小川は、二人しかいない営業部で高柳の直属の部下である。

彼がさっと顔を上げた。

「僕、責任とりますから」

「小川君……」

「責任とりますから！」

興奮したように言う。

その時、執務机の電話が鳴った。

「ちょっとゴメン」

小川に言って明希子は受話器をとった。

「アッコさん、越後クリエイツの関社長から外線が入っていますがどうしましょう？」

ルリ子の声が言った。

「つないでください」

明希子はルリ子に伝えると、今度は小川に向かって、

「続きはまたにする」

小川が一礼して出ていった。

「やあ、アッコちゃん」

打ちのめされ続けている明希子には、関の声がひどく懐かしく感じられた。

「関社長」

「おいおい〝関のおじちゃん〟から〝関さん〟になって、今度は〝関社長〟かい。ずいぶんよそよそしいじゃないか。それとも、社長という立場になると、同業である型屋のオヤジは、ライバル視されてしまうのかな」

「ライバルだなんて……うちなんて、越後クリエイッツさんの足元にも及びません」

「そらそら、そういうところ。アッコちゃんもすっかり社長業が板についてきたよな」

明希子はかすかに笑った。今にも倒れそうな会社の無力な社長。

「ところで今日電話したのはねアッコちゃん、お宅に高柳って営業部長がいるよね？」

明希子ははっとした。

「高柳がなにか？」

慌てて言う。

「ヘンな動きをしてるって噂《うわさ》があるよ」

「……ヘン……というのは？」

「やっこさん、笹森《ささもり》産業に頻繁に出入りしてるらしい」

明希子の不安が少しずつ形になって現れようとしている。

「ベテラン営業マンは扱いにくいかもしれないけど、手綱をしっかり握ってないと足元をすくわれることになりかねないよ」

礼を言って電話を切ると、明希子は社長室を飛び出した。

顔色を変えて事務所を通り抜けてゆく明希子を、ルリ子や泰代、菅沼が心配そうに見つめていた。

明希子は高柳の部屋の前に立つと、ノックもせずにドアノブをつかんだ。やはり鍵がかかっていた。

「ルリ子さん、高柳部長のケイタイの番号を教えてください」

明希子は事務所の手近な電話を取ると、立ったままルリ子が読み上げる番号にかけた。だが、「デンゲンガキレテイルカ、デンパガトドカナイバショニ――」というメッセージが流れるばかりだった。

眠れぬまま、明希子は居間のソファにぼんやりと座っていた。

独りで暮らしていたマンションと生家とは違うにおいがする。しばらく離れているうちに、ここは明希子にとってよその家のようになった。戻ってきてからも、その感覚がなかなかなくならない。

明希子はぐるりと部屋を見回した。テレビの横のラックにアルバムが並んでいるのが目に留まった。

やだ、こんなところに……自分が幼い頃のアルバムだった。明希子は、自分が不在にしていた時期、これを眺めていたかもしれない両親のことをふと思った。

一冊を手に取ってみる。表紙にウォルト・ディズニーのアニメーション『わんわん物語』の精緻《せいち》な刺繍《ししゅう》が施された豪華なアルバムだ。主人公のコッカースパニエル〝レディ〟と野良犬〝トランプ〟が仲良く並んでいる。彼らの前には黄色地に赤い格子縞《こうしじま》のクロスが掛かったテーブルがあって、ロウソクが一本、ミートボールスパゲティーが一皿載っている。裏を返すと、〔祝　明希子ちゃん小学校入学　株式会社越後クリエイツ　関　春彦《はるひこ》〕とあった。

――関のおじちゃん。

『わんわん物語』は明希子が生まれるずっと前につくられた映画だけれど、大人になってからＤＶＤで観た。とてもロマンチックな物語だった。

アルバムを開いてみると、そこには少女時代の明希子とともに旧社屋の花丘製作所とそこで働く面々の姿が留められていた。アルバムは、自分の双子の姉である会社の記録でもあった。

写真の中の誠一も菅沼も今よりずっと若い。誠一の髪は黒々としているし、菅沼の頭もフサフサしていた。

葛原がいる。今とは違うフレームの大きな眼鏡を掛けたルリ子が笑っている。

「ふふふ」

ひな祭りで、すっかり酔った表情の仙田が写っていた。

――!!

高柳の姿があった。二十代後半ということになるのだろうか？　まだ現場勤務だったらしく作業服姿で、腰をかがめるようにしている。口の前で人差し指を立てていた。その視線の先には十歳になるかならないかの明希子がいる。まるで、「ナイショ、ナイショ」とささやきかけるようにしている高柳に向かって、少女の自分は嬉しそうに笑っていた。

「た、高柳……か」

目を上げると、誠一がアルバムを覗き込んでいた。

「お父さん」

「う、うん……ちょっと、おっ、オシッコに、お、お、お、起きた」

「そう」

「と、齢《とし》のせいか、病気のせ、せいか、夜中に、目がさめ、さめ、覚めることが・多くな、なった」

「大丈夫?」

「お、おう。お、おまえ、こそ、ど……どうなんだ?」

明希子はアルバムの写真に目を落としていた。

「だ、大丈夫か、会社・は?」

「奮闘中」

誠一が頷いた。

「そ、それで、いい」

誠一もアルバムの写真を眺めていた。

「た、高柳は、い……いい男・だ。ただ、かんかんかん、考え方が違ってきた、きた」

「お父さんの仕事に対する考え方と違ってしまったってことね」

誠一が再び頷いた。

しばらく黙って、二人で写真の中の高柳と明希子を眺めていた。

「じゃ、じゃあ、もう寝る。お、おまえも……寝ろ」

「あら、お父さん、トイレは？」

「あ……わ、わ、忘れてた」

「やあね」

「や、やあねってことが、あ、あるか」

「おやすみ」

「う」

明希子は、もう一度アルバムを眺めた。そして、夜に耳を澄ませていた。

翌朝、駐車場の隅に自転車を置いていると仙田に声をかけられた。

「アッコさん」

「センさん、おはよう」

「ちょっといいですか？」

「なんでしょう？」

仙田の息は、かすかに酒のにおいがした。それは初めてのことではなかった。

「実は昨日、小川のやつとコレ行ってね」

と左手を傾ける仕種をした。親指と人差し指が見えない盃をつまんでいる。

「小川君と――」

「ああ」

仙田が無精ひげをはやしたしゃくれた顎をポリポリと掻《か》いた。

「あいつ、高柳部長のことで悩んでたみたいだ」

「どういうことです？」

「部長が仕事をよそに流してるって」

「……………」

明希子は凍りつくような思いがした。

「どこ、に？」

「笹森産業らしい」

「……そう」

「あいつ、それ知ってて、誰にも言えないで悩んでたんだ。うじうじしたとこあるからね、小川は」

そう言って酒くさい息を吐いた。

「でも、あれか、あいつも部長には恩があるわけだしな。ここまで仕込んでもらったんだから」

にかっと笑う。

「型屋の営業はご用聞きじゃないからね。客先に挨拶に行くだけじゃ済まされねえ。細けぇ打ち合わせができないとな。技術屋じゃないと務まらねえんだ」

仙田がにごった目を明希子に向けた。

「小川の首、切ったりしないでくだせえよ。ああなるまで育てるのは大変なんだから。ねえ、アッコさん、お願いだ」

頭を下げた。

「分かりました。悪いようにはしませんから」

明希子は微笑んだ。

「でも小川君、センさんによく話しましたね。わたしには話してくれなかったのに。きっとセンさん、信頼があるんだ」

「そんなもなぁ、あるもんか」

仙田が吐き捨てるように言った。

「クズさんなら相談にも乗れるんだろうけど、俺なんか、一緒に飲むくらいしかできねえもんな。それに……」

仙田がまたポリポリと顎を掻いた。

「それに、あいつもひねくれたとこあるからな。似たもん同士、酔いも手伝ってつい口が滑らかになったんじゃないかね」

「ありがとう、センさん」

明希子は仙田の目の下の隈《くま》を見て言った。

「それから、あんまり飲みすぎないでね」

仙田はぷいと顔をそむけ、

「それじゃ」

通りの向かいの会社にすたすた歩いていった。

明希子は大きく深呼吸した。なんということだ、と思った。そうして、自分も会社に向かって重い足取りで歩きはじめた。

その時だった、こちらにやってくる男の姿が目に入った。

明希子は立ち止まった。

高柳だった。

3

高柳がゆっくりとこちらに近づいてきた。

「ちょうどよかった。社長室に伺おうと思っていたんですよ、挨拶にね」

大らかな笑みをたたえてそう言う。

「挨拶？」

自分は今どんな表情をしているだろうと明希子は思った。怒り？　痛み？　恐れ？　悲しみ？　おそらくそれらがすべて混在したような顔をしていることだろう。

「暇乞《いとまご》いですよ。お世話になりました」

「……高柳さん」

「笹森産業に引き抜かれました。金型部門を設立するので、それを私に見てほしいということでね。設備も整えて待ってるから、と。断れませんでした」

高柳が花丘製作所の社屋を仰ぎ見た。

「青春だったな、ここは私にとって……」

そこで、ふっと笑った。

「柄《がら》ではないか」

高柳が明希子に向かって一礼した。

「失礼します、アッコちゃん――いや、アッコさん」

「高柳さん、残念です」

そう言った時、彼が、少女の頃の自分にとって憧れのお兄さんであったことを思い出した。

「でも、あなたのしたことは許されないことです。それだけは言っておきます」

高柳の顔から笑みが消えた。

「製造業界は助け合いの仲良しの集いではない。お互いが切磋琢磨《せっさたくま》し、最高の技術を目指していかなければならない。そして、食うか食われるかだ。異論はありますか?」

「こちらも引くつもりはありません」

いつの間にか明希子の背後に全三十三人の社員たちが集まってきていた。いや、高柳以外の三十二人が。菅沼が、葛原が、土門が、菊本が、ルリ子も、泰代も、仙田も、みんながいて、高柳と対峙していた。

「いい機会だからみんなにも伝えておこう」

高柳が言った。

「里吉が俺と一緒に笹森産業に移る」

明希子は愕然とした。

みんながいっせいに里吉に目を向けた。

里吉が無言でみんなから離れ、高柳の側に立った。

「主任！　どうしてなんスか!?」

菊本が泣き出しそうな声を上げた。

「急にどうしてそんな？　昨日だって小川のことで……」

小川がうつむいた。

「俺……俺、主任のこと好きだったし……大好きだったし……みんな家族みたいに思ってたのに……」

「キク、すまん」

里吉が言った。

「家族か……それなら、俺にも女房と子どもがいる。笹森産業は今よりずっと好条件を出してくれてるんだよ」

里吉の言葉に明希子は目を伏せた。

「菊本、おまえも腕を磨いて、よそから声がかかるようになるんだな」

下を向いている自分の耳に高柳の声が聞こえた。

「ほかに俺と一緒に行く者はいないか？」

「いいかげんにしてくださいよ、高柳部長」

おどおどと、そう制したのは菅沼だ。

「さあ、どうだ。一緒に行く者はいないのか？　今や花丘製作所の経営状況は火の車だ！」

「部長!!」

「悪いことは言わん。俺と一緒に行こう！」

何人かが高柳の誘いに応じる気配がした。それでも明希子は無言のままうつむいたままでいるしかなかった。

「小川、おまえはどうする？」

高柳が水を向けたが、小川の声は聞こえなかった。いや、これ以上なにも聞きたくなかった。できたら、両耳を手で覆ってしまいたい。

「センさん、あんた、一緒にどうだい？」

「冗談言っちゃいけない。俺は受けた恩てものを忘れねえよ。あんたと違ってな」

「まあ、あんたじゃ、あと何年も働けないか」

高柳が一蹴した。

「なにお！」

こんどは葛原の声がした。

「わたくしは、青春とともに身も心も花丘製作所に捧げております！」

珍しくルリ子が甲高い声で言っている。

周囲がざわめく。

大変なことになっていた。みんなばらばらだ。会社がばらばらになろうとしている。

それでも自分はなにもできないでいた。どうしよう？　みんなに〝出ていかないで！〟って、泣いてすがろうか？　でも、うちにいるより、ほかに移ったほうが恵まれた条件で働けるなら……そのほうが幸せなのかもしれない……

バカ！　社長のあんたがそんなこと思ってどうするのよ！

その時、設計部の小柄な社員が、下から自分の顔をうかがうようにしているのに気がついた。夏目真吾《なつめしんご》――社員らに〝ホームズ〟と綽名《あだな》されているオタクっぽい男子だ。

彼も行ってしまうのかな、と思っていると、再び明希子の背後についた。

はっとして顔を上げる。

「新規に金型事業を始めるって言いましたね、高柳さん」

明希子は言葉を放った。

「そう、最新マシンをずらりと揃《そろ》えてね」

高柳がこちらに目を向けた。

「花丘製作所の技術力は一朝一夕で成り立ったものではない――それをいちばん知っ

てるのは、あなたです」

「ああ、この会社のことはなにもかも知ってるよ」

そう言って、ゾクリとするような冷酷な笑みを浮かべた。

「なにもかも、ね」

ゆっくりと撫でつけるように繰り返した。

4

「しかし、考えようによっちゃあ、うちも苦しいわけだし、いいリストラができたってもんかもしれませんよ。そのうち二人は部長と主任で高給取りだ」

社長室の応接ソファで菅沼が言った。

明希子は執務机の上で組んだ自分の手をじっと見つめていた。

結局、製造部から三人、設計部から一人、高柳と合わせて五人の社員が去っていった。ただでさえ苦しい台所事情を人件費が圧迫していたのだから、明希子は社長就任早々にしてリストラを断行するという苦渋の決断を免れたことになるといえなくもない。だが……

「それはない。やっぱりそれはないわ。いつだって人材は会社のエネルギーです。エネルギーが足りなければエンジンの馬力だって落ちるんですから」

菅沼がため息をついた。

「笹森産業っていったら、射出成形、部品加工と手広くやってってね。営業が派手なんだ。こう、バッと接待費使って――そうか、あそこも金型始めるのか……」

笹森産業はメーカーが外注した金型を預けられ、射出成形機による樹脂製品の量産のみを行っていた。それが、自社で金型製造にも乗り出したのだ。

笹森産業の動きが気にならないとは言わない。社員に去られたことも痛手だ。しかしそれでも、相変わらず資金繰りがなによりいちばんの問題だった。砂川から迫られたひかり銀行への返済期日は絶対に遅れられない。

――「今や花丘製作所の経営状況は火の車だ！」

高柳の声が頭の中で渦巻いた。

おカネ。おカネ。おカネ。おカネ。そう、おカネのことはおカネでしか解決できない。

顧問税理士の落合には毎日のように電話をかけていた。明希子には分からないことだらけだったし、なにかにつけて相談していた。時には落合の事務所にも足を運んだ。

落合も忙しい。あまりに頻繁な問いかけに、返事が素っ気なく感じられることもあった。あるいは、そんなふうに感じるのも、明希子のひがみなのかもしれなかった。

ある日、落合と電話で話していて思った。もしかしたらとうとう愛想を尽かされたのではないかと。自分は社員に逃げられてしまう信頼のない社長なのだ。

「落合先生」

「はい」

「先生は今でも、わたしが会社を継ぐべきではなかったと思っているのですか?」

「思っていますよ、アッコさん。そう思っています。社長になどならなければ、あなたはこんなに苦しむ必要はなかった。私は忠告したはずですね」

「……………」

後悔してはいけない。ほんの少しだろうと、たとえ一瞬だろうと後悔などしてはいけない。

電話を切ると、今度は自分のスマホが鳴った。相手は思いがけない人物だった。

「アッコちゃん、元気してるかい?」

「南雲さん——」

「なんだ、浮かない感じだな」

浮かないのはあなたの声を聞いたせいよ、と言ってやりたかった。

「ふふん、浮かないのは当然だよな。ひかり銀行がお宅を切ろうとしてるんだってな」

「切る——ずいぶん残酷な言い方ね」

「おいおい、突っ掛かるなよ。どうせほかの銀行からも相手にされてないんだろ?」

これ以上いたぶられるのはたくさんだ。

「忙しいんです。これで——」

切ろうとした。

「ちょっと待てよ。地元の信用金庫に相談はしたのかい?」

「信用金庫、ですか?」

「ああ。俺も会社始める時、助けられたことがあってな」

「信用金庫……」

「これが今、俺のできるアッコちゃんへの助言だよ」

南雲が電話を切った。

今は藁《わら》にでもすがりたい気持ちだ。しかし、都銀よりも体力があるとは言えない信用金庫が、果たして力になってくれるだろうか?

「申し訳ありませんが」

地元信用金庫の職員の反応も、それまで会った数々の銀行員のそれとなんら変わりなかった。

吾嬬信用金庫の建物は小さくて、古く、壁面の青と水色の装飾タイルはひび割れていた。今いる部屋も狭く、壁が汚れている。

明希子は、パーティションで窮屈に仕切られた一角で、テーブルを挟んで職員と向かい合っていた。

名刺に〔融資担当〕とある三十代後半の村木《むらき》という職員は、ネクタイは締めているが上着なしのワイシャツ姿で、両腕に黒い木綿のカバーをしていた。

同じ部屋の奥のひと隅では、誰かが麺類でも啜《すす》っているらしく、「ズズー、ズズー」という音が聞こえている。そういえば昼食時だ。

古い空調機は、サーモスタットの具合がよくないらしく天井からの温風がきつすぎた。モワリとした空気に、甘じょっぱいにおいが混じって漂ってくる。

これは、かえしのにおいだ。奥で食べてるのはラーメンじゃなくてお蕎麦《そば》ねと、明希子は半ば自暴自棄になり、そんなことを頭の一方で考えていた。

「こちらはお返しします」

村木が決算書を差し戻した。それはこれまで何回も眼前で繰り返されてきた風景だった。

「申し訳ありません。地元の花丘製作所さんということで、なんとかお力になりたかったのですが」

「なに？　花丘さん？」

声がした。

ふと見やると、パーティションの隙間からこちらを覗き込んでいる初老の男がいる。乏しくなった白髪が頭頂部で暖房の温風にポヤポヤとそよいでいた。眼鏡が曇っているのと、頬が紅潮しているのは食べていた温かい蕎麦のためだろう。そうして今、男は食べ終わったばかりのその蕎麦の丼と割り箸を手に持ち傍らを通り過ぎようとしたところのようだった。

「専務理事」

村木が言った。

専務理事と呼ばれた男はにこにこと笑みを浮かべて明希子を見た。そうして村木に向かって、

「こちら花丘製作所さんの――」

「ええ。新しい社長です」

村木が応えると、今度は明希子に、

「じゃ、もしかしてお嬢さん？」

「はい。花丘明希子です」

「ああ、いたなあ、アッコちゃんていうかかわいい女の子が。いや、私が営業してた頃

にね、お宅によく出入りしていたんですよ。お世話になったんだ、あなたのお父さんには。月掛けの定期積金《ていつみ》に付き合っていただいたし、お知り合いの会社をあちこち紹介してもらってね。あ、お父さんていえば、このたびは大変なことでしたね。私も一度お見舞いに伺わなくっちゃとは思ってたんだけど……そうかあ、代替わりされたんだ」

専務理事は丼を持ったままそんなことを感慨深げな表情で言う。やがて、ふと我に返ったように村木のほうを見た。

「あれ？　今日はなんでうちに見えてたのかな？　うん、よく知ってるんだよ、こちらの会社のことは」

4

吾嬬信用金庫の専務理事は伏見《ふしみ》と名乗った。

明希子は、伏見に花丘製作所の台所事情を包み隠さず伝えた。そして、すかさず自分のつくった事業計画書を見せ、プレゼンテーションした。

プレゼンは広告代理店にいた頃から得意である。自分は女性経営者という視点から環境を重視し、〝医療〟〝美容〟〝健康〟を柱に新機軸を打ち出していくのだと、多少の風呂敷（じつは大風呂敷もいいところだった）を広げつつ、淀《よど》みない弁舌で花丘製作所の今後の展開を語り尽くした。なにより明希子は必死だった。

すると、半眼の表情で自分の話を聞いていた（聞いてくれていたのだと思う）伏見が、

「アッコさん、あなたは五年後、なにをしていますか？」

そんなことを尋ねてきた。

「五年後、ですか……」

明希子は突然の質問にうろたえた。五年後……そんなこと訊かれたって分からないじゃない。たぶん、花丘製作所の社長を続けているんだろうな。でもこんな調子で、果たして五年後に会社はあるんだろうか？　もう、またそんなこと思ったりして。……じゃ、わたし自身はどうだろう？　結婚しているかもしれないな。子どもだって産んでるかもしれない。結婚かあ……しばらく恋愛もしてないよなあ。大学時代から付き合ってた彼とは、仕事に夢中で擦れ違いが続いてるうち、なし崩し的に別れちゃったし……そういえば、わたしってば、仕事ばっかりしてきたよなあ。仕事ばっかり。ほんと仕事ばっかりだったよなあ。おっと、そうじゃなくて……うん、なによりこれだ！

「周りにいる人みんなが笑顔でいられたらいいですね。今はなにもできないでいるん

ですけれど」

明希子はそう応えていた。

「よろしい！　協力させていただきましょう!!」

伏見が言った。

「専務理事！」

村木が横から慌てて口を挟んだ。

「無茶ですよ」

「なにが無茶だ。東京信用保証協会に掛け合ってみろよ。中小企業の資金繰りの円滑化を図る——あそこはこういう時のための公益法人なんだから。花丘さんの実績を伝えて融資の保証を取り付けてこい」

伏見が明希子に向き直った。

「信用金庫法というのがありましてね、信用金庫が融資できるのは資本金九億円以下、従業員三百名以下の企業と限られているんですよ」

「まあ、うちなんかそれ以下もいいとこだわ」

明希子は思わずそう言っていた。

伏見が笑って、

「それにね、やはり法律で、営業エリアも地元に限られています。地元の中小企業に頑張ってもらわなければ、信用金庫も生き残れないんですよ」

　思わぬ展開が明希子自身も信じられなかった。

「アッコさん、あなたのお父さんには人の値打ちを見抜く力がある。眼力ってやつですな。そして、もっと素晴らしいところは、一度こうと見込んだら、その相手をとことん信じるところだ。信じることのできる大きさがあるところだ。私もそれを見習いたいと思ったし、そうしてきたつもりだ」

　伏見が明希子の目を覗き込むようにした。

「アッコさん、私はあなたを信じていますよ」

「信頼にお応えできるよう頑張ります！」

　明希子は言った。

　伏見の表情がほどけ、にんまりと笑った。

「おっと、コレを出前が取りに来る前に戻しておかんと」

　そう言って机の上に置いた丼を持って立ち上がった。

「繋ぎの資金て、そりゃ、本当ですか!?」

　菅沼が声を上げた。

「五千万て、それならしばらくなんとかなる額じゃないですか!!」

「ええ、吾嬬信金の伏見専務理事が約束してくれたんです」

とにかく当面の運転資金は確保できた。これで材料も買えるし、ひかり銀行の返済期日に遅れることもない。

「結局またお父さんの威光で急場をしのいだわけね」

そうつぶやくと、

「え？　なにか言いましたか？」

菅沼が言った。

「あ、いいえ、なんでもありません」

だが、会社が依然として窮状に瀕していることには変わりないのだ。これは借金だ。また、五千万というカネを新たに借りたということなのだ。借金に借金を重ね続けているのよ、分かってる？


一週間後、明希子は伏見の紹介で、信用金庫の組合主催による異業種交流会に出席していた。業種や業態を超えて人脈を広げよ、との伏見の示唆である。

会場は都心のホテルで、テレビの情報番組のコメンテーターも務める有名弁護士の講演の後、立食パーティーという運びになった。

広告代理店時代には、こうしたレセプションによく顔を出していた。あの頃の自分は自信たっぷりで、けれど今はなんとなくおどおどと気後れしている。

泡の消えたビールが入ったグラスを片手に、年輩男性が多くを占める会場を右往左往し、ぎこちなく名刺交換を繰り返した。

「花丘製作所さん、ですか？」

ふいに声をかけられた。

痩身の紳士が立っていた。

ネックストラップで胸元に下げているプラスチックケースの中の明希子の名刺を見たようだった。

明希子も相手がクリップで背広の胸ポケットに留めている名刺ケースに目をやろうとしたが、

「笹森です」

その前に向こうから名乗ってきた。

「笹森産業さんですか？」

はっとして尋ねた。

「ええ」

二人は名刺交換した。

渡された名刺には〈笹森産業株式会社　代表取締役社長　笹森康成《やすなり》〉とあった。

「お宅にいた高柳さんにうちの金型部門を引っ張ってもらうことになったわけだし、挨拶する機会があって、ちょうどよかった」

明希子は黙っていた。

「おっと、花丘さんはそうも思っていないようですな」

笹森は細面《ほそおもて》だが、目だけがギョロリと大きい。そうして、その目は、思いのほか静かに澄んでいる。しかし、ガラス玉のようになんの感情もうかがえなかった。

「花丘製作所さんを巣立った多くの優秀な人材がうちに来る。実に喜ばしいことですな。大きな翼を持つ者は、広い大空を自由に飛び回っていい」

表情のない顔で言う。

「人はどんどんチャレンジすべきなんだ。違いますか？」

「チャレンジするべきでしょうね」

明希子は低い声で応えた。

「義理とか情で縛りつけるばかりで、人が高く飛ぼうとするのを妨げるべきではない」

笹森が続けて言った。

明希子は今度は返答しなかった。

笹森がそっと微笑《ほほえ》んだ。

「花丘さんも同じ考えのようで嬉しく思いますよ。とかく古い考えが残っているのがこの業界でね。私のような思考は誤解を招きやすいようだ」

笹森が携えていたグラスの赤ワインをひと口飲んだ。

「あなたは若い。それに女性だ。ひとつこの業界に風穴を開けていただきたいものですな。期待していますよ。そうだ、協力体制を持ってもいい。一緒になにか新しいことをしましょうよ。新しい、大きなことを」

「新しく、大きなことをするつもりです」

と明希子は言った。

「しかし、あなたとともにそれをするつもりはありません」

「なんですと?」

それでも湖面のように静かな笹森の目は揺らがなかった。

「強がりをおっしゃるなあ。お宅の経営状態は存じていますよ」

「強がりでもなんでも、わたしがそういう気持ちにならないからです」

きっぱりと言い切った。

「あれ、アッコちゃんじゃないか」

ふいに名前を呼ばれ、明希子は拍子抜けした。

振り返ると、南雲龍介の真っ黒に陽焼けした笑顔があった。

「へー、社長ともなると、アッコちゃんもこういう場所に顔を出すんだ」

「南雲さんにお礼を言わなければと考えながら、そのままになっていました」

「なんのことだい？」

「信用金庫のことです」

「てことは、うまくいったんだな」

明希子は頷き、

「ありがとうございました」

深々と頭を下げた。

南雲のほうはそれには取り合わず、

「俺は、あんまりこういう地味な集まりに関心がないんだけどな。有能ならうちの秘書が、どんな人に会うかもしれないんだし、一度でいいから顔出せってもんでな。五分だけいるつもりで来てみたら、どうだい、こうやってアッコちゃんと会えたってわけだ」

南雲が振り返って、ビジネススーツの女性に言った。

「あんたの言うこと聞いといてよかったよ」

その女性は南雲に向かって軽く会釈すると、明希子に名刺を差し出した。〔株式会社サウスドラゴン　秘書室　相原京子《あいはらきょうこ》〕。

「はじめまして」

知的で品のよい笑みを浮かべて言う。こう言ってはなんだが、南雲が連れている女性にしては趣味がよかった。

「おっと、ところでさっきまで話してた人、よかったのかい？」

南雲にそう言われて明希子が振り返ると、すでに笹森の姿はなかった。

第五章　新しい力

1

庭の手入れをしていたらしい誠一が伏見に気がついて、

「や、やあ……ど、どうも」

懐かしそうに微笑《ほほえ》んだ。

吾嬬《あずま》信用金庫の専務理事は、かつての花丘製作所の社長のもとに歩みよって、

「ご無沙汰《ぶさた》しております。いかがですか？」

と、やはり親愛に満ちた笑みを浮かべた。

「ま、ま、まあまあ、ぼ……ぼちぼちで、です」

実家に伏見を案内した明希子は、そうしたやり取りを眺めながら、彼らの間に確か

な信頼関係が築かれているのを感じた。

師走《しわす》の暖かい日で、三人は開け放った縁側に腰を下ろした。

小さな町工場と家内工業を営む家々がごみごみと建て込んだ吾嬬町界隈《かいわい》には、庭のある家は珍しい。そうして庭とはいえ、花丘家のそれは本当に狭いものだ。

大きな柿の木があるのが目立つ。この木は毎年たくさんの実をつける。とても甘くておいしい柿で、今年の秋も工場の人々や近所に配って喜ばれたらしい。今は、庭に飛来する野鳥が食べる分をいくつか枝に残してあった。

「も、も、もっと、は、早く、ふ、伏見さんと、と、とこを訪ねさせても、よ、よかったんだけどどども、ね」

「ええ」

と伏見が頷いた。

「で、で、でも、それじゃあ、こ、これの」

と明希子を示して、

「た、ためにならんで・しょう」

再び伏見が頷《うなず》いて、

「愛の鞭《むち》ですか？」

と言う。

誠一はちょっとだけ照れたような表情を見せてから、

「い、いや、そんなんじゃね、ねえけど」

そっけなく言った。

みんなでしばらく無言のまま庭を眺めていた。

柿とツゲの木、その向こうは隣の家のブロック塀である。地面に這《は》うように自生するカタバミが、ほのぼのと冬の陽を受けている。カタバミをやっかいな雑草のように言う向きもあるが、一度根づくと絶えないという験担《げんかつ》ぎから誠一はむしろ歓迎していた。

「伏見さん、お久し振り」

静江が茶菓を運んできた。

「やあ、これはどうも。静江さんは、もう会社の経理からは――」

「ええ、ルリ子さんにすっかりまかせきり」

「そうですか」

伏見が茶を啜《すす》り、また庭を見やってから誠一に向き直った。

「社長、おっと会長でしたな、私はね、アッコさんの一言が気に入って、貴社への融資を決めたのですよ」

「アッコの、ひ、ひ、一言で、でですか?」

「ええ。私はアッコさんにこう質問したんです、〃あなたは五年後、なにをしていますか？〃ってね。そしたら、新社長はこう応《こた》えた、〃周りにいる人みんなが笑顔でいられたらいいですね〃」

誠一がなにかを嚙《か》みしめるように小さく繰り返し頷いていた。

「アッコさんは自分がどうなってるかじゃなく、周りの人間と一緒に笑っていられたらいいと言った。そんな経営者になら協力しようと、私は考えたんです」

誠一の隣で静江が薄っすらと涙ぐんでいた。

「あのう」

そこで明希子は遠慮がちに訊《き》いてみた。

「わたしが用意した事業計画書やプレゼンは、専務理事のお気持ちを動かす材料にはならなかったのでしょうか？」

「ああ、あれね。あんまりよく内容を覚えとりませんな」

明希子はガックリきた。自信があったのに。

そんなことにはまったく頓着《とんちゃく》なしに伏見が、

「そうだアッコさん、今度、吾嬬町ネットワークに顔を出してみたらどうでしょう」

「吾嬬町ネットワーク、ですか？」

「うん。町内の中小企業で行ってる異業種交流会でね、一社一社だと力が弱くてできない展示会を一緒になって開いたり、商品の共同開発みたいなこともしているらしいよ」

また異業種交流会か、と明希子は思った。そうして、伏見に勧められて行ったレセプション会場で顔を合わせた笹森産業の社長の表情が甦《よみがえ》る。あまり感情がうかがえないあの目を見て、自分のほうが気持ちをかき乱されてしまったのかもしれない。思わず、「新しく、大きなことをするつもりです」と宣言してしまった。「しかし、あなたとともにそれをするつもりはありません」――大きなことを言っちゃったな、と思う。でも後悔はしていない。必ず実現するつもりだから。

それにしても、笹森のように感情を読まれないことは、経営者に必要な資質なのかもしれない。わたしはまだまだだな、すぐ熱くなっちゃって……

そういえば、あの会場には南雲も来ていたことを明希子は思い出した。彼にはひとまず礼を伝えられてよかった。

吾嬬町ネットワークの会合は毎月一度、地域センターで行われていた。地域センターは、花丘製作所の社長室の窓から見える、廃校になった吾嬬小学校の校舎が利用されている。自分たち父娘《おやこ》の例の母校である。

校庭につくられたテニスコートの脇を抜け、一階にある和室の集会所に行くと、数名の人々が集まっていた。ほとんどが男性で、近くに座った者同士が勝手な世間話に興じている。そんな中で奥の席にいる赤ら顔の男が目についた。齢《とし》は四十代半ばといったところだろうか、背は高くないががっしりとした体軀《たいく》をしている。隣にいる耳のとがったキツネのような顔をした同年輩の細身の男性と妙に盛り上がって話していた。

するとと赤ら顔が入り口に立っている明希子に気がついた。

明希子はドキリとした。

赤ら顔がにんまりと笑い、来るように手招きしている。

仕方なく明希子は近づいていった。

「アッコちゃんだろ、花丘製作所の」

赤ら顔が言った。

「はい」

「吾嬬信金の伏見さんから聞いてるよ。おれ、入江田《いりえだ》。よろしく」

そう言って、男が手を差し出した。

明希子も恐る恐る手を伸ばす。

すると、入江田が引ったくるように明希子の手をつかんで握手した。

ごつごつとした感触は現場勤めを積んできた手だった。

「おやおや、いきなりこんな美人さんの手を握っちゃって、役得ってワケかい入江田専務、ヒヒ」

キツネ顔がそう言って、いやらしい笑みを浮かべた。

「なにが役得だよ。おりゃあよ、吾嬬町ネットワークの会長としてだな、新たに我が会の趣旨に賛同して入会してくれたアッコちゃんを歓迎してるだけだろ」

入江田が、なおも明希子の手を握ったままで言う。

「待ってください。わたし、まだ入会するなんて言ってません。今日は伏見さんに言われて見学に……」

明希子は慌てて言った。

「ちょいとちょいと専務ってば、いいかげんにその手を離しなよ、ヒヒ。お嬢さんが迷惑そうにしてるじゃないか、ヒヒ」

キツネ顔が入江田の手を引き離すと、代わって明希子の手を握ってきた。

「マイワイフファーマシーズの井野《いの》です。以後お見知り置きを」

井野がスッと明希子の手の甲を撫《な》でると、

「美しい手ですね、ヒヒ」

また淫靡《いんび》に笑った。

「スケベなんだよ、やらしーんだよ、井野やんは」

入江田が言い、今度は明希子に向かって、

「この人ね、こんなエッチな顔してて支店をいくつか出してる薬局の社長なの」

「町名の吾嬬には我が妻の意味があるでしょ。マイワイフは、その町名と、気のつく愛妻のような薬局でありたいという願いを絡めた社名なんですね、ヒヒ」

井野が名刺を差し出した。肩書きは〔取締役 薬剤師〕となっていた。

「名目上はうちの社長は親父。でもね、これがなかなか引退しないんだなあ。でもね、マイワイフファーマシーズは実質的にあたしで持ってるの。それは、あんたんとこも一緒だよねえ、入江田専務」

「ふん」

入江田が気色ばんだ。

「いえね、入江田金属も親父さんが社長の座にいつまでも居座っちゃってるのさ。そんなもんでこの人もクサっちゃって、時々一緒に遊びに行ってはお互い欲求不満を爆発させてるってワケ。そうだ、専務、今度あっちに効く、すんごいのを調剤してあげようか？　あ、もっともあんたにはクスリなんて必要ないか、ヒヒ」

「あったりめぇだろ！」

入江田が井野にそう言い放つと、立ち上がった。そして集会室にいる全員に声をかけた。

「こちら、本日より吾嬬町ネットワークに入会した花丘製作所の社長でアッコちゃん。

みんなよろしく頼むワ！」

期せずして拍手が沸き起こり、明希子はおろおろと頭を下げるしかなかった。

2

入江田金属は荒川の土手下の通りにあった。

専務の入江田に半ば強引に誘われてそこを訪ねたのは、吾嬬町ネットワークの会合で初めて会ったすぐ翌日の夕刻のことだった。

「よおー、よおよお、よく来てくれたね、アッコちゃん」

満面の笑みで入江田が明希子を迎える。

「従業員は二十名。自動順送ラインによるブラインドやアコーディオンカーテンなんかに使う金属部品の量産がメインなんだけどね、うちの連中には、もうプレス屋なんていう言い方はよそうって言ってるの。うちはインテリアパーツメーカーなんだって」

金属プレス加工機が並ぶ工場内を案内しながら、入江田が言う。

続いて社長室に連れていかれた。専務の入江田の父親である入江田社長は、ゴルフクラブの手入れをしていた。

そこには、付けたりで案内されたことがすぐに分かった。入江田親子は目を合わせようともせず、明希子は仕方なく社長と名刺交換し、儀礼的な言葉を交わした。

そうしてすぐさま、入江田に急《せ》き立てられるようにして社長室を後にすると、今度は応接室に招じ入れられた。

「外《そと》っ側《かわ》ばっかしでかくなっても、親父の意識は下町のプレス屋のまんまなんだよな。いや、それをすべて否定するつもりはねえんだよ。でもさ、新しいことやんなくちゃ、バーンとさ。うちはプレス屋じゃない、インテリアパーツメーカーなんだからよ」

入江田が明希子にソファを勧め、彼もドカリと腰を下ろした。

「井野やんも、俺も、べつに親父に頭押さえつけられてるつもりはねえんだ。だけどさ、向こうが社長である以上、自由にできないわけさ。もう毎日、大ゲンカだよ。俺は何度も言ったよ〝親父、辞めてくれ！〟って。〝辞めて、毎日ゴルフしてくれてりゃいいんだ〟って」

入江田はしばらく一人で捲《まく》し立てていたかと思うと、ふと気がついたように、「ちょっと待ってて」と言って応接室を出ていった。そうして封筒を携えて戻ってきた。

「ところで、今日アッコちゃんに来てもらったのはほかでもないんだけどさ」

そう言いながら封筒から書類を取り出してテーブルに置いた。

「お宅で、これ、手伝ってくんないかな？」

明希子が書類を手にし、目を通している傍から入江田が言う。

「エコ・トイレット——ま、一言で言えば、汚水を川に流さないトイレってことになるな。し尿を処理して、循環させて再利用するっつー、水のリサイクルトイレだ」

明希子は入江田の顔を見た。

「ほらほら、エコだの、環境だの、リサイクルだのって、面《つら》に似合わねーこと言い出したなって思ってるだろ？　存在そのものが産業廃棄物みたいなオトコがって——」

明希子は黙って話を聞くことにした。

「それはよ、吾嬬町ネットワークで出した企画書だ。都から八千万の助成金が下りててよ、すでにテストモデルとして区内の公園や野球グラウンドに設置も決まってるんだな、これがまた。確かな評価が得られればよ、今後、公衆トイレとしての需要はますます高まるってわけだ」

明希子が企画書のページをめくってゆくと、吾嬬町ネットワークの参加企業のリストが現れた。

「工事業者も巻き込んでのプロジェクトになる。もちろんトイレ自体をつくるにも製造業界の協力が必要だ。バネ屋、電子部品屋、プラスチック加工屋、おっと、うちんとこみたいなプレス屋もそうだ。そして、型屋だ。トイレにかかわる樹脂部品の金型つくってもらわないと。アッコちゃん、協力してくれるよな」

「もちろん！　喜んで協力させていただきます!!」

勇んで応えていた。願ってもない話だった。

「そいつはありがてえ。なにしろ花丘さんとこは技術がしっかりしてるからよ」

明希子の視界がぼやけた。思わずうつむいてしまう。

「なんだよ？　どうかしたかい？　俺、ヘンなこと言っちまったかな？」

明希子は首を振った。

「嬉《うれ》しくって、うちの力を認めてもらえてるのが。そうでないことが、最近あまりにも多かったから」

「なに言ってんだよ。お宅にはあるじゃん、技術がさ。だから、育てた人間をよそに引き抜かれちゃったわけだろ」

余計なことを言ってしまったと入江田も思ったらしい、どぎまぎして困ったような表情になった。

そんな彼の顔を見ていたら明希子もおかしくなってきた。悪い人ではないらしい。ううん、それどころか救いの神だわ。

「ま、まあよ、いろいろあらあな」

と入江田は慰めになるようなならないようなことを言った後で、

「日本てーのは水が豊富でさ、そいつを無制限にザブザブ使ってるわけさ。世界には、安全な飲み水に恵まれない地域がたくさんあるってーのによ。水不足と水質汚染で命を落としてる人間が何百万人もいるんだぜ」

入江田の真剣な表情を初めて見たような気がした。

「いいかいアッコちゃん、この地球上では五億人が砂漠地帯に住んでるんだ。そうした人間はよ、なにを頼りにしてると思う？　地下水だ。そりゃあよ、気の遠くなるような遥かな昔、二万五千年前に砂漠に降った雨が地中深く浸透したもんだ。言ってみりゃ太古の遺産の恩恵にあずかって生きてる人々がいるわけさね。地中深くから汲《く》み取ったコップ一杯の水を大事に大事にしてな。でもよ、それもやがては枯渇しちまう」

彼の横顔は苦々しげだった。

「ところが俺ら日本人ときたら、どうだ？　水の使用量の大半はトイレ。しかも飲める水ときてる。そうやって水の無駄使いをしてる日本だからこそ、このエコ・トイレットの技術を世界に発信する必要があるわけさ。そうじゃないかい？」

明希子は頷いた。

「この吾嬬町発でよ。東京だけでもない、日本だけじゃない、世界に向けて、さ」

「世界に——」

「そう。俺らモノづくりに携わるもんには、そういうことができると思うんだよね」

「そうね。きっとできる」

二人で微笑み合った。

「てーことでよ、便所の話の後でなんなんだけど、これから、パッと飲みに行くかい？　そろそろ連れのやつが来るはずなんだよな。一緒にどう？」

〝連れ〟というのは、井野のことだろうか？　明希子は、あのいやらしい笑いを思い出し、彼ら二人の間で展開されるであろう話題の内容を想像した。だったら、勘弁だな。いくら救いの神からのお誘いとはいっても……

応接室の内線が鳴り、

「おっと、きたきたきた」

さも嬉しそうに受話器を取った入江田が、来客をここに通すように受付に告げているようだった。

「今日は祝杯だね、アッコちゃん」

電話を切ると、こちらを見て浮き浮きと言う。

間もなくドアがノックされた。

「入江田先輩、お待たせしました」

すらりとした長身に濃紺のスーツを着こなした若い男が入ってきて、入江田に親しげな笑みを投げた。

あれ？　この人……見たことのある顔だと思った。ダイ通にいた時から一度見た顔はできるだけ忘れないようにしている。この顔は覚えていた。そう、確か何か月か前に……

「多門技研の小野寺さん！」

明希子は思わず声を上げていた。越後クリエイツで、「ハナオカセイサクショ、か――聞いたことないな」と無遠慮なことを言い、帰りの新幹線で寝てしまったマイペースな彼だ！

突然名を呼ばれた小野寺のほうはきょとんとしている。

「ええと……」

彼はしばらく明希子を見つめてから、入江田のほうに顔を向けた。

「先輩、この方は？　どうして俺の名前を知ってるのかな？」

入江田に案内されたのは彼には不似合いな、趣味のよいプチレストランだった。民家を改造した店は自然木を基調にした内装で、水色のスモックを着た明希子くらいの年齢の女主《おんなあるじ》が一人で切り盛りしている。窓の向こうには花丘家と同じくらいの小さな庭が見渡せた。

メニューは日替わりのようで、品数は少ないが（今日は鶏料理が中心らしい）どれも美味だった。明希子は赤ワインを飲みながらチキンの香草焼きを食べた。

「それにしても驚いたな、アッコちゃんが小野寺と知り合いだったなんてさ」

入江田は同じチキンでも、焼き鳥風に串焼きにしたのを食べながらうまそうにビールを飲んでいる。

「知り合いっていうほどじゃないです。新潟の型屋さんに伺った時、偶然そこでお会いしただけですから。小野寺さんのほうは、すっかり忘れてたみたいですし」

自分でそう言いながら、少しばかり言葉に刺《とげ》があるなと思う。

「いや、その、人の顔を覚えるのは苦手で……」

小野寺もさすがに少しばかりばつが悪そうだった。

「でも、あれから越後クリエイツさんに伺うたびに、関社長からアッコさんの話は聞いていたんですよ」

ふーん、たびたび聞いてたくせに忘れちゃうんだ。明希子はなにも言わずに赤ワインのグラスをあおった。

「アッコさん、ご実家の会社を継いだんですってね」

「ええ、まあ」

「それもあるのかな。前と少し感じが違う気がする」

「……感じが？」

明希子はグラスから口を離した。

「うん、以前よりも野性味が増したというか……」

「——野性味!?」

明希子は呆気《あっけ》にとられて繰り返した。

——わたしは肉食獣か？　まあ、こうしてチキンは食べてるけど。

しかし、小野寺のほうはごくまじめな調子で続けた。

「ずっといいですよ。型屋さんぽくなった」

「アッコちゃん、コイツの言うことなんか真に受けちゃいけないぜ。昔から空気が読めないやつなんだからよ」

明希子の表情が変わったのを見て、入江田が声をかけてきた。

「いいえ、いいんです。型屋っぽいって、今のわたしには最高の褒《ほ》め言葉ですよ」

ふいに明希子は笑い出したいような気分になった。

「小野寺さんは、入江田さんのところにお仕事の依頼でいらしたんですか？」

明希子の質問に、小野寺ではなく入江田が応えた。

「天下のタモンがうちなんかに仕事を発注するはずねーだろ。こいつはね、大学の後輩。つっても、俺なんかと違って小野寺はぜんぜんデキがよくってさ。それがなぜかゼミのOB会で意気投合しちゃって、以来こうやってつるんでるわけ、な」

入江田は、小野寺が食べているクリームソースのかかった鶏の胸肉のソテーを見て、

「お、それうまそうだな、俺にも少しよこせ」

フォークを伸ばした。

「あ、先輩、人の料理を！」

「味見、味見。ちょっとだけだよ。ケチなこと言うな」

「ケチってね、先輩の味見のちょっとは大きすぎ！　俺のを横取りしないで、もう一皿頼めばいいでしょう」

「そうよ。もう一皿頼んで、分け合いましょうよ」

「んじゃ、そうすっか」

明希子は楽しかった。こんなに寛《くつろ》いだ気分になったのは久し振りのことだった。

「悪りぃ、ちょっとションベン」

入江田が席を立つと、

「それにしても、社長になったんじゃ、いろいろ大変なんじゃない？」

小野寺が明希子に言った。

「分かります？」

ワインをひと口飲んで彼が頷いた。

「試作品のバンパーが現れるのを見て目を丸くしてた人が型屋の社長——苦労してる

姿が、容易に想像できるよ」

小野寺は歯に衣《きぬ》着せずにさっくりと言った。

「そうですね」

明希子は苦笑した。

「大変、本当に。でも、おかげでやっと型屋らしくなってきたのかも」

「うん。というよりは、なにかをつくってる顔だなって、そう思った」

「なにかを?」

明希子は少し不満だった。

「わたし、これでも広告代理店で、ずうっといろいろな企画案を実現化してきたのよ。花丘製作所を継がなかったら、今だっていろんなものをつくってたわ。たとえば飲食店五千軒を紹介するガイドブックなんかを」

「ああ、誤解させる言い方しちゃったかな。アッコさんのつくってきたものは……そうだな、大衆に向けての情報だと思う。そうじゃなくて、俺の言うなにかって、人の手にしっかりと触れるもの。形があって、地味だけど生活の中で誰か一人のために役立つもののことさ」

小野寺は視線を真《ま》っ直《す》ぐに向けたままでなおも続けた。

「俺、モノづくりが好きなんだ。だから、モノづくりに携わってる人の顔ってなんとなく分かるし、そういう顔が好きだ。アッコさんの顔も、モノづくりをしてる顔になってる。だからさっき、すぐにはアッコさんのことが分からなかったのかも」

「ずいぶんうまい言い訳ですね。すっかりわたしのこと忘れてたのに」

「うん。でも、もう忘れない」

入江田が戻ってきた。

「おっ、お二人さん、そうしてるとなんかお似合いじゃねーか。イイ感じだよ」

そう囃《はや》されて、小野寺がまた急にまじめな表情になり話題を変更した。照れ屋なのだ。

「先輩やアッコさんをうらやましく感じる時があるんですよ。中小企業の風通しのよさがね」

「風通しったって、そんなもの、よ過ぎちまって吹けば飛んじまわあ」

小野寺が小さく微笑んで、

「うちなんてね、なにか新しいことを始めようとする時、その努力の大半は周りを説得することに費やされるんです。新車を出すのにだいたい四年かかるんですが、その間にしなければならない社内的な調整のことを考えると、これは実にたまらないものがありますよ。その点、やりたいことがストレートにできるのが中小企業の魅力じゃないですか」

「風通しのよさ、か」

明希子は独りつぶやいてから、

「入江田専務」

「おう、なんだい？」

「吾嬬町ネットワークには工務店て入会してないのかしら？　どこかいいとこ知らない？」

「知ってるけど、どうしたんだい？」

「ええ、再出発の模様替えをしたいの」

「便器ですって!?」

菅沼が不満げな声を出した。

「そうです。いい話でしょ」

明希子は言った。

「しかし、アッコさん、うちは主に三洋自動車との取引でエンジン周りの精密部品を扱ってきたわけですからね。こういう駄物《ダモノ》に手を出すっていうのはどんなものでしょう？　いくらこうして落ちぶれても、そりゃ、あまりにもプライドってもんがないんじゃありませんか？」

「うちは少しも落ちぶれてなんかいない」

と明希子は言った。そうして、

「でも、今は、あれこれ言っていられる時じゃないのも確か。そうでしょう？　毎月の売り上げが一千五百万を割ってしまえば、すぐに立ち行かなくなってしまうんですよ」

菅沼が黙った。

泰代が社長室に入ってきて来客を告げた。工務店の主《あるじ》だという。

明希子が事務フロアのほうに出ていくと、白髪頭を角刈りにした、半被《はっぴ》姿のずんぐりとした初老の男が立っていた。

「半沢《はんざわ》工務店の者です。入江田金属の専務の紹介で伺いやした」

工務店の社長というより鳶職《とびしょく》の親方とでもいった風貌である。

「お願いしたいのは、この壁を取り払っていただきたいということなんです」

社長室を示して言った。

明希子の言葉に、その場にいるみんなが驚いて目を見張った。

半沢が社長室の壁を軽くたたいて、

「こりゃあ、なかなか頑丈そうだ」

のんびりと言って柔和な笑みを浮かべた。

「できますか?」

「ようがしょ」

「それとあっちも」

明希子は高柳の使っていた個室の壁を指した。

「やりやしょう。こりゃあ、ずいぶん風通しがよくなりそうですな」

「そうしたいんです」

菅沼のほうに顔を向けて明希子が言った。

「花丘製作所のプライドを見せるのはこれからだと思うの。そのための再出発なんです」

3

壁が取り払われ、限りなくフラットになった三階フロアで、花丘製作所は新しい年を迎えた。例年はあの狭い食堂で行っていた仕事始めの社長講話も、三階に社員全員を集めて行ったし、毎日の朝礼もここで行うようになっていた。

カウンターに囲まれた事務部の奥には二階から引っ越してきた設計部がある。おかげで二階は食堂も更衣室も広くなった。

明希子はいちばん奥の席からフロア全体を見渡していた。社長室と高柳の個室の壁がなくなったために、これまでの建物正面に加え、明希子が背にしている裏側と右手突き当たりの三方が窓になり、そこからうららかな陽が射し込んでいる。沈滞していた空気の流れもよくなったような気がした。

社長席の前には六つの机が二つずつ向かい合わせに配置されている。明希子からいちばん手前が菅沼の席。その向かい側は空席である。菅沼の隣がルリ子、その向かいは泰代。算盤《そろばん》を弾いているルリ子の隣は、やはり空席である。泰代の隣の、いちばん出口に近いところに小川の席がある。

その小川が外出先から戻ってきた。

「ただいまー」

「おかえりなさい」

全員で声をかける。

小川が自分の席ではなく、そのまま菅沼のところに向かう。

「工場長、この間のムラタ工機さんとこに納品したの、あれ加工漏れがありました」

「えぇー！　ほんとかい!?」

小川が図面を広げて、

「ほら、ここんとこ——」

「あっちゃー」

菅沼が頭を抱えた。

「そうかあ、先方もいつものことだから、図面に指示を書いて寄越さないんだよなあ」

「どういうことですか?」

明希子は訊いた。

「いえね」

菅沼が明希子のほうを向いて、

「ムラタさんとこ、いつもと仕様が異なることがあって、最初のうちは図面の余白に指示があったんだけど、最近はなんにも書いて寄越さなくなってきたんですよ。電話で注文があった時にあたしが出たんで、向こうももうツーカーのつもりでいるからね。いやー、うちの設計部も土門あたりなら心得てるんだろうけど……。すみません、もっと徹底させるべきでした」

菅沼が小川のほうに向き直って、

「怒ってたかい、ムラタの社長?」

「あ、いえ、〝どうしたんだよー、頼むよー〟くらいです」

「そうかい、じゃ、問題なしだ。すぐにやり直すからって、あたしのほうから後で電話入れとくから」

「問題なしって、工場長……」

明希子がそう言いかけた時、

「やっぱりないようですわね」

ルリ子の声が聞こえた。

「見つかりませんね」

泰代が続いて言う。

「どうしたの？」

明希子は二人に声をかけた。

「前回、サクラ特殊鋼様に出した納品書の写しが見つからなくて」

ルリ子がほとほと困ったように言った。

「発注数によって単価が変わるのですが、先様から〝前と同じに〟と言われた、その前の数字を探しているのですけど……」

「サクラさんとこからの注文久し振りですもんね」

と泰代。

「やっぱり前回の注文は、去年じゃなくて一昨年《おととし》だったかしら？　あらやだ、それで今また新年ですもの一昨々年《さきおととし》ということになるのね？」

経理関係の書類がすべて手書きで行われていることは知っていた。明希子もシステム化の必要性は感じていたが、多忙に紛れたままである。

新しいことを始める前に、やらなければいけないことがあり過ぎるな。そうして、それは明希子一人ではどうにも手に負えそうになかった。

明希子は、ふと自分の席の背後に置かれている古い机を見やった。かつて父が使っていた執務机で、そこは会長席である。

相変わらず誠一が会社に姿を見せることはなかった。すべては明希子に任せたということなのだ。

白い息を吐きながら自転車で冷たい冬の夜道を走って帰ると九時近くになっていた。

「アッコちゃん、お風呂にする？　それともご飯？」

静江が訊いてくる。

「食事にする。あー、お腹空いたー」

帰って夕食の用意があるのはいつもながら嬉しいことだが、これじゃあオヤジみたいだ。

洗面所でうがいをし、手を洗って食堂に行こうとすると玄関チャイムが鳴った。

――誰だろう、こんな時間に？

明希子が三和土《たたき》に下り、玄関の引き戸を開けると、黒縁眼鏡をかけ、髪をきっちり七三に分けた男性が立っていた。年齢は三十代後半といったところだろうか。コートを着ておらず、作業服姿だった。

「夜分に申し訳ございません。藤見《ふじみ》化成の藤見と申しますが、花丘社長——いえ、会長はご在宅でしょうか？」

「少々お待ちください」

明希子が居間にいる誠一を呼びに行こうとすると、父はそこに立っていた。

「や、や、やあ」

誠一が微笑んだ。

「こんな時間に伺いまして、お身体に障らなければよいのですが」

藤見が深々と頭を下げる。

「い、いや、だいじょーぶ。にゅ、入院中に、見舞いにき、きてくれた、そ、そうで」

「あの時はお休みになられていたようなので、そのまま失礼いたしました。その後、退院されたことは存じていたのですが、会社がバタバタしておりまして、伺うのが遅れました。申し訳ありません」

「か、会社がば、ば、バタバタバタ、バタって？」

「このたび廃業いたしました」

「……そ、そうかい」

「よくない状況が続いていたのですが、とうとう持ち堪《こた》えられなくて」

「い、いや……そ、そ、そ、それはなんて言ったらいいか……」

「花丘さんには、本当にお世話になりまして、ありがとうございました。どうしても一言それがお伝えしたくて」

「ご、ご苦労さ、さんだったたね。こ、これからのことは、き、決まってるのかい？」

藤見が首を振った。

「ま、元気で……い、いりゃあ、なんとかなるって。お、俺とは、わけが違う。そ、それに、あんた、まだ若い」

藤見はそっと微笑み、律儀に一礼すると、花丘家を辞した。

4

「よー、アッコちゃん、例のエコトイレットの金型、どんな感じ？」

入江田が声をかけてきた。

「順調よ。今、設計が終わって加工に取り掛かってる」

「そうかい」

嬉しそうに微笑んだ。

吾嬬町ネットワークの新年最初の会合だった。

「ところでさ、あんたにぜひ紹介したい男がいるんだよね」

そう言って、あたりをきょろきょろ見回した。

「えーと、久し振りに顔を出してたと思ったんだけどな……と。お、いたいた」

視線の先に、律儀そうに一礼している男の姿があった。

「おーい、こっち来いや」

入江田に呼ばれて、髪を七三に分けた黒縁眼鏡の男性がこちらにやってくる。

「藤見さん」

「先日は失礼しました」

藤見が今度は明希子に向かって頭を下げた。

「なんだ、知ってたのかい？　こないだの小野寺といい、おれが紹介しようとするやつは、みんなアッコちゃんと知り合いなんだもんな」

そこで入江田が、

「あっ」

思い出したように言った。

「そういや、小野寺がまた三人で一緒に食事でもって、言ってたんだ」

——小野寺さんが。

「いや、おりゃあ、三人なんて言わねえで、直接アッコちゃんを誘やあいいじゃねえか、って言ったんだけどね」


吾嬬町ネットワークの会合後、近くにある居酒屋での新年会で、入江田と藤見、明希子は同じ卓を囲んでいた。いやらしい笑みを浮かべた井野が、「ヒヒ」とさかんに席に加わろうとしていたが、入江田が追い払った。

「いやさあ、こいつ、立派なんだ、偉いんだ。なにしろ、車だのなんだの自分ちのもんも一切合財《いっさいがっさい》処分して、それ退職金に当ててさ、おまけに従業員の再就職先も世話してやったっていうんだから」

入江田が言うと、藤見が、

「少しも偉くありませんよ。なにしろ会社を潰しちゃったわけなんですから」

その言葉に入江田も珍しく神妙な面持ちになって、

「まあ、飲めよ」

藤見のぐい飲みに酒を注いだ。

「七年が経《た》ちました。うちの、藤見化成の仕事をするようになってから。今年で八年め。そして、それは迎えられなかったわけです」

藤見が語り始めた。

三十歳の夏休みに久し振りに実家を訪れた藤見は、家業の現状をまのあたりにして愕然《がくぜん》とする。社長である父もすでに還暦を過ぎ、祖父の代からの工場長もみな高齢だった。迷った末、藤見は、「継ごうと思うんだけど……」と切り出した。

その言葉に父親は、「そうか」と、どうでもいいような素っ気ない応え方をした。嬉しいが、照れくさかったのだろう。きっと。

当時、藤見は大手電機メーカーに勤めていて、秋田にある工場に配属されていた。夏休みが終わり、勤務先に戻った藤見は、退社の意思を伝えた。

「メーカーではどんな仕事をしていたんですか？」

明希子が藤見に訊いた。彼の話に自分の姿を重ねていた。

「経営管理本部という部署に席を置いていました。資金繰り、固定資産管理、原価管理といったあたりが担当です」

「うわぁ、わたしの苦手な分野」

明希子は言った。

藤見が笑って、

「親父はプラスチックの成形加工を行う藤見化成の二代目でした。祖父が起こした会社でしたが、吾嬬町でも走りのプラ屋だったんです」

話を続けた。

今まで事務職だった藤見が現場の作業をする。それは想像以上に困難なことだった。確かに彼はずぶの素人だったが、誰にも負けるわけにはいかなかった。平均年齢が五十歳を超えるベテラン揃いの藤見化成にあって、彼はどの社員よりなにもかもができ、先頭に立って引っ張っていかなければならない。そうでなければ中小企業は成り立たないと思った。従業員は定時で帰し、彼だけは深夜まで働いた。休日にも職場にいた。無我夢中だった。

もう一つ、藤見化成の経営体制は旧態依然としたものだった。仕入れ業者との料金交渉は丼勘定だし、受注先への請求書にしてからが手書きのままだった。藤見は、すべてをシステム化することにした。

「――で、どうなったの?」

今現在、明希子も同様の悩みを抱えている。

「〝やれるものなら、やってみろ〟というのが親父の言い分でした。親父とは、経営方針を巡ってずいぶん言い争いましたよ」

藤見の言葉に、やはり同じ立場にある入江田が、「ふふん」と笑った。

藤見親子は、ひとつ屋根の下で暮らしながら、三か月も口をきかずに過ごしたこともあったという。どちらも頑固だった。

「大手で学んだことを、すべて零細企業に注ぎ込もうとしていた自分も少し走り過ぎていたのかもしれない——今にしてみればそう思うんですけどね」

藤見化成の経営は去年の夏頃から危機的状況になった。

「私が入社した当初から、けっしてよくはなかったんですけど。ついに……という感じでしょうか」

藤見から父親に、「やめないか」と言った。父はけっして首を縦に振ろうとしなかったが、ついには息子の言葉に従った。

藤見は清算人として藤見化成の廃業をした。

「傍眼《はため》には三代目の自分が会社を潰したように映ったでしょうね。しかし、それでいい。あれ以上続けていたら、さらに多くの人に迷惑をかけることになったんですから」

藤見がうつむいた。

「入江田さん、さっき従業員全員の再就職を私が世話したように言ってましたが、うちは年配の人間が多いでしょ。そうそう受け入れ先もないし、会社を閉めるのと一緒に仕事をやめた者も多いんです。もっと、働きたかったろうし、生活もあるだろうに……」

聞いていた入江田が深いため息をついて、

「あんた、会社を閉める挨拶に回ってる時、あちこちからずいぶん冷たいこと言われたそうじゃねえか」

「やめる者に対してはきっとこんなものなんでしょう。〝あんたの親父さんの、あんなやり方じゃあ〟って、呆れたように言われもしましたけど……」

入江田も明希子も黙っていた。

「でも、アッコさんのお父さんのように温かい言葉をかけてくださる方もいらっしゃったし。吾嬬町ネットワークの皆さんとも会えてよかった。しかし、まあ、私は、ここからも身を引くわけなんですが」

藤見が酒をひと口舐《な》めた。

「親父に言われましたよ〝おまえの人生を狂わせて悪かったな〟って。確かに経営者としては疑問視する部分もあるけど、でも……」

そこで突然声が裏返った。

「やっぱり……いい親父ですよ。頑固で、職人気質で……」

顔をそむけ、肩を震わせた。

「すみません……みっともないところをお見せして」

くぐもった声で言った。

「すみません……すみません……」

入江田も眼尻に涙をため、藤見の背中をさすりながら、

「よくやったよ。あんた、ほんとによくやった」

優しく繰り返した。

5

「人を雇いたい？　そりゃ本気ですか⁉」

菅沼が興奮した声を上げた。

「ええ」

明希子は応えた。

「アッコさんは今、無給だ。言いたくないが、あたしだってずっと給料二〇パーセントカットでやってる」

「申し訳ないと思ってます」

「いや、あたしのことを言ってるんじゃない。今、うちが人を雇える状態じゃあないってことなんです。前にも言いましたが、高柳部長や里吉たちが抜けたのだって、今のうちにしてみりゃ大助かりだったとあたしゃ思ってるんだ」

明希子は菅沼を見つめ返した。

「それなら、会社にとって人はエネルギーだというわたしの考えにも変わりありません」

意見を戦わせる自分たち二人を、ルリ子、泰代、小川が見ていた。それでいい、会社のことなのだ、皆の前で話し合おう。今は高柳の秘密めいた部屋も取り払ったし、社長室での幹部だけによる申し合わせもない。

小さな会社なのだ、みんなで情報を共有し、行き違いと誤解をなくそう。そうすれば受注ミスもなくなるし、誰にだってすぐに製品単価が取り出せる。

「今の花丘製作所には絶対に必要な人材なんです」

「アッコさんのいう必要な人材とは、三次元ＣＡＤが使える設計者ですか？　それとも加工のベテラン職人ですか？」


「今日からうちで生産管理を担当してもらいます」

明希子は朝礼で、花丘製作所の新しい従業員を皆に紹介した。

「藤見です」

事務所に集まった全社員に向けて彼が挨拶した。

「私は、花丘製作所で二つのことに取り組みたいと思います。ひとつは経理のシステム化です。そのためにパソコンをフル活用します」

「えー、パソコンですかあ」

ルリ子が不満そうな声を上げた。

藤見がそちらを見て頷いた。

「最初は抵抗もあるでしょうが、慣れればどんどん便利になりますよ」

「わたくしには慣れ親しんできたやり方がありますのに」

それに対して明希子は、

「もちろんルリ子さんが、我が社にとってなくてはならない人だということは変わりません。でも、これからは情報をみんなで共有していきたいんです」

さらに皆に向かって言う。

「情報を共有する——その一環としてもうひとつ行うのが工程管理です」

藤見が頷いて言葉を引き継いだ。

「そこで会社内の可視化《かしか》を促進します」

「なんだそらあ？」

とぼけた声を上げた菊本を土門が肘《ひじ》で小突いた。すると、菊本が大げさによろめく。

「受注した製品が今どのような工程にあるか、それを社員全員がひと目で分かるようにする、ということです」

藤見が菊本を見て毅然《きぜん》と言った。そして、再び全員に顔を向けて、

「すべての社員が現場の動きを知ることで、作業効率をよくし生産性を上げていく。そのための情報の共有化です」

全員がキツネにつままれたような顔をしていた。

「今日から会社のために一生懸命働きます。どうぞよろしくお願いいたします」

そうしていかにも律儀に一礼した。

明希子は高らかに宣言した。

「ムリ・ムダ・ムラを極限まで排除するモノづくり現場での〝カイゼン〟は、国際用語にまでなっているんです。みんなでこの職場をもっともっとよくしましょう！」

一同が解散すると、藤見が明希子のもとにやってきた。

「アッコさん、私が花丘製作所で行いたいことは、藤見化成でついに実現できなかったことなんです。もう一度挑戦する機会を与えていただいて感謝します」

「よろしくお願いします」

「私はトップには向かない器です。それは家業を閉めることになった経験で分かりました。しかし、その経験のおかげで、トップが動きやすい環境をつくるにはどうしたらよいか、それを学んだように思います。私は番頭役に徹したいし、自分にはそれが合っています」

藤見が、それまで空席だった菅沼の前の席に立った。

「よろしくお願いします」

菅沼に向けてあの律義な一礼をした。

「ああ」

菅沼が、目を合わせずに頷いた。

そこでルリ子が藤見に、

「さっきはあんなこと言ってごめんなさい。実はわたくし、機械が苦手なだけなんです」

そっと頭を下げる。

「ねえ、藤見さん、わたくしもパソコンて、使えるようになるのかしら？」

「もちろん」

藤見が微笑んだ。

菅沼の表情がいまいましげなものになった。

明希子はそうした様子を眺めていた。

第六章　敗北

1

「誘ったりして悪かったかな？」

「ううん。いい気分転換」

小野寺と明希子は、渋谷のインド料理のレストランにいた。

「渋谷なんて久し振り」

明希子は、さまざまな香辛料のにおいが染みついた店内をなんとなく見回しながら言った。壁や棚に南アジアを連想させる調度品が飾られている。

「いつもどの辺に行くの？　銀座？　六本木？」

小野寺の言葉に、明希子は首を振った。

「最近は会社と自宅の往復ばかり」

彼が頷いて、

「入江田先輩にも声を掛けたんだけど〝おまえら二人で行けばいいだろ〟って言うもんだから」

店は混み合っていて、注文した料理はなかなか来なかった。

二人は生ビールを飲みつつ、ぽつりぽつり話をした。仕事の話題が主だった。

小野寺は多門技研の生産技術課で環境自動車エンジンの開発に携わっていた。

「これまでのガソリンエンジンと違って、燃料電池で走るクルマは、構造自体が異なるんだ。たとえばね――」

エンジンについて語る時、小野寺の目の輝きは変わった。明希子はそれをうらやましい思いで見つめていた。

「確かにエンジニアにとってはスペックの高いところに持っていければ、それは評価になる。けれど、客にしてみればそんなものは望んでいない。ただでさえ今の車はユーザーにとってオーバースペックなんだからね。要するに、いい車っていうのは、乗る側とつくる側の両方が幸せになれる車ってことになるだろうね」

そこまで話して小野寺が、はっと気づいたように、

「……ごめん、こっちのことばかり話しちゃって」

「ううん」

明希子は首を振った。そうして、

「なんだか家業にかかわってからは、時間が短く感じる」

ふとそんな言葉をもらしていた。

すると小野寺が、

「時間の単位は変わらないよ。若い頃は……」

そう言いかけたところで、

「まだ若いわ」

明希子は口をとがらせて見せた。

小野寺が笑って、

「じゃ、もっと若かった頃は時間に無自覚でいられた。でも、持っている時間が無限でないことをすでに僕らは知っている」

明希子は頷いてから言った。

「人生が苦いことも」

そう口にした後で、〝人生〟なんて仰々《ぎょうぎょう》しい言葉を使ってるな、と思う。小野寺の口調がどこか物堅く、若年寄りじみていて、釣られたのかもしれない。それに、なにしろ近頃自分の周りはオジサン度が高過ぎる。

「確かに苦い」

小野寺がジョッキを取り上げて言った。

「ビールのように」

明希子はくすりと笑った。

彼がこちらを見て、

「そして、ビールのようにほろ苦くて、しかも、うまいのが人生だよ。そうじゃない？」

「そうね」

人生はおいしい、か……

インドの人らしい店の男性が、「ゴメンナサイネ、ゴメンナサイネ」と繰り返しつつ、タンドリーチキンを運んできた。料理が遅れたことを詫《わ》びているのだ。

おそらく、そのまま窯《かま》に入れられて焼かれていたのだろう鋳物のステーキ皿の上でチキンが強い香草のにおいを放ちジュージュー音を立てている。

小野寺が、

「腹減ったあ」

ナイフとフォークを使って骨から肉を外し、待ちきれないようにかぶりつく。

「熱《あ》っちっちっちっち」

慌てて生ビールのジョッキに手を伸ばした。

「大丈夫？」

「熱いけど、うまい」

「人生のように」

二人で笑った。

それからは、「ゴメンナサイネ、ゴメンナサイネ」料理が次々に運ばれてきて、小さなテーブルの上がたちまちいっぱいになってしまった。

明希子が、チーズがサンドされたピッツァのようなもちもちのナンに鶏肉とホウレン草のカレーを載せて食べていると、料理を運んでくる男性に、「辛サ、ダイジョウブ？」と訊かれた。口に物が入っていた明希子は指でオーケイのサインを出した。

ビールを飲んで明希子は、

「よく来るの、このお店？」

小野寺がシーフードカレーをかけたターメリックライスを口に運びながら、

「いや、会社の若い者に……」

そこまで言って、先ほどの明希子とのやり取りを思い出したらしく、

「会社の後輩連中に連れられて一度来ただけ」

と言った。

ショータイムになり、店内が暗くなって、肌を大きく露出した民族衣装の女性がベリーダンスを始めた。腰を上下左右に動かす、官能的な踊りだ。

音楽が打楽器の激しいリズムに変わると、ダンサーが明希子たちのテーブルに近づいてきて、一緒に踊ろうと小野寺を誘った。

彼は困ったような表情で手を振り拒絶していた。しかしほかの客席からも囃《はや》され、仕方なく立ち上がった。

ダンサーに導かれ、小野寺が店の中央に行くと、妖《あや》しく腰を振り続けている彼女と向き合った。そうして、手足をぎこちなく動かし始めた。盆踊りのできそこないのようにひどく不恰好《ぶかっこう》で、店中に笑いが巻き起こった。

彼は興に乗ったらしく、周囲の反応をよそに一心に踊り続け、やがて明希子のほうを振り向いて照れくさそうに笑った。

2

「では、パソコンを立ち上げてみて」

藤見が言うと、ルリ子がキーボードを持ってすっと立ち上がった。

傍から見ていた小川が、

「マジですか？」

声を上げて笑った。

真顔でそうしているルリ子を見て、明希子も思わず吹き出しそうになり、慌ててそれを堪《こら》えた。

「あははは、どうしてなの？　メールくらいは使ってたはずなのに？」

小川と一緒になって笑っている泰代に向かって、ルリ子が言い放った。

「なによ、泰代さんてば笑いすぎ！　講習ってなったらキンチョーしちゃったのよ！」

そんなふうに訴えられても泰代の笑いは止まらない。さらに拍車がかかったみたいにいっそう大きな声で笑い続けた。

「あははは……ねえ、お願い、誰か、止めて……ははは」

「やあね、このひとツボにはまっちゃったみたい」

ルリ子がそう言ったかと思うと、自分もけらけら笑い出した。

みんなが笑っている中、菅沼だけがむっつりとしかめ面でいた。

「まあ、いいです」

と藤見が言った。

「お二人に覚えておいていただきたいのは、なにしろパソコンていうのはそう簡単に壊れるものじゃないってことなんですよ。精密機械だからと恐れ入る必要はない。なるべく抵抗感を持ってほしくないんです」

　菅沼が席を立って明希子の傍らに来た。

「アッコさん、ちょっといいですか」

　そっとささやきかけてくる。

「なんでしょう？」

　明希子は普通の声音《こわね》で話す。

「ええ。あの……まあ……」

　菅沼のほうはなおも小声で言う。

「いいですよ、話したいことがあったらここで言ってください」

　菅沼がどぎまぎして、

「すみません、ここじゃまずいんで、向こうで……」

　明希子は仕方なく、菅沼とともに事務所の隅に設けたパーティションで仕切った来客用のブースに移った。

「アッコさん、ほんとにこんなんでいいんですか？」

　菅沼が相変わらず声をひそめたままで言う。

「なんのことです？」

　明希子には察しがついたけれど、けろりとそう言ってみせた。

「あいつの言うがままにカネ使って。あたしゃ、あの経理ソフトの値段聞いてビックリした。そんなにするのかって」

「花丘製作所の仕様に合わせて特別注文したらあの金額じゃ済まなかったんですよ。さらに三、四倍はかかったと思います。藤見さんがうち用にカスタマイズするっていうから、既製のソフトで済んだんじゃないですか」

菅沼がいかにも不満そうに、

「パソコンだってあの二人に一台ずつ買い与えなくたって。なにしろ使うほうがあれじゃあ……それに、これまでだってなんとかなってたわけだし」

ちょうどその時、事務所のほうからルリ子と泰代のはしゃいだような華やいだ歓声が聞こえた。

菅沼が小さく舌打ちする。

「まあ、待ってください」

明希子は言った。

「まだ始めたばかりじゃないですか。もう少し様子を見ましょうよ。ね、工場長、一緒に見守ってください」

菅沼が腹を立てているような面持ちで押し黙った。

「ところで、藤見さんの言ってた例の生産管理の件、協力してあげてくださいね。なんていっても現場のことがいちばん分かってるのは工場長なんですから」
そこで、菅沼が再び目を剝《む》いた。
「最初から言ってましたよね、あたしはあの男の採用には反対なんだ。この業界には
この業界の、うちにはうちなりのやり方ってもんがある。いわばルールだ。昔っから
そのルールでもってやってきた。それなのに、あいつは、よそから違うやり方を持っ
てきて、無理やりその型にはめ込もうとしてやがるんだ。だから、あいつんとこは立
ち行かなくなっちまったじゃないですか」
「工場長――」
明希子にたしなめられ、怒っていた菅沼の目が泳いだ。しかし、すぐにまた挑むよ
うに続けた。
「よくも悪くも古い業界なんですよ、あたしらの業界は。でも、そこには変えられな
い、いや、変えちゃならない仕きたりってものがあるんです」
「古いルールや仕きたりにしがみついていられない時代が来たんじゃないでしょうか。
もしも同業者の多くがそうしたものを変えられないでいるのだとしたら、うちが一歩
先を行けばいいんです。いえ、もしかしたら、うちはもう出遅れているのかもしれま
せん。先を行くっていうのは、なにも最新のマシンを入れることじゃなくて、システ
ムをつくることだと思うんです」

パーティションのドアが外からノックされた。

「はい」

明希子が返事をすると、ルリ子が入ってきた。

「お話し中申し訳ございません」

と明希子に向かって言ってから、

「工場長、お昼のサラダ、今日も買ってきます？」

にこやかにそう訊く。

菅沼が少し拍子抜けしたような表情をしたあとで、

「ああ」

ぶっきらぼうな返事をした。

「じゃ、今日はコーンサラダにしましょうか？　昨日はツナだったし、そのほうが目先も変わるでしょ？」

そう言って、今度は明希子に、

「工場長ったらひどい野菜嫌いなんですよ。仕出しのお弁当だけじゃ野菜不足だから、コンビニやスーパーで出来合いのサラダを買ってきているんです。本当は、わたくしがつくってきてもいいんですけど」

「よせよ」

菅沼には珍しく乱暴な口をきいた。

「ほうら、こんな調子なんですから」

屈託なく言う。

「わたくしもお弁当をつくってくるんですし、二人分つくったたって一緒なんですからって言ってるんですよ。きっと工場長、おうちでもご自分で料理をなさらないでしょうし、野菜も食べないに決まってるんですから」

「いいから向こうに行ってろよ」

「はいはい」

菅沼に追い立てられながらも、ルリ子の眼鏡の奥の瞳はキラキラ輝いて見えた。

3

「なんだかその会話のやり取りがね」

「夫婦みたいなんですか？」

「ううん、そうじゃなくてもっと初々《ういうい》しいの。まるで中学生のカップルみたい」

明希子は理恵と会社近くのファミリーレストランでドリンクバーの付いたランチセットを食べていた。理恵が仕事で近くまで来たので、一緒に食事しようということになったのだ。吾嬬町には、蕎麦屋《そばや》やラーメン屋、大衆食堂のたぐいはあるけれど、食事しながらちょっとおしゃべりしようと思えばどうしてもこうしたところになる。

「工場長さんてずっと独身だったんですか?」

カルボナーラを食べながら理恵が訊いた。

「六年前に奥さんをがんで亡くしたの。お嬢さんが一人いたけど、一昨年《おととし》結婚して家を出たから、今は独り暮らし」

明希子はチキンジャンバラヤを選んでいた。家に帰って食事が用意されているのはありがたいが、静江の得意料理はあっさりした和食中心で、明希子は外では多少ジャンクでもパンチのあるものを欲した。

「ルリ子さんでしたっけ? その経理の女の人も独身なわけだし、なにも問題ないじゃないですか」

理恵があっけらかんと言う。

「そうね」

確かにそのとおりだ。もしもほんとにそうだったとしたら——明希子はなんだか嬉しくなってきた。

「工場長さんて、わたしも一度会ったことあるけど、あの禿《は》げた太ってるオジサンですよね」

「え、まあね」

「ふーん、人の好みっていろいろなんですね」

「わたくしの青春は花丘製作所に捧《ささ》げた」が口癖で、時に、「わたくしの中には愛人体質が潜んでいるかもしれませんわ」と意味深長な発言をするルリ子の、メタルフレームの眼鏡越しに浮かんだコケティッシュな笑みを明希子は思い浮かべていた。

「ところで理恵ちゃん、例の轟屋のガイドブックの進捗《しんちょく》状況はどう？」

「はい！　花丘副部長、順調であります!!　……なんて、ほんとは、いざ始めてみると、ＳＰの取材原稿の出来があんまりよくなくて」

「ま、頑張って」

「えー、冷たいじゃないですかアッコさん」

「冷たいもあったかいもないわ。こっちも手いっぱいだもの」

「大変なんでしょうね、社長業って。でも、今度生産管理を担当する人が新しく入ったって……」

「理恵ちゃん、それ？」

　彼女が慌てて、

「飲み物取りに行こうかな」

　そわそわ立ち上がろうとするのを明希子は引き止めた。

明希子がしげしげと顔を見つめると、理恵がそれが癖の舌先を覗《のぞ》かせる仕ぐさをした。

「土門君、ね」

「……………」

「誰に聞いたの？」

「会ってるんだ？」

「言おうと思ってたんですよ、アッコさんには」

自分は呆《あき》れた表情をしているはずだ。

「どうりでファミレスで待ち合わせようなんて言うわけだ。理恵ちゃんなら、土門君の顔をひと目見ようと工場のほうに来るはずなのに、おかしいと思ったのよ。いつだって二人で会えるんですものね、わざわざ工場にやってくる必要なんてないわけだ。せっかく近くまで来たんだから、ついでに昔の小うるさい先輩の顔でも見てってやるか——わたしとお昼を一緒になんて、そんなとこよね」

「アッコさん……」

利恵が戸惑ったような表情をした。

明希子はにっこり笑う。

「冗談よ。しかし、やるもんだ。どっちが言い出しっぺ？」

「決まってるじゃないですか。あのとおりゴリちゃん、口下手だし」

「ゴリちゃん!?」

明希子は声を上げて笑った。

「まあ、お幸せに」

ほんと、みなさんお幸せに。

「アッコさんは、誰かいないんですか？」

「え？」

「いい人」

一瞬浮かんだのはインドレストランでへなちょこ踊りを見せる小野寺の姿だったが、

「それどころじゃないわ」

と明希子は応えた。

二人でファミレスを出て、

「寄ってかないの？」

と明希子は言ったが、理恵は、

「いいですぅ」

珍しく照れたように笑って、駅に向かって歩いていった。

その後ろ姿を明希子は見送った。

「一生懸命が悪いって言うのか!!」

事務所に戻ったとたん、菅沼の大声が聞こえた。

「どうしたの？」

菅沼と藤見が向き合って立っていた。

ルリ子と泰代が傍から心配そうに見守っている。

「それぞれがただ一生懸命でいるのではなく、情報の共有が必要だと言っているんです」

藤見が菅沼に言った。

「いくら工場長の頭に入っている情報でも、それが全員に伝わらなければ支障が生じます。ルーチンな受注であっても、時にはイレギュラーな指示も添付されてくる。たとえば、今回のこの分だけは、会社に納品するのではなく、海外に輸送するように言われたとします。そうなると、同じ製品をつくるにしても、デリバリーを考慮に入れて工程を早めなければならない。しかも、そこに一部独自処理をするものがあったとしたら、その加工時間も含む必要がある」

「それをあたしが伝えていないって言うのか？」

「全員には伝わっていない」

「なんだと!?　ちゃんとその都度、土門やクズさんに指示している！」

「たとえ土門君が知っていても、菊本君は知らない。葛原さんは知っていても、仙田さんは知らない。そういうことです。せいぜい、みんなの中にある共通認識としては、この仕事は急ぎ、この仕事はそれほどでもない、といった程度です。急ぐといってもいつまでに仕上げればよいのか、それが分からずにただやみくもに頑張っている」

菅沼がなにか言おうとして押し黙り、その表情は苦虫を嚙み潰したようなものになった。

明希子は間に割って入ろうかとも考えたが、このまま続けさせることにした。二人とも大人だ。この際とことん話し合ってもいい。そう思い直した。

「仕様の件についてもそうです」

と、藤見が静かに言葉を続けた。

「取引先の社長から〝これ、この前の時みたいに頼むワ〟という注文を受けたとします。先方の社長と工場長の間では、それで充分に意思疎通ができたでしょう。しかし、工場長が土門君に〝これ、この前の時みたいに頼むってよ〟と伝えたら、土門君はそれを、この前のそのまた以前の仕様と取り違えてしまうかもしれない」

「そんなはずあるか！」

「それなら土門君には正しく伝わっても、土門君が次に伝えた相手が違う判断をするかもしれません。伝言ゲームですよね」

　菅沼の顔色が変わった。

「ゲ、ゲームだと!!」

「これが中小製造業の実態なんですよ。そうやって先方の注文と違う製品を納めて、後から〝不良だよ。加工が抜けてるじゃない〟と言われる。けれど、こちらも向こうも昔なじみだから〝頼むよー、ちゃんとやってよー〟〝すみません、社長〟で済んでしまう。しかし、こんなことが月に二件も三件もあれば、それはたまりませんよ。この分のやり直しに加え、ほかの納期も決まっているから、従業員には夜遅くまで残業させる。あげくは週末にも出てくれということになる。そんなことをしていて、貧乏暇なしだと薄ら笑いを浮かべている。工場長の言う一生懸命とは、そういうことじゃないですか」

「それが家業の工場を潰した人間の言いぐさか！」

　菅沼が肩を震わせて言い放った。

　藤見が沈黙した。小さく首を振り、そうして、再び口を開いた。

「私には苦い経験がある。だからそれもここで活《い》かしたいと思っているんです。協力してください工場長。お願いです」

　藤見が頭を下げた。

「そう。工場長、会社のために協力して。お願いです」

明希子は言った。

菅沼は黙っていた。

4
「菊ちゃん、お疲れさま。どうだった?」

エコトイレットの金型の試し打ち《トライアル》から戻った菊本に、明希子は社長席から声を掛けた。

「いやー、すげー喜んでましたっけよ、入江田専務」

「そう」

試し打ちに行った成形樹脂工場も吾嬬町ネットワークの参加企業だ。現場に立ち会った入江田の意気盛んな顔が見えるようだった。

エコトイレットのプロジェクトに参加したのは、入江田に花丘製作所の技術を認めてもらったのが素直に嬉しかったこともある。ただでさえ大変な状況で高柳が去り、気持ちが落ち込んでいた時だからなおさらだった。しかし、いちばんの理由は、ここでも壁を取り払うことだった。駄物《ダモノ》だなんだと言って気位ばかり高くして、来た仕事を断るのではなく、技術を惜しみなく出し尽くそう。会社の三階フロアの壁を取り払ったように、新しい仕事という風を吹き込もう。それが未知の世界につながっていくと考えたからだ。

「それにしても俺、あの入江田専務にはシンパシーみたいなもんを覚えるんスよね」

そう言う菊本の後頭部を菅沼がピシャッとたたいて、

「なあにがシンパシーだ。チンパンジーみてえな面《ツラ》しやがって」

事務所にいるみんなが声を上げて笑った。

菅沼が、ひときわ高い声できゃっきゃ笑っているルリ子をそっと盗み見て満足げな表情をしている。

「そうね、確かに入江田専務と菊ちゃんには相通じるところがあるかもしれないわね」

明希子は言った。

「そう言われると、今度はなあんか複雑な気持ちにもなるんスけど……」

その時、一人自分の席で電話で話していた小川が立ち上がり、ただならぬ気配で明希子のところにやってきた。

「アッコさん！」

菅沼も藤見も何事かとこちらに注目する。

「三洋自動車が、またうちに仕事を頼みたいと言ってきました」

明希子は自分の体温がふっと上がった気がした。

「やった!」

菅沼が思わず腰を浮かす。

そもそもが今の花丘製作所の窮地は、三洋自動車工業からの発注が途絶えたところに端を発したものだ。新規プロジェクトに対応するため、必要に迫られて五軸のマシンニングセンタを二台導入した。それにもかかわらず、先方のリコール騒ぎでいっさいの発注がストップしてしまったのだ。

——来た。

明希子は事務所の天井を仰いだ。照明が少しも眩《まぶ》しくない。今、自分はなにも見ていないのだろう。

取引の大部分を一社に頼っていた花丘製作所にも非はある。しかし、これさえなければ……という無念のうちに父は病に倒れたのだった。

身体中が沸き立つように熱くなっていく。やっと来たのだ。

明希子は息切れするような気がして、深々と呼吸した。

今まで仕事がしたくてもできないでいた。父の会社を継いだとはいえ、じたばたともがいているだけだった。だが、これからは違う。これからが本当の始まりだ。いよいよ花丘製作所の技術を思う存分発揮できるのだ。

「やりましたね」

藤見も明希子に声を掛けてきた。

明希子は頷き返した。

さらに藤見が菅沼に向かって微笑んだ。

「よかったですね」

しかし、菅沼のほうはすっと視線をそらしてしまった。

この期《ご》に及んでなによ！

「小川君、一緒に来て。これから三洋自動車に挨拶に行く」


三洋自動車工業の東京工場は多摩地域のS市にあった。広大な工場は、地元の経済に大いなる恩恵を与え続け、さながらS市は三洋自動車の城下町だった。しかし、まだ記憶に新しいハンドルのロック機構の不具合によるリコール騒動は、三洋自動車の信頼を失墜させ、販売を大幅に下落させた。それは、町全体に陰りを及ぼしているようだった。なにしろ走行中にハンドルロックが掛かってしまえば、悲惨な大事故につながることも想定される欠陥だったのだから。

駅前でタクシーに乗り込み、行き先を言うと、初老のドライバーが恨めしげに愚痴り始めた。

「旧財閥系の育ちのいい会社っていうのは、これだから困る。どうにも打たれ弱くてね」

タクシーの利用客もガクッと落ちたらしい。心なしかシャッターの下りている店舗が目立つ商店街を抜け、やがてフェンス越しに三洋自動車の工場が見えてきた。それが、ひたすらどこまでも続く。やはり広い。

やっと正門に至り、そこから敷地内に入って、見学者向けの資料館を併設したゲストホールに到着した。タクシーを降りて入館し、受付の女性に来意を告げると、渡り廊下でつながっている事務棟の一部屋に案内された。革張りのソファとガラストップのコーヒーテーブルのある応接室だ。

間もなく電話をかけてきた担当者の坂本《さかもと》が現れた。

明希子は初対面の挨拶をした。

坂本は若い。二十代半ばくらいといったところか。

「今回のことでは、花丘さんにも多大なご迷惑をおかけしました。しかし、こちらもバタバタしていたものですから、なにもご連絡が差し上げられず、ご心配をおかけいたしました」

下請け会社がこんな時どんな気持ちでいるか……明希子にも言いたいことがあった

が、それを口にするわけにはいかなかった。

坂本は明希子が持参した菓子折りを申し訳なさそうに受け取った。

「でも、例の問題もようやく落ち着いて、先延ばしになっていた新型車種にもやっと着手できることになりました。ぜひ、またお力を貸していただきたいと思います」

そう言うと恐縮しているばかりだった坂本がやっと微《かす》かな笑みを見せた。

小川がすわとばかりに応じた。

「さっそくお見積もりさせていただきます」

ドアがノックされて、五十代の男性が入ってきた。

「上司の桑原《くわばら》です」

坂本が紹介し、明希子は桑原と名刺交換した。

〔株式会社三洋自動車工業　S工場　車両技術開発試作部コストエンジニアリング部長　桑原政行《まさゆき》〕

「あー、花丘さん、またお願いしますよ」

桑原が尊大に言う。

あんまり関心がないのかな、社長が代替わりしたことについては……とはいえ明希子はせいいっぱいの笑顔で一礼した。

「はい。よろしくお願いいたします」

「ところで、お宅にいた高柳さんね、あの人、笹森産業に移ったんだね」

高柳！　はっとして明希子は桑原を見た。

すると桑原のほうは慌てたように、

「いや、挨拶に見えたんでね……高柳さんとは付き合いが長かったし……」

言い淀《よど》んだ。

「部長、これ、花丘さんから頂だいしました」

坂本が菓子折りを桑原に示した。

「うん。ああ、それはすみませんな」

桑原が明希子に向かって言うと、

「じゃ、私はこれで」

そそくさと部屋をあとにした。

……来ていた。明希子は桑原の出ていった扉を見つめた。高柳さんは、ここにも来ていた。営業なのだから、当然のことなのかもしれない。しかし、三洋自動車はうちのいちばんの得意先じゃないか。苦い思いを嚙み締める。

去っていった高柳のちらつく影が、今、自分たちを脅かしている。

ふと、写真の中にいる若き日の高柳の姿が明希子の脳裏をかすめた。それに誠一の声が被さる。「た、高柳は、い……いい男・だ」——お父さん、本当にそうなの？

5

藤見が事務所の壁に大きな模造紙を貼り出した。

朝礼で全従業員が集まっている。明希子も、社員らの後ろに立ち、一緒にそれを眺めていた。

模造紙にはマジックで表が書き込まれていた。左側のワクには〔設計〕〔部品製作〕〔型組〕〔トライ〕という工程がある。さらに〔部品製作〕は〔MC《マシニングセンタ》〕〔Wire《ワイヤ》放電〕〔仕上げ〕とワクが分かれていて、その後のワクに、それぞれの担当者の名前が記されていた。

工程		担当
設計		土門
部品製作	MC	菊本
	Wire放電	岸
	仕上げ	仙田
型組		葛原
トライ		菅沼

「あ、オレの名前がある！」

工業高校を出たばかりの岸《きし》が甲高い声を上げた。

「そうだ」

と藤見が応じた。

「ムラタ工機さんから依頼があったパネル８０５１４のベースプレートのワイヤ放電の担当者はキシ坊ということだ」

「で、マシニングの担当が俺ね」

と菊本。

「そういうことだ」

岸は、

「なんか、こうやって名前が貼り出されると、責任感じちゃいますよね、キクさん」

と気弱げだ。

「ンなこたあねえよ」

菊本が言い放つ。

「こんな表があろうがなかろうが、責任の重さは変わんねー。なあキシ坊、俺はよ、自分の仕事に命張ってんだ。こうやって名前が掲げられりゃあ、晴れがましいくらいよ。身が引き締まるってもんだ」

「カッコいいですね、キクさん」

そんなやり取りを明希子は背後から微笑ましく眺めていた。

「キクの言うとおりだ。表に担当者の名前があろうがなかろうが、仕事の責任の重さが変わるわけではない」

藤見が言った。

「この表は、受注した製品について、誰がどういう形でかかわり、その製品が今どのような工程にあるのかを詳《つまび》らかにするものだ」

藤見が担当者の欄の後ろに長く伸びたワクを指さした。そこには、それぞれ〔計画〕と〔実績〕とあって日付が区切ってある。

「進捗《しんちょく》にしたがって、実績のワクに青い付箋紙《ふせんし》を貼っていく。計画日のワクの黄色い付箋と見比べれば、順調か、遅れているのかが分かる」

藤見が、表の一番上部を示した。そこには赤字で仕様に関する特記事項が記されていた。

「この工程表で確認すれば、仕様に関する行き違いを防ぐこともできる」

藤見が従業員のほうに向き直った。

「単純だが、情報共有はこうした表にするのが誰にも一目瞭然だ」

すると、

「なるほど」

「考えてみりゃ、今まで、こういうのってなかったもんな」

「こらあいいや」

そんな声があちこちで聞こえた。

――よし。

明希子は笑みを浮かべた。悪くない反応だ。

藤見が続けた。

「そうして、工程管理をこうした表にして行っている中小の工場が意外に少ないのも事実だ。工程管理は中小工場においてもっとも苦手な分野であり、また不必要なものとも考えられている。なぜなら、自分たちが共有しているのは情報ではなく信頼や絆《きずな》であると思っているからだ。作業の流れはあ・うんの呼吸で行うのが最上だと。しかし、信頼と精査とは別だ」

藤見が一同を見渡した。

「受注した製品について、従業員全員が共通した情報を持つ。それが大切なんだ」

「そっかー」

岸が言った。

「この表を見れば、工場長に〝前と同じだ〟って言われて、そのつもりでやったのに、

〝違うだろ、このバカ!〟って怒鳴られることもなくなるわけだよな」

みながどっと笑った。

菅沼だけが苦渋の表情を浮かべていた。

「アンベ」

藤見が声をかけると、製造部の阿部《あべ》が顔を上げた。呼ばれて、「はい」と返事をしないのはいかにも今時の若者といった感じだ。二年前に面接にやってきた時にはアロハシャツにジーンズ姿だったというが、それでも近頃はだいぶ落ち着きを見せてきて、仕事に向かう姿勢にも真剣さがうかがえるという。

「きみは、うちの納期がどれくらい守られていると思う? 何パーセントくらいだろう?」

「急にそんな……何パーセントって言われても……」

阿部が身体を揺すりながら言って、しばらく考え、自信なさげに応えた。

「そうですね……七〇パーセントくらいじゃないですか。けっこう遅れることもあるから」

「それは、七〇パーセントくらい納期が守られている、という意味かい、アンベ?」

阿部が身体を揺すりながら頷いた。

藤見が苦笑する。

「花丘製作所では八八パーセントが納期遅れだ」

藤見の言葉に、全社員がズッコケそうになった。

「八八パーセント！」

驚いたようにいっせいに言う。

「そして、この数字は、ほぼ日本の中小工場全体の納期遅れを表す数字でもある」

「納期については、なあなあなところってあるよな」

と菊本が言った。

「〝少しくらいだったらいいよ〟って、客のほうでうちに納期を合わせてくれてるような、さ」

そこで藤見が強い口調で言った。

「この業界では、たとえ多少納期が遅れようと、よい仕事をすることが職人なのだと誤解しているところがある。しかし、いくら高い技術力を誇ろうと、納期が守れないで、それがよい仕事であるはずはない！」

皆しんとしてしまった。

「今後、各担当者にはこの工程表の計画期日をきちんと守ってもらう。ある工程が遅れれば、それがほかの工程の遅れを呼ぶ。土門の設計が遅れれば、マシニングのキクの作業に影響を及ぼし、やがてはワイヤ担当のキシ坊の期日をも遅らせるというわけだ」

「頼んますよ、先輩」

菊本が背後にいる土門を仰ぎ見て言った。

土門がギロリとにらみ返すと、菊本が慌てて下を向いた。

「……しゅ、しゅみましぇん」

藤見が再び一同を眺め渡した。

「それが近頃は、うちの納期がほぼ守られているんだ。なぜだと思う？　どうだろうアンベ――」

またもや声を掛けられた阿部が、小刻みに身体を揺すりながら応える。

「えーと……それは……やっぱし、みんなが一生懸命やってるからじゃないでしょうか」

「単に工場が暇だからだ」

全社員がガクッとなった。

「それが、少し注文が集中してくると、ひとつ遅れ、二つ遅れ、と納期遅れの連鎖が始まるわけだ」

「この表は、事務所と工場の目立つところに貼っておく」

藤見が言って、また従業たちに視線を送った。

「花丘製作所は納期を一〇〇パーセント守ることを目指そう！　そして、我々ならそれができるはずだ！」

「はい‼」

全員が声を揃えた。

始まった、と明希子は思った。ここからが始まりだ。新生花丘製作所の。そして、わたしの社長としての本当の仕事も。

「アッコさん、まずはこんな感じでしょうか？」

藤見が近づいてくるとささやいた。

「そうですね」

明希子は応えた。

現場における工程管理のずさんさについて、その事実を知るごとに愕然《がくぜん》とした。それは、よく言えば、持ちつ持たれつの旧《ふる》きよき日本製造業の人情が生きているからこそ成り立っている部分であろう。だが、ダイコク通信社で厳しい締め切り仕事をこなしてきた自分にしてみれば、「緩い」の一言が出てしまう。

各部署間の連絡不行き届きや非効率なプロセスを改善すべく、明希子は藤見と検討し、今回の手法を導入した。仕事の全体を把握することで、自分が担当している工程の立ち位置を知る。それを現場にいる全員に見える形でフィードバックすることにより、さらなる効率化を図る。

代理店時代の経験が少しは活きたかもしれない、と明希子は皆の姿を見つめながら思った。わたしが現場でなにかをつくるわけではない。それでも、わたしにできる新しいことがあるなら、父とは違った形で社長でいる意味があるはずだ。

解散し、従業員それぞれが持ち場に向かった。

明希子も自分の席につくと、三洋自動車に提出しておいた見積書について先方の判断を仰ぐよう小川に指示する。

「さっそく連絡してみます」

「お願い」

「アッコさん」

泰代から声が掛かった。

「お電話です」

小野寺からだった。

「忙しい？　いや、もちろん暇なはずはないんだろうけど」

「そちらは？」

「アッコさんほどじゃないけどね。ところで、今日午後に吾嬬町近辺に行くんだ。それで、朝からなんなんだけど、今夜、食事でも一緒にどうかな？　朝からでないと、アッコ社長のスケジュールはどんどん埋まっちゃうだろ。それとも、もうなにか予定が入ってるのかな？」

朝から夕食の誘いかぁ。でも、小野寺さんらしいな。やれやれと思いながら、頬が緩むのも感じた。

明希子は、ほっとひと息つくような気分を味わっていた。三洋自動車から再発注があった。社内の整備も少しずつ進行している。満ち足りた、とまではもちろんいかないけれど、少しばかり心安らかでいられるような、そんな気分。以前なら、こうした気分をことさら特別なものに感じることはなかったのに。今はいつも胸の中に塊《かたまり》のようなものが消えずにある。

「その席には、入江田専務も呼ぶ？」

浮き浮きした気分のままに明希子は言ってみた。

「吾嬬町に行くからといって、三人で会わなければいけないものでもないと思うけど」

「確かにそうね」

入江田が混じると座がうるさくなる。それに、小野寺と話しているとなんとなく自分は気持ちが安らぐようだ。この前会った時そう感じた。

「いいわ」

明希子は落ち合う店を告げて電話を切った。

「ちょ、ちょっと待ってください！」

その声にはっとした。見ると、小川が顔色を変え、握り締めた受話器になおも訴えている。

「そんなこと言われたって坂本さん!!」

「どうしたの？」

明希子は声を掛けた。

小川が電話を保留にして、

「三洋自動車が、例の件、他社に発注すると言ってるんです」

明希子は胸の中のあの塊がまた膨らむのを感じ、深呼吸した。

「代わって！」

受話器を取り、保留ボタンを解除した。

「先日伺った花丘です。どういうことでしょう？」

「ああ、どうも……」

坂本がくぐもったような声で言った。

「今回のことは桑原の決定なんです。申し訳ありません」

「話をさせていただけないでしょうか、桑原さんと——」

「ええ、しかし……」

「お願いします！」

坂本は躊躇《ちゅうちょ》しているようだったが、

「分かりました。少々お待ちください」

明希子は自分の心臓の音を聞いていた。なぜ？　なぜなの？

「桑原ですが」

「花丘です。お忙しいのに申し訳ございません」

「いえ、発注の件ですよね？」

「はい」

「あれ、笹森産業さんにお願いすることにしました」

桑原があっさりと言った。

「……」

明希子は首筋の辺りに強い衝撃を感じたような気がして言葉を失った。自分の顎がなんだか重たかった。

「ああ、誤解しないでくださいよ。これはなにも相手が高柳さんだからじゃあない。高柳さんと私との付き……」

そこで桑原は言葉を切った。

「高柳さんとうちとのこれまでの付き合いは関係ない。高柳さんが出した見積がお宅よりも安かったからということです。ただそれだけということになります」

目の前の風景がグワンと歪《ゆが》んだようだった。

「なにしろうちもこういう状況なんでね、一円でも安いところにやってもらいたい——そこは分かってくれますよね」

電話を切ってからも明希子はしばらく呆然《ぼうぜん》としていた。

「アッコさん」

声が聞こえた。菅沼と藤見が心配そうにこちらを見ていた。その向こうに小川も立っている。

「笹森産業に……」

明希子は言葉を搾り出した。

「……笹森産業に出すそうよ」

やっとの思いで言った。

「高柳だ！」

菅沼が大声を出した。

「高柳はこっちの手の内を知り尽くしてる。ギリギリうちより安い金額で見積もったんでしょう」

――「ああ、この会社のことはなにもかも知ってるよ」花丘製作所を去る日、高柳が言っていた。「なにもかも、ね」

明希子は小さく首を振った。

「ちくしょう!!」

小川が叫んだ。

「こんなのってあるかよ！　ちくしょう!!　ちくしょう！　ちくしょ……俺、あの人に……」

立ったまま手を震わせ、顔を背けた。そうして、声を押し殺して泣いていた。


どうしようか迷ったのだけれど、その晩、明希子は小野寺と会うことにした。小野寺は自動車メーカー多門技研の人間だし、こんな時なにかアドバイスをくれるかもしれない。……いや、そんな期待が見当外れであるのはすぐに気がついた。彼にはいっさい関係のないことだ。けれど、今日は一人でいたくなかったし、なにより家に帰って、鬱《ふさ》いだ顔を両親に（特に父に）見せたくなかった。

「また、なにかあったようだね」

小野寺が言った。

「今度のはほんとに応えたわ」

「分かるよ。顔を見れば、ね」

「ごめんなさい。楽しくないでしょ」

「いいさ」

明希子が指定したのは焼き鳥屋だった。カウンターと三つのテーブル席だけの、吾嬬町には珍しい、しっとりとした雰囲気のある構えだった。店内には低くジャズが流れている。朝、この店で会うことを小野寺に伝えた時とは、なんという気分の違いだ。あの時、一瞬味わった幸福感がまるで嘘《うそ》みたいだ。

——これからだと思ってたとこなのに。いよいよこれからが本当の始まりなんだって思ってたのに。

ついまたそんなことを考えて歯噛みしてしまう。

カウンターに並んで座り、おまかせで焼き鳥のコースを頼むと、まず笹身の串焼きが来た。笹身は表面だけを炙《あぶ》るようにしてある。そこにちょんと生ワサビが付いているのだ。かつて父に何度か連れられてきて、父娘《おやこ》で酒を酌《く》み交わした、明希子のお気に入りの店の、お気に入りの最初の一品だ。

二人は焼酎の水割りを飲みながら、それを食べた。しかし、明希子には酒も焼き鳥も味がしなかった。

「代理店に勤めていた頃はね」

と明希子は言った。

「慌てず・焦らず・諦めずが座右の銘だったの」

「そりゃあいい」

「もう駄目だって、何度諦めそうになったかしれないわ。でも、なんとか切り抜けて、やっと終わったと思ったら、もう次のプロジェクト。すると、性懲《しょうこ》りもなくまた張り切ってやっちゃうわけ」

「逞《たくま》しいよ、アッコさんは」

「お調子者なのよ」

「いや、強いよ」

小野寺がそう言ったあとで、

「俺とは違う」

彼には珍しく自嘲《じちょう》するようだった。

〝俺とは違う〟って、それはどういうこと？　言葉を掛けようとしたが、そこにレバーの串が来た。思い直して明希子は、

「掛ける？」

七味唐辛子の入った小振りの陶器のフタを取って見せた。

小野寺が頷き、明希子は小さな匙《さじ》で二人分の串に七味唐辛子を振り掛ける。

ほんとはぜんぜん強くなんてないの。今度の契約のこと、わたしのせいで流れたんじゃないかって思ってるの。なぜなら、わたしが女で、新米社長だから……

小野寺が甘辛いタレで焼いたレバーを満足げに味わっている。明希子のほうは七味は振ったけれど手が伸びないでいた。

「うまいな。いい店だね、ここ」

「吾嬬町には、飲むお店って少ないのよ」

この町には中小の町工場が軒を連ねているが、たいていが家内工業だ。職住一体で、仕事が終われば、そのまま住居で食事をとる。通いで働いている者も真っ直ぐに帰宅し、家で晩酌するのがもっぱらだ。そういう意味で勤勉な労働者が多い。したがって町内に飲み屋も少ない。

いちばん賑《にぎ》わっているのは酒屋の店頭だ。店で売っている缶ビールやカップ酒を、やはり店にあるピーナッツなどの乾き物をつまみに、店先に置いたテーブルで立ち飲みさせているのだ。しかし、それも一杯か二杯で切り上げ、男たちは明日の労働に備えて家路に着く。

それにしても〝俺とは違う〟って、なにが違うんだろう？　明希子は、さっき小野寺が口にした言葉を気にかけながら、それを言い出せずにいた。自分が頼りない女社長だから、三洋自動車の仕事を高柳にさらわれたのかもしれないということも言えないでいた。そうして、脂がジュージュー音を立てている香ばしい皮身も、アクセントに出るうずらの玉子も手付かずでいた。

食べて、飲んで、明日からまた頑張る、それしかないじゃないと思いながら、目の前に次々と置かれる焼き鳥は冷めていった。

第七章　マニラへ

1

「あれ、アッコさん、珍しいですね、ゲームだなんて」

昼休みだった。自分の席でさっきまで食事をとっていた菅沼が（おそらく、またルリ子が用意してくれたサラダも一緒にご機嫌で頬張って）腹ごなしのつもりなのか、うろうろと事務所の中を歩きまわっていた。そうして、ひょいと明希子のパソコンのモニターを覗《のぞ》いたのだった。

「違いますよ、工場長」

湯飲み茶碗を置くと藤見が立ち上がって言った。そうして、菅沼の隣に来て並んだ。

「アッコさんはうちのホームページをつくっているんですよ」

菅沼が相変わらず藤見の存在を無視して、

「あ、このフライスやってるのアンベだよ。えーと、こっちのエンドミル交換してるのがキクだ。しまりのない面《ツラ》してやがらぁ」

明希子の背後から画面を眺めながら空々しいことを言っている。

――まったくいい齢《とし》して、いつまで意地張ってるつもりなのよ。

「わたしがデジカメで撮ったんです」

明希子はキーボードとマウスを操作する手を休めずに言った。

「ダイ通にいた頃は、ホームページの見せ方やコンセプトについてさんざんクライアントに提案してきたけど、実作業は社内のＷｅｂデザイン部が行うか外注に出してたから自分でつくるのは初めてなんですけど」

声が少しいらついていたかもしれない。

「花丘製作所のホームページですか？」

ルリ子と泰代もやってきてモニターを覗き込む。

「泰代さんが世話をしてくれてる花壇の写真を載せてもいいわね」

明希子が言うと、

「『泰代さんの園芸日記』なんてどうです？」

向こうでスマホをいじっていた小川の声が加わり、女性二人が揺れるように笑った。

彼らの反応が、自分で言い出したことながら明希子は面白くなかった。家庭的なカラーを出すつもりなどさらさらなかったから。

「だけど、ホームページをつくると、どんないいことがあるんですか？」

菅沼の気が抜けたような質問に、思わず明希子の手が止まった。

「もちろん注文を取るために決まってるでしょ。花丘製作所の技術力を全国にアピールするためじゃないですか。わたしや小川君が足を運んで営業できるところなんてたかが知れてますから」

「ホームページで仕事をねえ……」

菅沼の疑問まじりの言い方が、また明希子の癇《かん》に障った。

「だったらなにをすればいいんですか？　こんなことして効果があるんだろうか、無駄じゃないか──そんなふうに思って腕組みしてるくらいなら、とにかくやってみる。それしかないじゃないですか。なにもしないで、ただ待っていたって、仕事は舞い込んでこないんですよ」

菅沼が居心地悪そうに胸の前で組み合わせていた両腕をほどいた。

再びキーボード上にある手を動かしはじめようとして明希子は、

「ああ、そう、今度ＩＳＯの登録申請をしようと思うんです」

「ＳＯＳですか？」

と菅沼。

確かに救援求むだわ。明希子は絶望的な気分になった。

「それはいい」

藤見が応じた。

「ＩＳＯ——国際標準化機構ですよ」

「あ、アイエスオーか。知ってるよ、それくらいあたしも。認定もらうんだろ？」

菅沼が慌てて話を合わせてきた。

「そうです。ＩＳＯは、工場の外部監査機構です。モノづくりの手順を決め、標準化することで、部門間のミスをなくし、不良を出さず、納期にしたがって規格どおりの製品をつくる。うちではきちんとそれができているというお墨付きを国際機関からもらうんです」

藤見が真《ま》っ直《す》ぐな視線を向けてきた。

「ＩＳＯは、花丘製作所がまさに今進めていることの到達点といえるかもしれませんね。ぜひとも取りましょうよ、アッコさん。それは花丘製作所が、しっかりとした工程管理、品質管理ができているという証《あかし》なんですから」

明希子は頷《うなず》きながら、このところいらいらが募っているのは自信のなさの裏返しかもしれないと思っていた。例の一件以来、自分はどうも地に足がついていない。

「忙しいのにごめんなさい。見てもらいたいものっていうのはこれなの」

明希子はカウンターの上でノートパソコンを開いた。

「お、花丘製作所のホームページをつくったんだ」

小野寺がモニターを見て言った。

明希子が電話すると、小野寺に中目黒のこのバーで会おうと言われたのだった。

小野寺はジン・アンド・トニックのグラスをちびちび舐《な》めながらPCを操作し、明希子がつくったホームページのウィンドウを開いていった。

「うん、いいんじゃない。よくできてるよ」

「ほんと？」

「ここに出てるインサートやマグネの技術をもっとくわしく紹介してもいいんじゃないかな」

「あ、そっか。もっと、ほかには？」

製品や加工技術を前面に押し出した、あくまで仕事が取れるホームページをつくるつもりでいたから。

「そりゃ、動画だよ。工場のPR映像なんか入れるといいかもね。製造業が得意な制作会社を知ってるけど紹介しようか」

「お願い」

そこで、明希子は胸の中にあった不安をもらした。

「でも、こんなホームページつくって、効果あるのかな……」

菅沼の言葉ではないが、拭い去れずそういう気持ちもあった。

小野寺が小さく微笑《ほほえ》んで、

「うちのエンジニアも、よく中小工場のサイト見てるよ」

「ほんと？」

思わず声が明るくなった。

小野寺がグラスをカウンターに置くと、

「ところで、今日はあまりゆっくりしていられなくてね」

と言った。

「あら、ごめんなさい。無理に誘っちゃって」

「そこでなんだけど、よかったら、これから一緒に食事をどうかな？」

小野寺の話の辻《つじ》つまが合っていなかった。

「え？　でも、今〝ゆっくりしていられない〟って」

「そうなんだよ。だから、うちに来てほしいんだ」

明希子はきょとんとした。

「小野寺さんのうちに？」

「うん」

小野寺の顔をまじまじと見返してしまった。とくに含むところのない、いつもの彼の顔だった。まるで、工場試作車づくりのフローを語っているような。

「あの、うちって、家？　あ、なに言ってるんだろう、わたし……」

混乱している自分を落ち着かせるようにして、再度訊《き》いてみる。

「それって、小野寺さんの家っていうこと？」

「家というか、マンションだけど。まあ、一応分譲の持ち家ってことにはなるのかな」

会話が嚙《か》み合っているような、いないような、だ。

「それとも、このあとなにか予定あるの？」

「べ、別にないけど……でも……」

明希子は口ごもった。

すると小野寺が間髪入れずに言った。

「じゃ、決まり。行こう、ここからだったらタクシーですぐなんだ」

「えええええっ！」

決まりって、だってそんな。……えっと、そりゃ、タモンは大手だもの、小野寺さんくらいの齢《とし》なら自分のマンションを持っててもおかしくないだろうけど、でも、持ち家ってことは、きっと独り暮らしで、そこに夜、女一人招かれて、のこのこ出かけていっていいものかしら？

明希子はかろうじて言った。

「ということは、今日は最初からわたしを家に招《よ》ぶつもりでいたの？」

「まあ、そのつもりではいたよ」

ひょえーっ！

バーを出て、拾ったタクシーの車内ではどちらも黙りがちだった。ラジオから低くニュースが流れていた。どこかの県とどこかの県の県境にある、なんとかという山の火口から何十年ぶりかで大規模な噴気が上がっているのが観測されたということ、与党の分裂、プロ野球のキャンプ、株価の動向、耳から入ってくるのは単なる音で、明希子の頭には情報として伝わっていなかった。

——わたし、どうしてこの人と一緒にいるんだろう？

ちらりと隣をうかがう。

小野寺もまたなにかを考え込んでいるようで、窓の外に目をやっている。ネオンサインや対向車のヘッドライトが時折、彼の横顔を浮き上がらせる。

――これで、この人と二人きりで会うのは三度目だ。デートって言ってもいいのかもしれない。でもそれは、付き合ってるっていうのとはちょっと違うような気がする。人生が苦いとかおいしいとか、環境自動車エンジンがどうとか、これまで交わしてきた会話が、あまりにロマンチックじゃない。

小野寺の濃紺のスーツが車内の闇に溶け込んでいるようだった。そのシルエットを眺め、初めて越後クリエイツで彼に出会った時の、タモンの白い作業服姿を思い出した。働く男という感じがした。

……働く男か。この人、会社ではどんな感じなんだろう？　つまりわたしは、ここに至って初めて彼にそうした興味を抱いたわけだ。

タクシーは住宅街に入ってゆき、「そこで」という小野寺の指示によって止まった。いちばん高い部分が五階建ての、三層に階段状になっている中規模マンションの前だった。

タクシーを降り、植栽のある短いエントランスを進み、小野寺が玄関のオートロックをキーで開錠した。

「四階なんだ」

「……うん」

エレベータに乗り込んでからも、降りてからも無言だった。

廊下を歩き、小野寺が一軒のドアの前で立ち止まった。

明希子は息を呑《の》んだ。ドキドキした。

が、小野寺は、そこでは鍵を取り出さず、なぜかインターホンのボタンを押した。

明希子が怪訝《けげん》に思っていると、今度は室内から、「はい」という声が返ってきた。

——へっ？

ぎょっとした。

——中から……声がした？

「ただいま」

小野寺が言った。

「おかえりなさい」

インターホンの声が言った。

——「ただいま」「おかえりなさい」って……？

明希子は愕然《がくぜん》として小野寺を見上げた。

——なによ、これ!?

間もなく、内側からガチャガチャとチェーンを外す音が聞こえ、扉が向こうから押し開かれた。

「ただいま」

小野寺がもう一度言った。

「おかえりなさい」

玄関に立っていたのは七つか八つくらいの女の子だった。

小野寺の横顔は、これまで見たこともないくらい穏やかで優しく、慈しみに満ちている。いつもなにを考えているか分からないところがある小野寺だったが、今は表情があった。

「お客さんだよ。アッコさん」

自分のことを紹介した。明希子は思わぬ成り行きに、呆然《ぼうぜん》と二人を見ていたが、

「あの……」

とりあえず形だけの笑みを浮かべて見せた。ひどくぎこちない笑顔だったかもしれない。

「こ、今晩は。はじめまして」

女の子のほうも、それに気づいたのだろうか。悲しいような、困ったような顔をした。そうして、

「こんばんは」

小さな声を返してきた。

「娘の美央《みお》」

小野寺が明希子に向かって言った。

2

明希子は彼についてなにも知らなかったのだと改めて感じていた。それにしても小野寺は、なぜ、一度結婚していたことがあり、子どもが一人いるのを黙っていたのだろう?

だって、そういうことって、もっと早く教えてくれるべきじゃないの? 違う? いいや、そうしたことも、このマイペース君にしてみれば、ただ訊かれなかったから言わなかっただけ、ということになるのだろう。

食事を終えた美央は、リビングでテレビを見ている。フローリングの床の上にクッションを敷いて座り、応接ソファーにもたれていた。ダイニングテーブルの椅子にいる明希子からは、髪を三つ編みにした美央の形のよい後頭部が見える。かわいい子だ。右耳に補聴器をしていた。

「聴覚に問題があるんだ。生まれつきみたいなんだけど、最初僕らは気づいてやれなかった」

〝僕ら〟とは、小野寺さんと奥さんのことなんだろうな当然、と明希子は思う。

「小野寺さんが三つ編みにしてあげるの？」

と訊いてみた。

彼が首を振った。

「たいていはおばあちゃんがしてくれる。妻の……元妻の母が。近所に住んでてね、なにくれとなく面倒を見てくれるんだ」

テーブルにはハンバーグやポテトサラダといった子どもの喜びそうな料理が並んでいた。これらも、元妻の母親が用意したのだという。小野寺は、手伝うという明希子を制して料理を電子レンジで温め、皿に盛り付けた。

「義母《はは》には、いいって言ってるんだけどね。でも、こっちも仕事があるし。いろいろ家のことをしてくれるのは大助かりだよ。ミーもおばあちゃんが大好きだしね。夕食も毎晩つくりに来てくれてる。それで、一緒にミーと食べてくれてる。一人で食事させるのはかわいそうだって。だけど、俺が帰ってこられる日には、こっちが帰る直前にこの家を出るんだ」

小野寺は赤ワインを飲んでいた。

勧められたが、明希子は料理にもワインにも手をつけていなかった。ただ、いつここを辞そうかとばかり考えていた。美央ちゃんはきっとお父さんと二人になりたいに違いなかった。

「たぶん義母は、自分の娘がしたことを申し訳ないと思っているんだろうな。孫を置いて家を出てしまった娘のことを」

小野寺が自分のグラスに再びワインを注いだ。

「水曜日は早く帰ってミーと食事をする日って決めててね」

ふと彼がテーブル上を見やって、

「あ、それは俺の酒の肴《さかな》に用意してくれたんだ」

食卓には、醬油《しょうゆ》漬けにしたイクラの小鉢があった。

「焼いたタラコとか、手づくりのイカの塩辛とか、そういうものをいつもひと品余計に置いていってくれる。向こうのお父さんは日本酒党だからね。どうしても、そういう傾向のつまみになってしまうんだろうな」

小野寺がワインを飲んだ。彼も料理にはほとんど手をつけていない。

「あ、ワインでいい？　それとも、日本酒にして、そのイクラを試してみる？　お義母《かあ》さんが言うには、好みでワサビを添えてもいいらしいよ」

「小野寺さん、わたし、そろそろ……」

「妻は専業主婦だった」

小野寺がつぶやくように言った。

「そのことに、少しずつ不自然さを感じるようになったんだ」

「……」

小野寺がまたグラスのワインを飲んだ。

「彼女とは大学の同級生でね。俺たちは卒業後間もなく結婚したんだ」

彼は伏し眼がちに話している。

美央はリビングでこちらに背を向け、あいかわらずテレビを見ていた。

「俺はタモンで好きな仕事をし、彼女は社員教育研修会社で講師をしていた。彼女はよく勉強したし、実力を認められ講師としてのランクもどんどん上がっていったみたいだ。お互い充実していたし、楽しかった。二年して美央が生まれて、彼女は仕事を辞めた。俺は、仕事も家庭もますます充実していると感じた。向こうも……彼女も、てっきりそうだと思っていたんだ。充実してるってね。ところがそうじゃなかった。自分は生き生きしていないって言うんだ。こんなのは自分じゃないって。それで、働きたいって言い出した」

「反対……」

「うん？」

「反対したの？　小野寺さんは、働きたいという奥さんに対して」

彼が首を振った。

「なんでも好きなようにすればいいって言ったさ。俺は最初、パートくらいに思ってたんだよな……。でも、それがフルタイムで働きたいという意味であったとしても、反対はしなかった」

「奥さんはどうしたかったの？」

「家のことがあると、残業や出張ができない。そういう足枷《あしかせ》なしに働きたいんだって。休日には〝お母さーん〟とまとわりついてくる娘のいない部屋で、のびのび寛《くつろ》いでリフレッシュしたいんだ、と」

小野寺がふっと笑った。

「別れなくても、なにかほかの方法があったようにも思うんだけどな。なんにしても、もう少し話し合いたかった」

「……………」

「思い込みが強すぎるところがあるんだよな。だいたい、いくら優秀な研修講師だっていう実績があっても、五年も会社勤めのブランクがある主婦を雇おうなんてところがあるはずないんだ。そう言ったら、ちゃんとそういう勤め先を見つけてきちゃうのも、あいつなんだよな」

小野寺の言葉には、別れてなお妻に対する深い思いやりが感じられた。

「まだ奥さんのこと愛してる？」

「愛……か。でも、残されていった美央のことを思えば、そんなふうにも言えないよ」

小野寺がリビングのほうに目をやった。

明希子も美央の後ろ姿を見た。

「そうじゃない？」

彼が娘を見つめたままで言った。

明希子はなにも言わなかった。

「あいつ言ってたっけ〝齢を重ねるごとにきれいになったって言われたいし、一生勉強していたい〟って」

明希子はテーブルの上の食器類を眺めた。いずれも高価そうで、趣味のよいものだった。小野寺の妻が選んだものだろうか？

そうして、彼女はこの食器を残して家を出た。

美央がこちらにやってきて、

「お父さん」

と言った。

「どうした？　眠くなったか？」

そこで、明希子は立ち上がった。

「わたし、失礼するわ」

「うん」

今度は小野寺が美央に向かって言った。

「アッコさん帰るって」

すると美央が、

「さようなら」

学校で習ったようなきちんとしたお辞儀をした。

「何年生？」

明希子が訊くと、

「一年生」

美央が応《こた》え、

「春から二年生だろ」

横から小野寺が言った。

「学校楽しい？」

再び明希子が訊くと、美央が頷いた。

なによりこの子を残して家を出た小野寺の妻に対して、明希子は一瞬、強い憤《いきどお》りを覚えた。

コートを腕に抱え、玄関で、

「おじゃましました」

二人に言うと、美央が自分に向かって小さな手を振った。

——美央ちゃん、ほんとにおじゃましました。お父さんをお返しします。

「それじゃ、また」

小野寺が言った。

「ええ、また」

明希子はドアを押して外に出た。エレベータに向かって廊下を歩いていると、

「アッコさん！」

後ろから呼ばれた。

振り返ると小野寺が一人で立っていた。

「アッコさん、俺、こんなんだから」

明希子は大きく頷いて見せた。

3

「アッコさん、伊澄製作所《いすみせいさくしょ》の伊澄という方からお電話が入っていますが」

そう泰代に言われ、はて誰だったか？　と考えた。

「〝お宅のホームページを見た〟っておっしゃってますけど」

その一言で明希子の表情はぱっと明るくなった。

「代わりました、花丘と申します」

受話器を取り上げると明希子は名乗った。

「なるほど、その声は女の社長さんやね」

電話の向こうの男性が関西弁のイントネーションで言った。

「それに、なかなか別嬪《べっぴん》そうや」

なんだ、冷やかしの電話かと思い、がっかりしそうになった。

「いや、あんたんとこのホームページ見させてもろて、〔代表取締役・花丘明希子〕となってたもんやから、どんな人やろ思て電話してみたんや」

「はあ」

なんでもいい、ホームページによって初めて問い合わせがあったのだ。逃す手はない。

「女性の経営者がそんなに珍しいですか？」

「はは、これはなかなか鼻っ柱が強そうやん。ええな、気に入った。今回はお宅に決めた」

「え？」

「いや、東京に行く用事があるたびに、なるべく新しい会社を覗かせてもらお、思うとるんやが、今度はお宅に寄らしてもらうことにしたわ」

株式会社伊澄製作所の伊澄社長は、電話で言っていたとおり一週間後の午後に花丘製作所を訪ねてきた。白髪で、ライトグレイのスーツに薄いピンクのシャツ、紺のドットタイの伊澄は、電話の声の印象とは違う知的な紳士だった。が、その一方で、どこか食えない雰囲気もしっかりと漂わせていた。

明希子は工場を案内した。

「五軸があるんやね」

と伊澄が言った。

「しかも二台も。いや、失礼やけど、お宅さん規模のとこで、ちょっと不釣合いな気がしてな」

また三洋自動車の一件がよぎり、明希子の中に苦いものが広がった。

そのために導入したマシンだったはずなのに……何度そう思ったことだろう。

事務所のブースで伊澄と向かい合った。

「伊澄さんは、女が社長であることに興味があって、うちにお越しいただいたんですよね」

「それだけやないんやけど、まあ、きっかけではあったかな」

「製造業界では女性社長は、やはり難しいのでしょうか?」

「あんた自身どう感じとるね、アッコさん？」

明希子は黙った。そして、あの思いが浮かぶ。三洋自動車の契約が流れたのはわたしのせい？

「キツイて、顔に書いてあるがな」

伊澄が笑ってから、

「まあ、難しいやろな、女社長は。うちのほうでも、最近ひとつ駄目になったところがあったしな」

明希子はうつむいてしまった。しかし話題を変えるように、

「てっきり関西の方《かた》かと思いました」

と言ってみた。

伊澄製作所は三重県の四日市市にあった。

「言葉のせいやな。距離的に近くても木曾川を挟む名古屋より、地続きの関西文化の影響を受けてるゆうことやろ」

明希子のほうでも、今日の来訪に先がけ、伊澄製作所について調べていた。もちろんホームページも開設していて、金属プレス部品、金型製造を行う伊澄製作所は、技術、特許、人材いずれにおいても花丘製作所とは桁違《けたちが》いのスケールを誇っていた。

その社長がなぜ？　と明希子は思った。

「情報収集なんや、アッコさん。経営者である私がもっとも重要視していることは、情報を得る努力や。ちょっとでも関心を持ったところには直接足を運んでみる。国内だけやないよ、時間をつくってあちこち単身で訪問し、なるべく長く滞在して、各国の政治的立場や国民性も学んだ。そしてなにより、いつ、どこにいても〝今より一歩先を行けるモノづくり〟について考えてきた」

「〝今より一歩先を行けるモノづくり〟――」

伊澄がにやっと笑った。

「そんな私のアンテナに、今回は花丘製作所が引っ掛かったちゅうことやね」

「それは、いい意味にとらえてよいのでしょうか？」

「もちろんや」

と伊澄が勢い込んで言い、

「たぶんな」

とぼけたように付け足した。

思わず明希子は吹き出してしまった。

伊澄も大声で笑った。笑ったあとで言った。

「女社長は難しい。けど、女で得してる部分もあるはずや。そやったら、堂々とそれを武器にしたらええんちゃう。それだけや」

明希子は頷いた。そう。その通りなのだ。でも……

「ところで、お宅の売りは小物いうことになるんやろか？」

「ええ、そうですね。これまでは自動車部品がメインでしたが、医療分野などにも目を向け、小物の精密部品に特化していきたいと思っています」

そうなのだ。三洋自動車一社頼みでなく、今も少ないけれど取引のある医療機械や弱電メーカーなどに、技術力を活《い》かして営業先をもっと広げておくべきだったのだ。しかし、父の律義な性格が足枷《あしかせ》になっていたのだろう。そんなことを再び思いつつも、明希子はすかさず、

「なにか、よいお仕事でも出していただけるんですか？」

と言ってみた。

「ははは、こりゃ、まいったな。やりよるね。しかし、残念ながら、うちは金属金型が専門。しかも金型製造はすべて自社でまかなえるんや。そのかわり、あんたに、うちの工場を見せたるよ」

「工場でっか？」

「あんたまで関西弁にならんでいいがな」

「すみません、つい移ってしまって」

伊澄が微笑んで、

「あんた面白い人やな。そんなアッコさんにぜひ見せたいんがISPC＝ISUMI－SEISAKUSHO PHILIPPINES CORPORATIONや」

「フィリピン……でも……」

明希子は躊躇《ちゅうちょ》した。

「社長としては、何日も会社を空けていられへんか？ でも、社長やからこそ〝外〟を見ておくことは必要やで。うちの海外工場はフィリピンだけや。そやけど、さっきも言ったとおり私が中国や韓国、タイなどほかのアジア各国に頻繁に足を運んでいるのはなんでやと思う？」

「新たな進出先の調査、仕事の受注、そういったところでしょうか？」

伊澄が首を振った。

「アッコさんは、中国をどない見てる？」

「中国のモノづくりの台頭は確かに脅威です。とりわけ生産コスト面で、世界のモノサシ的な存在になっています」

今度は伊澄が頷いた。

「私が各国を訪れ、最新情報を自分の目で実際に見ようとするんは、将来も成長を続けるであろう中国に負けない経営上のヒントを得るためや。なにも中国の同業者を敵視しようという意味やないよ。中国と価格で勝負するのやなしに、付加価値でどう勝負できるか、それを考えてるんや」

伊澄が上着の内ポケットからなにかを取り出してテーブルの上に置いた。トランプの箱だった。

「アッコさん、モノづくりは日本だけで進行してるわけやない」

話しながら伊澄が箱からカードを取り出し、扱い慣れた手つきで切り混ぜ始めた。

「そう、ですね……」

「なんや、あんたらしゅうない、はっきりせん態度やな」

「らしくない、なんて、今日お会いしたばかりじゃないですか」

「分かるよ、私にはなんでも。アッコさん、あんたの好きなカードを言って」

トランプをシャッフルしながら伊澄がそんなことを言い出した。

「なんでしょう？」

「ええから、思いついたカードを言ってみて」

「そうですね……」

明希子は伊澄の手元を注視しながら、

「クローバーの7」

と言ってみた。

「クローバー？　ああ、クラブのことやな」

トランプの記号《スート》の一種、クラブが棍棒《こんぼう》を意味するもので、クローバー（三つ葉）が実は正式でないことは明希子も知っていた。けれど、あえてクローバーと言ったのは、それがある人のイメージに似ていたから。小野寺は、スペードでも、ダイヤでも、もちろんハートなんかでもなく、クローバーのイメージだった。どこにもとんがったところのない、丸っこい三つ葉。そして、そんな彼にせめて幸あれかし、とラッキー7を添えたのだった。

「私にはなんでも分かるよ、アッコさん。このカードが、あんたの惚《ほ》れてるオトコやな」

「えっ!?」

「なんや、図星やな」

伊澄がほくそ笑んだ。

どうして自分は小野寺のことを思い浮かべたりしたのだろう？　でも、この間の夜以来、彼に対する意識が変わったのは事実だ。ううん、違う。あの日、初めて彼の存在について考えてみようと思ったのだ。

「さて、ええかな、アッコさん」

伊澄が扇状にトランプを広げて見せた。明希子のほうには、さまざまな記号と数字が並んだトランプのオモテ面が向けられている。ただ、中央の一枚だけが裏になっていた。

「この真ん中のカードがクラブの7やったら、ISPCへの招待に応じる。これでどうやろ？」

「でも、どうして？」

「なんや？」

「やっぱり納得がいきません。うちのホームページを見て訪ねていらしただけの伊澄さんが、いきなりわたしを海外視察に招待してくださるなんて」

伊澄が無言のままカード越しにこちらを眺めている。

明希子もじっとそれを見返していた。

「人をエロじじいみたいに見んといて。下心でもある思うとんの？」

「そんなんじゃありません。けれど、伊澄さん、なにかあるなら話していただいてもいいですよね」

「ふーぅ」

伊澄がため息をつくと、カードを閉じてテーブルに置いた。

「無理な話やな、やっぱり。自分で誘っといてもそう思うわ。初めて会って、いきなりフィリピン行こ、なんてなあ」

「どういうことなんです？」

「頼まれたんよ。越後のセキちゃんに」

「越後クリエイツの関さん、ですか?」

「自分の名前は出さず、あんたを鍛えてほしい、視野を広げてやってほしい、言うてな。長い付き合いのセキちゃんの頼みやからと頑張ったんやけど、とうとうばれてしまったね」

明希子はそれを聞いて、関に、伊澄に感謝した。

「わたしのためにありがとうございます」

明希子は深々と頭を下げた。

「あんたのためだけと違うよ。日本の製造業の未来のためや」

そう言って、再びカードを取り上げて、

「さ、続き続き」

扇状に広げた。

「あとな、お宅のホームページ見たいうのは、ほんとよ。よくできとった」

「ありがとうございます」

そう言いながら、明希子は裏になっている真ん中のカードに手を伸ばした。そうして、すでに自分がかの地に向かうことが分かっていた。伊澄製作所の社長がプロはだしのマジシャンであることは、インターネット上で見ることができる新聞や雑誌の取材記事を読んで知っていたから。それは、検索エンジンで当たった〔伊澄製作所〕というキーワードによって諸々の情報とともに引き出されたものだ。

「なあ、アッコさん、実は向こうで、あんたにぜひ会わせたい人間がおるんよ」

明希子がカードをゆっくりと表に返すとクラブの7が現れた。

4

マニラ空港の税関を抜けると、三日前から現地入りしているという伊澄が待っていた。麻の開襟シャツを涼しげに着ている。

「ようこそ、フィリピン共和国へ」

「お世話になります」

春まだ浅い三月の東京から飛行時間四時間半ほどで気温三十五度の熱帯モンスーン型気候の地に立っていた。ダイ通時代の出張やプライベートの旅行で海外には何度か赴いていたが、フィリピンは初めてだった。成田空港まで着ていたコートはキャリーケースの中で、今は白いパンツスーツ姿だった。

「向こうに車駐《と》めてあるんやわ」

突き抜けるような青い空のもと伊澄についていくと、日本製のセダンから小麦色の肌をした現地男性のドライバーが降りてきた。そうして明希子が引いていたキャリーケースを運ぼうとした。

「ありがとう。自分でするわ」

英語で言った。重い荷物を男性に運ばせる女の子がいる。しかし、明希子はどこでも自分の荷物は自分で運ぶ主義だ。いつだってそうしてきた。

「アッコさん、彼の仕事を奪ったらあかんよ」

「え？」

「彼はうちの社員やからチップはいらんけど、ここでは、やらせることはやらせてチップを渡したほうが喜ばれるんや」

明希子は頷いて、ドライバーに声をかけ荷物を預けた。

「タガログ語と英語が公用語や。あんた、英語は？　今の感じやったら大丈夫そうやね」

「日常会話程度でしたら」

「結構。海外進出に当たって必要なのはやっぱり語学や。英語は必須やな」

「海外進出なんて……うちは、まだまだ」

後部座席に伊澄が乗り、明希子も隣に乗り込んだ。

「ある会社がな、十年以上前に海外展開を真剣に検討しとった。その当時は社長自ら、ほとんどすべてのアジア諸国に足を運び、数年間にわたって現地のビジネス環境を調査したという。その間、役員をシンガポールに駐在させたこともあった。そやけど、そうした膨大な情報収集の結果、その社長が出した結論は〝日本に留まる〟やった。調査を進めるうちに、現地企業の熱気と投資意欲に圧倒され、それらの企業と量産で勝負しても、長期的には勝ち目がないと判断したんやな。で、国内での生き残りにシフトし、まさに背水の陣で〝他社がやらないことをやる〟という差別化に奮迅《ふんじん》した」

明希子は黙って聞いていた。

「その会社は、国際感覚を磨いて情報収集した結果、海外進出をしないことを決心したんであり、ある意味、うちとは反対の結論に達した。だが、私はそうした考えがあってもいいと思っとるよ。集めた情報や、それぞれの企業の環境には差異があるから、結論として出てきた経営戦略も多様であっていいわけやわな」

伊澄がこちらに顔を向けた。

「重要なのはなアッコさん、自ら情報を集め、それらを自分なりに整理して、自分で判断するいう姿勢なんや。これを忘れたらあかんよ」

明希子は頷いた。

伊澄も小さく頷き返すと、

「工場見学は明日にして、今日はホテルでゆっくりするといい。今晩はＩＳＰＣの幹部らと一緒にメシ食お」

「ありがとうございます」

「明日の朝は、迎えの車を差し向ける」

「なにもかもすみません」

「夕食の席には参加しないんやけど、その迎えの車に乗ってるんが、フィリピン支社の実質的社長や」

きれいに整備された広い道は空港周辺だけで、しばらく走って雑然とした市街地に入るとたちまち渋滞に巻き込まれた。

「先ほどからよく見かけますが、あの自動車はなんでしょう？」

ジープのような小型バスのような乗り物だった。

「ああ、ジプニーいうんや。日本で二十万キロも走ったような中古のディーゼルエンジンを入手し、ああして鉄板でボディをつくった乗り合いバスや。ポンコツながら、どの車も、それぞれ個性を出そうと飾り立ててるのがいいやろ」

なるほどフロントグリルに鷲《わし》の紋様があったり、サイドミラーが髑髏《どくろ》になっていたりした。ボディは塗装されていない銀色のままのものがほとんどだが、そこにはなにかしら派手な絵や文字が描かれている。

「連中は、一台七十万円程度であれをつくるんよ。そうかと思えば、中古の右ハンドルの大型バスやダンプを、たった一日で左ハンドルに変えよる。器用なんやな。うちの工場でもそうや、日本製の汎用《はんよう》工作機やプレス機械なんかが湿気と高温、電圧のばらつきでよく壊れるんやが、そんなのも社員が上手に直してしまう。新製品なら生み出せる日本人が、こうした中古品を直す技術については年々低下してるゆうのにな。モノづくりの資質を持ってる思うよ、この国民は」

停まったり、渋滞を抜けたりを繰り返しつつ走っていくと、高い塀が張り巡らされた街区に出た。

「見てみい、銃を携帯したガードマンが警護しとる。ヴィレッジっていうんやけど、あの塀の中を。この向こうにはケタ違いのカネ持ちらが住んどる。そうして、その一握りのカネ持ちが国の政治を動かしとるんや。自分たちの懐がひたすら潤うように、な」

渋滞の車を縫うようにして、大人や子どもが籠に積んだペットボトルの水や、なにかよく分からない乾物のようなものを売り歩いている。

「マクドナルド行って、コーヒー飲んでハンバーガー食べたら七十ペソ（百四十円）。しかし、彼らにしてみれば手の届かないようなご馳走《ちそう》や。アッコさん、そういう国なんやここは」

二日目のマニラはしとしとと雨が降っていた。明希子はホテルの窓からリトルトーキョーの街並みを見下ろしていた。〔しあわせカラオケ SINJUKU〕〔相撲茶屋関取〕〔らーめんハウス SINSUKE〕といった日本語の看板を掲げた店舗が並んでいる。治安がよい地区ということで、伊澄が手配してくれたホテルだった。

昨夜は、伊澄と親しい韓国人夫妻が経営する高級焼き肉店でのISPCの食事会に招かれた。この国は、常にどこか外国の支配下に置かれている。そもそもは長くスペインの植民地だった。その後、統治権はアメリカに渡った。独立したとはいえ、経済面では日本や韓国、中国に支配されているのと変わらない。

濡れそぼる町を、人々が傘をさしたり、ささなかったり、鞄《かばん》やタオルを頭に載せたりして歩いている。雨期ではないというが、こうした雨が幾度か降ってはやんだ。

午前八時に昨日と同じ日本製セダンがホテルの前に乗りつけられた。

明希子が出てゆくと、後部座席から一人の女性が降り立った。

「ローズマリー・アンドリオンよ。みんなローズと呼ぶわ」

ローズは四十代半ばくらいの黒い豊かな髪と薄茶色の肌をした大柄な女性で、美しい英語を話した。ISPCの取締役だという。

「はじめまして、ローズさん」

「よろしく、アッコさん」

英語での会話だったが、互いに日本語の〝さん〟を名前に付けて呼び合う。

「朝食は？」

明希子がローズの隣に乗り込むと、彼女が訊いた。

「済ませました」

ホテルのラウンジで明希子がコンチネンタルブレックファストを頼むと、蜂蜜のかかったハムと目玉焼きが載ったトーストとバナナが運ばれてきた。

「こちらの料理は甘いでしょう。だから、わたしはこんなふうになったのよ」

気さくな笑みを見せた。しかし、彼女はがっしりとはしていたが、太ってはいなかった。

「よく眠れた？」

昨夜はプープーというクラクションが一晩中鳴り響き、よく眠れなかった。

「マニラの交通事情は最悪よ」

とローズが言った。

「たとえばこのハイウェイ。経済の重要拠点であるはずの輸出加工地区に向かう道路がたった一本だけしかないの。しかもバイパスをつくろうという考えもないものだから、毎日、避けようもなく渋滞する」

道路脇の風景は都市部からしだいに緑が多くなっていた。ジャングルのような森林の合間に屋根ごと吹き飛びそうなバラックが数多く見える。そうした小屋の中と周辺には、無気力そうに雨を眺めている汚れたランニングシャツを着た人々の姿があった。

「彼らは、これまでに満腹という気分を味わったことがないでしょうね」

窓の外に目をやっている明希子にローズが言った。

「そうして、町で見かける大半の人間がそうなのよ」

倒壊寸前の小屋が並んでいたかと思うと、そのすぐ隣には優雅なリゾート施設のプールがあったりする。

やがて明希子らの乗ったセダンは深刻な交通渋滞に巻き込まれた。難民船のようなジプニーも、装甲車のような現金輸送車も、ビニール張りのサイドカーに家族全員を乗せたスクーターも停止した。

「〝これは高速道路じゃない。世界一長い駐車場だ〟みんなそう言ってるわ。アッコさんは、どうしてこんな大変な思いをして通勤しなければならないのだろうと感じているでしょうね。会社の近くに住めばよいではないかと」

そう思わないでもなかった。

ローズが肩をすくめて見せた。

「オーケイ、でも、あなたもロッポンギに住んでるわけじゃないわね。仕事以外のあらゆることが、住宅地区のほうにあるのよ。子どもの学校もそうだし。だから、今日もこの壮絶な渋滞を承知で会社に通勤するの」

「伊澄さんが、ＩＳＰＣの実質的な社長はローズさんだと言っていました」

「アー・ハー」

ローズは明るく笑ってから、

「でも、言ってみれば、わたしの仕事はトラブルね」

「トラブル？」

「イエス。ＩＳＰＣで発生する、あらゆるトラブルを迅速に処理すること」

ハイウェイを出てしばらく走り、検問所を抜けると風景が一変した。そこはヤシの並木が続く高級住宅地のような工業団地だった。事実、もともとはリゾート用に開発された土地が計画変更されたのだという。

クルマがＩＳＰＣに到着した。ローズに促され、明希子が正面玄関から中に入ると、

「グッドモーニング・サー」

受付の若く美しい現地女性が立ち上がって微笑みかけた。

ウエルカムボードに〔ＭＡＢＵＨＡＹ（ようこそ）ＨＡＮＡＯＫＡ－ＳＥＩＳＡＫＵＳＨＯ　ＰＲＥＳＩＤＥＮＴ　ＡＣＣＯ〕とあった。

「おー、アッコさん」

事務所から伊澄が現れた。

「おはようございます」

伊澄の案内で、ガラス張りの事務所を通り抜け、工作機械が躍動する天井の高い広々とした工場の構内へと歩み入る。

「グッドモーニング・サー」

中で働いている人々が次々に帽子を取り、明希子に挨拶した。

「グッドモーニング・サー」

「グッドモーニング・サー」

「グッドモーニング・サー」

男も女もくりっとした大きな白い目と歯のスタッフたちが生き生きとした表情で微笑みかけてきた。


「さっき動いていたの順送りプレスですよね」

「そうや」

一枚の金属材料を送り装置で次の工程へと順次送りながら、無人で複数の精密加工を行ってゆく。順送り金型プレスは、もっとも生産性のよい加工方法だ。

「機械一回転ごとに一ピッチ材料を送る——あのリズムって聞いてて気持ちのよいものですね」

「ははは」

「材料は、順送りされるごとに変形していく。あ、製品をどのタイミングで曲げてるか、抜いてるか、カットしてるか、しっかりと見せていただきました」

「スケルトン見たんか？　あれは企業秘密なんやけどな」

順送り金型は、構造も複雑で、その製作には高い精度が要求される。スケルトンとは、製品が打ち抜かれた後の金属板で、それを見れば加工手順が瞭然である。

「さすが型屋の社長や。よく勉強しとるようやな」

型屋の社長――そう、わたしは型屋の社長なんだ。だから、金型に関する知識は日々貪欲《どんよく》に吸収している。まだ駆け出しかもしれないけど、知識も経験も蓄積され、昨日より今日、今日より明日とさらに型屋の社長らしくなってみせる。

明希子は、遠くラグナ湖を望む中庭に伊澄と並んで立っていた。朝からの雨はすっかり上がり、今はまた屈託がないまでに鮮やかな青空が頭上に広がっている。

「美しいところですね」

「そうやろ」

社屋の脇は急峻《きゅうしゅん》な谷になっていて、そこから緑の風が吹き上げ、ヤシの葉をさやさやと揺らす。爽《さわ》やかだった。

「ところで、どやったローズは？」

「なにを話したというわけではないんです。けれど、伊澄さんがローズさんをわたしに会わせたかったわけが分かりました。お心遣い感謝します」

伊澄が明希子の表情を見て納得したように頷いた。

「ほんとはゆっくり話をする機会をつくろう思ってたんやけどな」

到着すると、新たなトラブルがローズを待っていたのだ。日本から研修に来た入社半年の社員が、昨夜、バッグの盗難にあったという。厄介なことに、そこには現金やカード類のほかにパスポートも入っていた。

「パスポートの再発行の申請に行ってもらったんや。困ったことがあったら、みんなローズやな」

この国において、彼女が今の地位を得るまで、どれほどの努力を要したかは想像も及ばなかった。しかし、彼女は紛れもなくISPCが採用したローカルスタッフの中でたった一人株主にまで上り詰めた人間であり、女性なのだった。

彼女は再びあの幹線道路を走り、警察でリポートを書かせ、日本大使館に向かうのだという。研修社員の帰国予定日は明後日だ。そうしておそらくローズは、その社員の予定の便での帰国を可能にするだろうと明希子は思った。

彼女は、自分の仕事はトラブルだと言った。そう、思えば目の前に次々と現れる困難に立ち向かうことが社長業なのだ。立ち止まったり、思い煩《わずら》ったりしている暇などない。トラブルを迅速に処理し、なおかつ新しい道を常に切り拓《ひら》いてゆかねばならない。

心のどこかを覆っていた霧が晴れるようだった。そう、頭上に広がるこの空のように。三洋自動車の発注が流れたのは、わたしが女だから、わたしが会社の代表に就任したばかりで信頼がなかったから……でも、そうだったとしても、わたしはこれからも女だし、信頼は徐々に勝ち得てゆくものだ。

「強いばかりが男やない、そうやな？　アッコさん」

伊澄がきらめく湖面を遥かに見つめながら言った。

「え？」

明希子は伊澄がなにを言い出したのかすぐには分からないでいた。

「強いばかりが女でもないんやない？」

明希子はふっと笑った。

「そうですね」

少しかりかりし過ぎてたな。

明希子はヤシの葉を揺らす風に吹かれながら、

「来てよかった」

とつぶやいた。

第八章　金型

1

テーブルの上に並べたトランプを、伊澄がクルリと引っ繰り返し、もう一度引っ繰り返してみせると、赤かったカードの裏の模様が青に変わった。

伊澄が今度はグラスにコインを入れた。そうして涼しい顔で、中のコインをグラスの厚いガラスの底を通すようにして取り出してみせた。

タネがあるのが手品なわけだから、きっとなにか仕掛けがあるのだろうけれど、間近で見ているのにまったくそれが分からない。

伊澄は自分の手元を食い入るように見つめるルリ子と泰代の反応を楽しむかのように、筒状にした千円札に水を注いだ。次の瞬間には、その水は消えていた。そうして、今度はその千円札を両手の間で宙に浮かせてみせた。

「わあ!」

泰代が歓声を上げ、

「どうなっているのでしょう?」

ルリ子が首を傾《かし》げる。

帰国して一か月後、再び社用で東京にやってきたという伊澄が花丘製作所を訪れていた。

明希子は伊澄の手元を見つめながら、ほかのことを思い出して笑みが湧《わ》いてきた。

帰国して間もなくは、菊本がマニラの事情を知りたくて仕方がないようだった。

「アッコさん、向こうでフィリピン・パブとか行ったんスか?」

「ねえ、キクちゃん、フィリピンにあるパブは、みんなフィリピン・パブにならない?」

「それもそうっスね」

明希子はまた吹き出しそうになるのを堪《こら》えてから、

「でも、驚きました」

と言った。

「どのマジックや」

「いいえ、ＩＳＰＣのことです。伊澄製作所では、フィリピンで金型の設計を行い、ネットでそれを送信し、日本で金型をつくっているんですよね」

伊澄が当然のことのように頷《うなず》いた。

「わたしは今度見学に伺うまで逆だと思っていました。設計は日本で行い、製作を海外工場で行うものとばかり思っていたんです」

「そのやり方は、日本の設計技術を海外に教えきれなかったからや。長時間工数のかかる作業である設計は賃金の安い国で行い、日本でＮＣ工作機などを使って無人加工をすれば、どの国よりも安く金型が製作できる。そうやろ」

今後、ＩＳＰＣではさらに設計者を増員し、簡単な部品から順次マニラで設計を行い、日本にいる設計者は開発だけを行う方向で進めていくという。

「それから〝製造業の女社長は難しいのか？〟いう質問な。あれ、男も女も関係ない、やるしかないいやろ、いうのが私の答えや」

「その答えには、マニラでわたしも行き着きました」

「ほうか」

「ローズを見てみろ、ですね」

「いや、アッコさんに会ってみてそう思った」

「え？」

「アッコさんのような元気な社長が率いる中小企業がどんどん出てきて競争力を増やせば、日本のモノづくりの明日に希望はあるいうもんやろ。あんたの名前と一緒——明日の希望や」

伊澄が応接用のブースの開いているドアから、花丘製作所の事務所と向こうにある設計部で働く人々を見渡すようにした。

隣で、明希子も自分の会社を眺めてみる。

——日本のモノづくりの明日。

その時だ、

「アッコさん！」

今まで電話で話していた小川がこちらに駆け寄ってきた。

「三洋自動車から電話がありました!!」

「……三洋自動車……ですって！」

また胸の奥の塊《かたまり》が疼《うず》いた。

「折り入って相談したいことがあるので、一度来社願いたい——と」

伊澄がにんまりとして、

「どうやら、お宅も風向きが変わってきたようやないか」

小川と明希子は、三洋自動車S工場のあの応接室で、再び部長の桑原、坂本と向かい合っていた。

「いやー、ご足労いただきまして申し訳ない」

桑原が言った。短期間に人間が変わるはずがないから以前と同じく踏ん反り返ってはいた。だが、短期間のうちになにかが起こったらしく、少し困っているふうでもあった。

「さあ、坂本君、さっさとお話ししないか。こうしてわざわざおいでいただいたんだ、花丘さんにお願いできることかどうか、ご判断いただかないと」

「……は、はい」

坂本が、小川と明希子に神妙な顔を向けた。

「重ね重ねのご無礼、まずはお詫《わ》びさせてください。申し訳ありませんでした」

坂本が立ち上がり、深々と一礼した。

隣で他人事のように座っていた桑原も慌てて腰を上げ、

「申し訳ありませんでした」

追いかけるようにそう言って首《こうべ》を垂れた。

小川と明希子は揃《そろ》ってさっと立ち上がった。

「待ってください。先日の件でしたら、見積の安いところに発注するのは当然です。

謝っていただくことではありません」

桑原が上目遣いに明希子を見て、

「そうおっしゃっていただくと、これからのことが話しやすくなります」

今度は桑原が、「ま、お掛けになって」と明希子らを促し、一同は再度ソファに腰を下ろした。

坂本が相変わらず緊張した面持ちで口を開いた。

「今さらこんなお願いをすることが、どんなに虫がいいことかは承知しています。しかし、花丘さん以外に思い浮かぶところがなくて」

そこで坂本が桑原のほうをうかがった。

桑原は、おまえに任せたとばかりの顔をしている。

坂本が明希子らに向き直った。

「笹森産業さんに発注した金型のうち、エンジン周りの部品で問題が生じたんです」

そこで桑原が不愉快そうな表情をした。

坂本が傍らに置いていた社の封筒から黒いキノコ形のフタ状のものを取り出してテーブルの上に置いた。

「ラジエターキャップです。ラジエターキャップの多くは金属製なのですが、エコスポーツ車ということで、さらなる軽量化を図り樹脂を採用しています」

小川と明希子は手のひらに収まるくらいの大きさの自動車部品に視線を注いだ。

「ラジエターは放熱装置です。自動車エンジンの冷却水は、エンジンで発生した熱を受け取って高温になりラジエターに送られます。ここで熱を大気中に放出し冷えると、再びエンジン内に向かうわけです。この時、熱による圧力が高まると密封されたラジエターは破損する恐れがあります。この圧力調整をラジエターキャップが行うわけですが、どうも強度の点で疑問視するところがあるんですよ」

そこで坂本が小さく息をついた。

「内輪の恥を申し上げるようですが、設計責任者は一度これでいけると言っている手前、意地になっています。確かにこちらが出した仕様書をクリアした部品ができる型ではあるんです。しかし、品質管理のほうでは、長期間の使用による劣化も視野に入れて、安全の上にも安全を図りたい。なにしろこの間の一件があるわけですから」

桑原が黙ったままテーブルの下で小刻みに足を揺らせていた。

坂本が続けた。

「問題はもうひとつあります。ここを見てください」

坂本が明希子らにラジエターキャップの円形の縁の下の一部を指した。そこにはギザギザとした形状で余分な材料がはみ出ていた。

「こりゃ、ひどいバリだ」

小川が言うと、坂本が頷いた。

「そう、毎回バリが出るんです」

バリは型の隙間から材料が流れ出したもので、単に見かけが悪いだけでなく、触ると怪我をしたり、部品組み付け後にトラブルを引き起こす原因となる。

「笹森産業さんに直してもらうように言うと、型を引き取って調整するんですが、今度は製品のほかの場所に現れる。これを取るのは一個一個、人力で行わなければならないので、この分の経費だけでもばかになりません」

こうした表面傷を嫌う部品の場合、バリ取りには厄介な手作業が必要だ。

桑原はいっさい口を出さない、用件を伝えるのはあくまで坂本なのだとばかりの感じでそこにいる。

若い部下が言いにくそうに切り出した。

「そこでなのですが、この型の製作を、改めて花丘さんにお願いできないかと」

「しかし……」

小川が言いかけた時だ、それまで沈黙を守っていた桑原が、

「そこは無理を申し上げるわけですからね、型代はいくらでも……とまでは言えませんが、充分に考慮させていただきますよ。ふぁっふぁっふぁっ」

声を上げて笑った。だが笑い声に力がなかった。

明希子はしばらく黙って考えていた。そののちに口を開いた。

「ひとまず社に持ち帰らせていただきます」

部品の図面と仕様書を預かると、「私はここで」と言う桑原を残し、小川とともに応接室を辞した。

遠慮したにもかかわらず坂本が玄関までついてきた。

明希子は硬い表情のまま、坂本と小川を従えるようにして三洋自動車の広く明るい廊下を歩いた。コツコツというヒールの音を響かせながら、心は抑えようもなく高揚していた。ここに来て花丘製作所の技術力が頼られたのだという自負と、果たしてうちで対応が可能なのだろうかという不安の相半ばする思い。また挑戦が始まったのだという奮い立つような気持ち。さまざまな感情が渦巻いていた。

平身低頭する坂本と別れて外に出た。

正面玄関前は満開の桜並木だった。

明希子は小さく息をついた。さっき来た時には目に入らなかった。そう、何事が待ち受けているのかと、それどころではなかったのだ。

時折吹き渡る四月の風が、ソメイヨシノの花びらをはらはらと散らす。再び春が巡ってきたのだ。

車寄せでタクシーに乗り込もうとした時、一台のセダンが路面を覆った花びらを巻き上げながら走ってきて、向こうに見える駐車場に止まった。

運転席から降り立った男と一瞬目が合う。しかし、高柳も明希子も互いに会釈すら交わすことなく、それぞれの行く先へと向かった。

2

「そうね……こいつは……ふむふむ」

「うーん……」

三洋自動車から持ち帰った図面が打ち合わせテーブルの上に広げられている。菅沼と藤見が立ったままでそれを見下ろしながら、ともに腕を組んで言葉にならないつぶやきをもらしていた。二人とも同じような表情、同じようなポーズで、そうしているととても息の合った幹部同士のように映り、明希子は吹き出しそうになってしまった。そんな場合ではないのだけれど。

ラジエターはもっぱら銅や真鍮《しんちゅう》を材質としていたが、最近はアルミ合金や強化プラスチック製にして軽量化を図っている。それで、花丘製作所のように樹脂金型を扱う型屋にも注文が来るようになった。

「バリが出るのはともかく、笹森産業の型で、先方の仕様書はクリアしてるんだろ?」

菅沼が難しい表情のままで言った。

「ええ」

小川が頷いた。

「しかし、堅牢《けんろう》な部品ではないってことなんだろうな。ひとまずはオーケーだけれど、長期の使用にも絶対問題なしかっていうと、疑問符が付く、と」

藤見が言うと、

「必ずしも、そういう意味ではないようです。三洋自動車の設計責任者は、いいって言ってるんですから。だけど、品質保証部のほうが渋ってるって」

小川が応じた。

「じゃ、いったいどうしろっていうんだ？」

菅沼が業を煮やした。

「今の三洋自動車にしてみれば、一〇〇パーセントの製品では納得できないということなの。彼らは一〇〇パーセント以上のものを欲しがってるのよ」

明希子は言った。

菅沼が今度は驚いたように、

「一〇〇パーセント以上！　つまり、仕様書どおりのものではなく、それ以上のものをこっちでこしらえろと——そういうことですか？」

明希子は頷いた。

「返す返《がえ》す無茶を言ってくるなあ」

藤見が言って再び図面に視線を落とした。

「で、アッコさん、受けるんですかこれを⁉」

菅沼が目を剝《む》いた。

「ひとまず社に持ち帰る、そう言ってきました」

菅沼がほっと息をついた。

「しかし、受けるおつもりですよね、アッコさんは」

藤見の言葉に、再び菅沼が慌てて、

「そうなんですか？」

「ええ。断る理由はないでしょ」

菅沼がなにか言いかけたが、それを呑《の》み込んだようだ。

しばらく四人で図面を眺め、考えていた。

「この件をホームズに担当させようと思うんです」

明希子は言った。

「夏目に」

菅沼が顔を上げた。

「ホームズか、そうですね」

藤見が言った。

ホームズ——夏目真吾の席は、設計部の片隅にあって、小柄な彼の姿はパソコンや三次元CAD／CAMといった機材に半ば埋もれている。

明希子が近づいてゆくと、夏目は机上に残ったわずかなスペースに広げたノートに顔をくっつけるようにしてなにか書きつけていた。込み入った方程式だった。

「お疲れさま」

明希子が声を掛けると、夏目がびくりと身体を震わせて顔を上げた。そうして度の強い眼鏡レンズの奥でまぶたをぱちぱちさせている。明希子は、高柳が社員たちを扇《せん》動《どう》して花丘製作所を離れる際、自分の顔を覗き込むようにしていた夏目の姿を思い出した。あの時、彼は迷うことなく明希子の側についたのだった。

一緒にやってきた菅沼、藤見、小川が彼の周りをぐるりと取り囲んで見下ろす。

「……な、なんでしょう？」

すっかり夏目を怯《おび》えさせてしまったようだ。

「これを見てくれる、ホームズ」

明希子が差し出した図面を当惑したように受け取ると、広げて眺めた。

「ラジエターキャップですね」

「そう」

なおも眺めていた。すでに夏目の顔からは戸惑ったような表情は消えている。図面上の自動車部品のみに一心に視線を注いでいた。

明希子らも黙ったまま夏目の横顔を見つめている。

夏目が今度は仕様書を手に取った。

「どうだ夏目、できそうか？」

菅沼が問いかけると、夏目がそちらを見て、

「うちでこれをやるんですか？」

「うん……まあ、な」

菅沼が曖昧《あいまい》に応えた。

「できると思いますよ、たぶん」

「そうか」

菅沼が安堵《あんど》のため息とともに漏らした。

今度は明希子が、

「その仕様書よりも精度を上げるとしたらどう？」

「と、言いますと……」

「たとえば長期使用の安全性」

「まあ、だいたいは大丈夫かと……」

「だいたいでは駄目」

明希子はきっぱりと告げた。

「じゃ、ほぼっていうか、完璧に近い状態にはできると思います」

明希子は首を振った。

「完璧以上の完璧でなければいけないの、この部品は」

「そこまでとなると……うーん、難しいですね。やっぱ無理かと」

「にゃにおぅ、この野郎、無理だってか!!」

菅沼が夏目の作業服の肩をつかんだ。

「うちじゃできませんて、この図面返せってか!? アッコさんに恥ぃかかせようってのか!?」

「ちょ、ちょょっと待ってくださいよ、工場長！　無理っていうのは、単純な密閉型では難しいって意味ですよ……」

さっきまでは受注に消極的だったはずの菅沼がすっかり興奮している。藤見と小川がなだめるようにして彼を夏目から引き剝《は》がした。

「ホームズ、それはどういう意味？」

「サーボモーターを内蔵した金型なら、できると思うんです」

夏目が明希子に言った。

花丘製作所において夏目は異色の存在である。彼のもっぱらの仕事は、コンピュータや紙の上で複雑な計算式を解いていくことだった。

明希子が夏目自身から、あるいは他の社員から断片的に聞いてきた逸話をつなぎ合わせるところでは、彼のプロフィールは次のようになる。

小学校の算数の成績は〔3〕。それが中学で二元一次方程式に出会った途端、その面白さの虜《とりこ》になった。

彼にとって、もっとも興味を惹《ひ》きつけられるのは難解な謎を解くことだった。アーサー・コナン・ドイルが創造した名探偵シャーロック・ホームズを主人公とするミステリは愛読書である。

一方でモノづくりにも興味があった。ラジコン模型製作である。四輪からはじまってセスナ、特にヘリコプターの組み立てと操縦に夢中になった。

「射出成形機に装塡《そうてん》する金型っていうのは、上型と下型がただ閉じるだけですよね」

夏目が言った。

密閉した金型に過熱した樹脂を流し込んで成形するのが通常の加工法である。

「しかしこの案件については、サーボモーターを内蔵させることで金型自体も動作させようというわけです。箱根観光のお土産に寄木細工《よせぎ》ってあるじゃないですか。大小さまざまな形の木片が集まって、ひとつの箱になってる。この金型はあんなイメージなんですよ。単なる密閉型じゃなくて、寄木の箱の木片を動作させるわけです」

サーボモーターは、自己制御能力のある精密装置だ。射出成形機の動きが信号化され、それに合わせて金型自体も動作を起こす。そこにPLC（プログラマブルロジッ クコントローラ）技術が必要になるわけだ。

PLCのプログラムは、通常のプログラミング言語とは異なり電気回路を記号化したものなので、コンピュータプログラマーが作成することはできない。PLCプログラミングは特別な知識を持った電気技術者が担当する分野である。そして、それが行えるのは花丘製作所では夏目だけだ。いや、夏目のような設計者は、どこの型屋にもいるものではない。面白がりの誠一だからこそ採用した人材だった。

「サーボモーター内蔵の金型なら、仕様書以上の要求に応えられる部品をつくれるでしょうね」

夏目が眼鏡の位置を直しながら言った。さも当然のように。

明希子は頷いた。

「小川君、三洋自動車に電話よ。今回の件、確かにお引き受けいたします——そう伝えて」

3

「おーい、アッコちゃん！　アッコちゃんてばよ!!」

東京ビッグサイトの広大な見本市会場は、さまざまな機械音とさまざまな国の言語が充満していた。けれど、その無神経な声はかき消されることもなく自分のもとに届いてきた。

振り向かずとも、声の主が誰かは分かっていた。だから、そのまま無視して行ってしまう手もあった。実際そうしてしまおうかとも思ったのだ。けれど、彼には恩があった。

「入江田専務」

「よお」

人混みを掻き分けるようにして入江田がこちらにやってくる。

「アッコちゃんも来てたんだな」

「ええ」

工作機械の見本市。各国の企業が、最先端の工作、鍛圧の機械・機器を展示し、内外商取引の促進と国際間の技術交流を図るモノづくり業界の一大イベントである。

「なんか新しいマシンを入れるんかい？」

「そんな余裕がうちにないことはご存知でしょ。あくまで勉強のために来てるの」

金型などの製品を構成する金属部品は、素材を削り、穴をうがってつくられる。こうした加工のほとんどは工作機械によって行われる。〝機械をつくる機械〟それが工作機械である。ゆえに母なる機械〝マザーマシン〟とも呼ばれるわけだが、日本は、この工作機械の販売数で世界一を保持する。卓越した技術は、ここでも国際的に高く評価されているわけだ。

「そうだ、小野寺も一緒なんだよ」

小野寺さん……明希子の心が揺れた。

「あれ、あいつどこ行っちゃったかな？」

入江田がきょろきょろ辺りの人混みを見回していた。

「お、いたいた」

明希子は胸がドキドキした。小野寺とは、彼のマンションを訪れて以来、会っていない。

「よお、こっち。ここ、ここ」

入江田が手招きしている。

久し振りに顔を見る小野寺は、エンジンやトランスミッションケースといった自動車部品の量産加工向けの新型マシニングセルを展示しているブースから出てきた。

彼が、入江田の隣にいる明希子に気がついた。

「やあ」

少し表情がこわばったようだ。

「先日はどうも」

明希子が言うと、

「ああ、うん」

曖昧な返事をした。

「なんだよ、先日はって？」

入江田がそう言ってから、さすがの彼も二人の間に漂う微妙な空気に気づいたらしい。

「……あ、なんか俺、邪魔みたいだから、失礼するわ」

「あ、そんな、いてください」

明希子が言った。

「そうですよ。先輩、ヘンな気を回さないでください」

小野寺にしても、自分にしても、二人きりで残されるのはなんだか気まずかった。

入江田はしばらくしげしげとこちらを眺めていたが、

「小野寺、おまえもよ、独身なわけなんだし、なんにも遠慮することねえって。惚れたんだったら、一気に押し倒しちまえ……じゃねえや、押し切っちまえよ」

そんなことを言った。つまりは彼も小野寺の家庭的な事情を知っていたわけだ。まあ、旧《ふる》い付き合いのようだし、当たり前か。

「んじゃあな、お二人さん。見本市を楽しんでくれや」

入江田が行ってしまうと、なんとなく並んで歩き始めた。ただ立ち止まっているわけにはいかなかったから。

「美央ちゃんは元気？」

「え？　あ、うん」

「かわいい子ね」

「きかないんだよ、あれで。この間は猫被ってたんだ」

「せっかくお父さんと二人で夕飯食べるはずがね」

「すまなかった。あんなふうに強引にうちに連れていったりして」

「でも、どうして……」

「きみに知ってほしかったからかな、俺のことを」

「あなたのことを？」

「よお、アッコちゃんじゃないか」

——今度は誰よ！

声のほうを向いたら、ラベンダーのスーツに身を包んだ南雲龍介が立っていた。

「南雲さん……」

「実はまた会えるかもしれないと思ってたんだよね、アッコちゃんにさ」

「どうして、ここに？」

「この見本市はサウスドラゴンがプロデュースしてるんだ。ほら、前から言ってるだろ、俺はモノづくりにとてもとても関心があるんだって」

南雲の隣には秘書の相原京子が忠実に付き従っていた。……と、しかし、彼女の表情がおかしい。なにかを一心に見ている。その視線が、自分のすぐ隣に向けられていることに明希子は気がついた。

ふと目をやると、小野寺の横顔も京子を見つめ返していた。

「！」

彼らが交わす視線には、愛憎と慈しみと悔恨と、それでも相手を思いやる気持ちがこもっていた。先ほどまで自分と小野寺の間に漂っていたかもしれない感情とは比ぶべくもないほどに厚く複雑な心の交差があった。

今ではすべてが分かっていた。小野寺と美央を残して家を出たのは京子だったのだ。

「あの二人ね」

「いいよ、分かってるって」

南雲が言った。

「秘書の採用面接は、俺がじきじきにやった。彼女のことはだいたい知ってるよ」

小野寺と京子をビッグサイトに残し、明希子は南雲の運転する車でレインボーブリッジを渡っていた。南雲の愛車は足回りのよさそうな国産のスポーツセダンで、明希子にはそれが意外だった。

「ポルシェかなんかに乗ってると思ったかい？　でも、月間二〇〇〇から二五〇〇キロ走ることもある。そうなるとこいつがいちばんなんだよな」

「そんなに走るんですか？　自分で運転するの？」

南雲が頷いて、

「こいつでどこにでも行く。関東近県ばかりじゃないぜ。ここんとこ伊勢のほうにちょくちょく行ってってな。夜中に出ると東名が空いてるんだよ。豊田から湾岸走って四日市を通るルートで行くんだけどな。五時間くらいで行ける」

「休憩はとらないの？」

「運転が苦にならないんだ。いろいろ考えもまとまるし」

確かに彼の運転は、単に慣れているという以上に自然で、まるでこの行為をするために生まれてきたかのようだった。

「なによか、車で行けば、向こうに着いてからの足に困らないだろ」

と南雲が言いながら、傍らの窓を少し開けた。冷たい風とともに潮の香りが吹き込んでくる。

「あっちでは山道も走ることになるしな」

「山道？　伊勢にはどんな仕事で行ってるの？」

「今度、観光用のフルーツパークをオープンさせる。いろいろ植樹してるんだけど、育ち具合をチェックしたりな」

南雲と果樹園。それはとても不釣合いなようにも、ひどく似合っているようにも思えた。そうして、南雲の陽焼《ひや》けの理由が分かった。そうやって、彼はいつも野外を歩き回っているのだ。

「学生時代にガソリンスタンドでバイトしててさ。そのカネで買ったんだよ中古を。以来、ずっとこういうのかな」

南雲が目の端にしわを寄せ、懐かしげな顔をした。

「ガソリンスタンドはバイト代がよくってな。あと、洗車もオイル交換もできるし」

「ほんとに車が好きなのね」

「っつーか、道具だよ。道具」

「高級車には乗らないの？」

「アッコちゃん、そういうのに興味あんのかい？」

明希子は首を振った。

「そうじゃなくて、南雲さんの立場なら、どんな車にでも乗れるはずなのに、って思って」

「ふん」

南雲が鼻先で笑った。

「実は、一度手に入れたんだよな、ジャガーXKを。黒いヤツ。サウスドラゴンが軌道に乗って、真っ先に買ったんだ。いい車だったな、いや、ほんと」

そこで今度は意味深な笑みを浮かべた。

「新車が来て二週間目、雨上がりの道を走ってた。夜の十一時過ぎだったよ、仕事のストレスもあって飛ばしてた。坂道を上りきり、下りに差しかかったところで、ジャガーの尻が振れた。そのまま大きくスピンして、両サイドが往復ビンタのようにガードレールにぶつかった。ガツン、ガツン、ガツン、ガツンと四度もな。まったくひでえありさまだったぜ。ジャガーは廃車だよ。それでも、俺はかすり傷ひとつ負わなかった。だが、ちょっと間違ったら……」

明希子はぞっとした。

「思ったよ、どうやら俺には、まだやらなくちゃならないことがありそうだって」

南雲が遠くを見るような表情をした。

「以来、ずっとこの車だ。俺に合ってる」

こういう人なんだ、南雲さんて。

「どっかでメシ食ってくか」

南雲が銀座の立体駐車場に車を駐《と》めた。

「こいつはうちの若いもんにあとで取りに来させる」

そんな言い方がカタギでないみたいでおかしかった。いや、ほんとにカタギではないのかもしれない。

「一杯やろう。イケる口なんだろ、アッコちゃん」

「そうね。行きましょっか」

明希子は言った。なんだかお酒でも飲んでスカッとしたい気分だった。

南雲に案内されたのは有楽町裏のもつ鍋屋だった。

生ビールを飲み、南雲が頼んだ辛子味噌《みそ》で和えた肉片を食べる。

「ガツっていうんだ。豚の胃袋だよ」

コリコリとした歯触りでビールに合う。野卑であり、けれど上品な味わいでもあった。どこの部位かまでは知りたくないけれど。

馬刺しが来た。卸したニンニクと醤油で食べる。

「その白いサシが太く入ってるところが、フタエゴ。あばらのうまいところだ」

こちらも歯応えがあり、嚙んでいると甘みと旨味が滲《にじ》み出してくる。

南雲が二杯目の生ビールのジョッキを口に運びながら言った。

「惚れてたのかい？」

「惚れ……え？」

「あの男にさ」

明希子は顔が赤くなるのを感じた。グツグツいうもつ鍋の湯気に包まれながら、一瞬、店の中の喧騒《けんそう》が遠くなったような気がした。

しばらくして言う。

「応えるのに思案するようじゃ、惚れてはいないわね」

そう、わたしたちの間は恋にはならなかった。小野寺の存在について考えてみようと思ったこともあった。けれど、仕事ばかりでちっとも考えが及ばないのだもの。

「南雲さんこそ、いつぞやのブロンド美人はお元気？」

「おいおい誤解すんなよな。彼女は取引先の最高経営責任者《CEO》で、接待してたんだ。なんだアッコちゃん、もしかして焼きもち妬《や》いてたんか？」

自分が焼きもち……まさか。でも、今日は南雲の別の側面を見た気がした。

「焼酎にすっか？」

明希子が頷くと、南雲が薩摩《さつま》焼酎をオンザロックで二つ頼んだ。

「わたしには、今惚れてる相手がいる」

「ほう」

「つい最近になって気がついたの」

「どんな男だ？」

「金型」

「カナガタ？」

「そう」

明希子はグラスの焼酎を飲んだ。

「どんどん夢中になりそうなのよ」

「身を持ち崩しそうだな」

「そうなるかもよ」

明希子は微笑んで、

「なにもかも放り出して没頭してしまいそうなの」

4

「夏目の図面が上がったようです」

藤見に声を掛けられ、明希子は立ち上がった。

「おし！」

傍らで菅沼も席を立つ。

三人でフロアの奥にある設計部に行くと、夏目の机上にあるコンピュータ画面を、大きな背中が覗き込んでいた。土門だった。

「やっぱり駄目ですかね、このままだと」

土門の身体に隠れて姿が見えないが、そう言う夏目の声だけが聞こえた。

「ああ」

と、その問いに土門が応えている。

「どうしたの？」

明希子が近づいてゆくと、

「アッコさん」

土門の懐の中にいるような格好の夏目がこちらを振り返った。小柄な夏目がさらに

椅子に座っているものだから、中腰でも巨軀《きょく》の土門が覆い被さっているように見えるのだ。

画面上には三次元の金型図面が映し出されていた。夏目がCADで作成したサーボモータ駆動の金型だった。

「どんな具合だ、あん？」

菅沼も図面を覗き込む。

「それが、土門さんに見てもらったんですけど、このままだと不安が残るって」

「どういうこと？」

と明希子。

「ヒケができるんじゃないかって」

夏目の言葉に、土門が真っ直ぐに身体を伸ばすと頷いた。

ヒケとは、成形品の表面がへこんでしまう不良である。

「うーん」

夏目が作業帽を取ると、天然パーマのモジャモジャの長髪を引っかき回してうなった。

CAD設計に取り掛かる前の夏目の表情は嬉々《きき》としていた。これから困難な仕事に

挑もうというのに、である。

射出成形金型はツープレート（二枚構成）が基本だ。固定している下側と、可動する上側の二つに分かれ、これが開閉することで製品を生み出す。高温、高圧で射出成形機から射出された液体のようにドロドロになったプラスチックを金型に充塡《じゅうてん》して形を与える。

今回、花丘製作所がつくろうとしている型は、さらに複雑化したものだ。耐熱性を要求されるエンジン周りの部品だけに、ガラス繊維入りの樹脂材を使うことになるのだが、

「こいつが流れにくいんですよ」

と夏目が明希子に向かって言った。

「笹森産業は、いつもの密閉型で、このラジエターキャップをつくろうとしてた。だから、どうしても局部的に樹脂が流れきらずに、強いヒケができた。〇・一ミリかそこらのヒケですから、見かけじゃ分かりませんよ。しかし、強度テストする中で疑問が生じてきた。で、強度を増すために肉厚にしたんだけど、今度はバリが出た――と、これがまあ、ボクの推理です」

彼が愛読するミステリの主人公、シャーロック・ホームズさながらにそう説くと、ぶ厚いレンズの眼鏡の位置を直す。

「均等に行き渡っていない駄肉が、金型の隙間から流れ出し、バリになって固まってしまったということです。だいたい強度を高めるために肉を増やすって発想がなってないよな。そんなこととしたら、プラスチックが冷えてから肉厚変化が起きる原因になるだけだ。ボクなら逆の発想で行きます」

「それはどういう発想？」

明希子は訊いてみた。

「肉盗《にくぬす》みですよ」

夏目の言葉に、明希子は腰に当てていた両手をなんとなく外した。

「どうしました？」

「……なんでも、ない」

顔が赤くなる。そういえば忙しくってジムにも行けてないよな。

「ネジ部分の肉を抜いて中を空洞にしようと思うんです」

「あ、そういうことね」

やれやれ。

「いいですか、キノコ形のラジエターキャップは、キノコの傘のキャップ部分と、キノコの軸にあたるネジ部分から成っています」

夏目が、笹森産業がつくったバリ付き製品を取り上げて示した。

「このネジ部分の内側を肉抜きして空洞にするわけですから、今度はここの強度が心配になるところです」

「そうね」

明希子が言うと、夏目が自信たっぷりに頷いた。

「そこで、サーボモータで動かす金型を採用したわけです。最初のサーボで製品のキャップ部分を引き締めにかかります。余分な材料はあふれてネジのところに流れる。けれどこの時、上下の金型はまだ完全に閉めきっていない。少しだけ開いています。樹脂の射出が九〇パーセントになったら、サーボを動かして金型を完全に閉じる。これによって、残り一〇パーセントの樹脂とともにネジを補強する——というわけです」

得意げに言い切ったものだ。

今、その夏目が、頭を抱え込んでいた。

「土門がヒケができるって言うのは、どこなんだ?」

菅沼の質問に応えたのは土門自身ではなく、夏目だった。

「ネジ部分です……」

夏目の〝発想〟で、キャップから突き出たネジの内側を空洞にしている。型による成形の際、高温で溶かされたプラスチック製品の内部には熱がこもる。冷えれば製品は収縮し、変形の原因になる。これに対応するために、ネジの内側を空洞にする設計にしたのだ。これを肉抜きとか、肉盗みと呼ぶ。

「内側の肉を盗むと、ネジ山と溝という凸凹《でこぼこ》があるから、収縮が不均一になるだろうって……それによってヒケができるって……」

夏目がヘナヘナと言った。

「確かなのか、土門？」

菅沼を見下ろして土門が頷いた。

明希子はそっと息をついた。ヒケとはいっても、肉眼では確認できないくらい微細なものだ。だが、試し打ち後の水圧テストでは引っ掛かる。ヒケの隙間から水漏れが起こるだろう。笹森産業が苦しんだであろうヒケを推測した夏目が、今度はそのヒケに悩まされていた。

「ネジか……」

菅沼が天井を仰いだ。

「スクリュースレッド（ネジ山）の高さを変えることで対応できないだろうか？」

と藤見が言う。

「これ以上肉厚を削ったら強度が保てませんよ!!」

夏目が泣き出すように言って机に突っ伏した。

「どうにかなんないのか？　え、土門よ」

菅沼がすがるような目で型設計の熟練工の高いところにある顔を見上げる。

土門は太い腕を組み、無言のまま考え込んでいた。

ヒケ、ヒケ、ヒケ……なんとかならないかしら……明希子も考えていた。これは花丘製作所にとって大一番なのだ。

強度を保つために肉厚にするという笹森産業の発想の逆を行って、夏目はネジの内側を肉抜きした。すると、ネジ部分にヒケが生じた。それなら、さらにもうひとつ逆の発想をしてはどうだろう――

そうだ！

「見方を変えてみましょうよ」

思わず明希子は言っていた。

皆がこちらに注目する。

「ヒケが起こるネジではなく、肉抜きのほうに手を加えたらどうかしら」

それが、自分の頭の中に閃光《せんこう》のように走ったイメージだった。

「ラジエターキャップのネジの表面にはネジ山と溝がある。それに対して、肉抜きした内側の空洞のほうはどうなっているの？」

机にうつ伏せになっていた夏目も顔を上げた。

「……へ、平面です」

「肉抜きしたほうも、表面の凹凸《おうとつ》に合わせてみたらどうかしら？　溝とネジ山に沿って凹凸にするの。それなら、プラスチックの冷却後の収縮は均一にならない？」

「それだあ！　それですよ、アッコさん!!」

夏目が立ち上がると、明希子の手を握った。

「こら、おまえ、どさくさにまぎれてなにしやがる！」

菅沼がそれを引き剝がす。

明希子は土門を振り仰いだ。

すると、

「いけますね」

ぼそりと彼の言葉が返ってきた。

なんだ、めったに口をきかないけど、いい声してるじゃない。

「でも、ネジの内側にもネジを入れるとなると、もうひとつサーボを動かすことになるな」

夏目が再び難しい表情になっていた。

「平面だったから、型の形状で肉抜きできてたんですよ。内側を凸凹《でこぼこ》にコア抜きする

（穴をあける）となると、サーボでスクリュー回転させる必要があります」

「喜ばせたり、がっかりさせたり。おう、夏目よ、いってえどっちなんだ？　できるのか？　できないのか？」

菅沼がせっつく。

「金型に二つのサーボを仕込むなんて、これまで経験がありません」

夏目が自信なげに目を伏せた

「それなら、ここでいい経験ができるわね」

明希子が夏目を見てにっこり笑った。

夏目が顔を上げ、微笑んでいる明希子を見た。彼も笑顔になった。

「やってみます！」

夏目がまた椅子に座ると、目の前のノートに計算式を書き連ねはじめた。

「うーん……回転コア用のサーボをこの型に付ける、そのスペースがあるかどうか

……えーっと……」

皆でじっと彼の背中を見つめていた。

しばらくして夏目がペンを置いた。

明希子が、

「ホームズ――」

声をかける。

「大丈夫。計算上は変更可能です」

彼がきっぱりと言葉を返した。

明希子は大きく頷く。

「しかし、ネジの内側をネジ山に合わせて肉抜きするたぁねえ……そんなこと思いつきもしなかったなあ」

菅沼が呆気《あっけ》にとられたように言った。

「現場慣れしてる我々には固定概念ができてしまってますからね」

と藤見。

すると菅沼が、

「固定概念か――ちげえねえや」

と、珍しく彼の意見に同意した。

「それにしても、ぜいたくな金型になったもんだ」

菅沼が明希子に向かって、

「アッコさん、ここはひとつ、三洋自動車にドーンと請求しないといけませんね」

「それは駄目」

菅沼が驚いたような表情で、

「なぜです？」

「この仕事は、あくまでうちが最初に提出した見積で請けたいの。ただし、わたしに考えがあります」

第九章　試し打ち《トライアル》

1

「ごめんください」

明希子が訪ねてゆくと、事務所にいた若い男性が振り返った。濃い紺色のウインドブレーカーを着ている。

「はい、なんでしょう?」

「花丘製作所の花丘と申します。おはようございます。穂積《ほづみ》社長にお会いしたいのですが」

「ああ、社長ですか?　社長なら、今日は朝練行ってますね」

「アサレン?」

「ええ、コレの」

彼が左手を斜め上に、右手を身体の前に持ってきて、両方の指をウネウネクチュクチュと動かした。それが、ギターを演奏する仕種であることが明希子にも分かった。

奥が工場に通じているらしい細長い通路のような事務所で、ベニヤ板張りの壁に向かってスチール机が三つ並んでいる。

その時である、勢いよくドアが開くと、

「おはよう！　帰ったど！　はははは!!」

ギターケースを肩に掛けた中年男性が入ってきた。色黒で、丸顔、身体全体も丸く、どこかツキノワグマを連想させる。事務所にいた男性が着ているウインドブレーカーと同じ紺色の作業服姿だった。

「社長、お客さんです」

そう言われて、クマ男がこちらを見た。

「あ、花丘製作所さん？」

「はい」

「入江田専務から聞いてますよ、試し打ちの件でしたね。ほづみ合成工業所の穂積です。協力させてもらいますよ。はははは！」

サーボモータ駆動の金型は、部品加工から仕上げを経てついに組み上げられた。後は、三洋自動車で検査という運びになるわけだが、

「その前に試し打ちがしたいんです」

明希子は菅沼と藤見に提案した。

「試し打ち……ですか？」

菅沼がいぶかしげに訊《き》いて寄越した。型の金額を引き上げようという工場長の提案を、当初の見積のままでと明希子は退けていた。請求するべき時には、きちんと請求するから、と。いったい今度はなにを言い出すつもりなのだろうと思って菅沼もうんざりしているはずだ。けれど、明希子は躊躇《ちゅうちょ》することなく、きっぱりと頷《うなず》き返した。

金型はあくまで最終製品ではなく、製造用の道具である。成形品の原器となるものだが、明希子の考える金型は、単にそれだけに留まらない。金型の精度は、成形品精度の一歩上を行くものでなければならないと思っている。なぜなら、一個の金型から大量の精密製品が生み出されるわけだから。

そうして、その最高レベルの技術を要する道具である金型は、一品生産品の典型的な極少量生産品なのだ。まさにモノづくりの粋を集めた芸術品と言ってもいいだろう。いったん金型が完成すれば、現場で成形条件を調整することで改良できる程度は限られる。今回のラジエターキャップの型をめぐっては、すでに三洋自動車と笹森産業

の間で何度もやり取りがあった。その都度、笹森産業は溶接したり、削り直したり、部品交換したりを繰り返しているはずだ。

だが、うちは、この金型を一度で通す。難しい型だからこそ、やってみせる。それこそが型屋としての花丘製作所のプライドだ。

「一度で、たってアッコさん、そらあ……」

「三洋自動車が求めているのは仕様書以上に厳しいものです。だからこそ、検査前に試し打ちをして、最大限の手を尽くしておきたいんです」

以前、越後クリエイツでバンパーの試し打ちを見た。越後ほどの規模と受注力があれば、トライアルのための成形機械を備えることも可能だろう。しかし、花丘製作所には望むべくもない。どこかに協力を仰ぐ必要があった。

明希子は、吾嬬町ネットワークでエコトイレットの製作を行った際、プラスチック成形加工を担当したほづみ合成工業所に目をつけた。あそこはいいプラ屋だ。花丘製作所がつくる金型について、捨てる部分のランナーにまで、うちの現場にあれこれ注文をつけてきたらしい。うるさいが、それだけ仕事に対する矜持《きょうじ》を感じた。明希子もほづみ合成の前を何度か通ったことがある。建屋こそ古いが、設備は充実しているようだ。そこで、入江田に紹介してもらうことにしたのだった。

「いやー、地域センターでバンドの朝練しとった。あ、ファクトリー5《ファイブ》っちゅうロックバンド組んどるんよ、俺ら」

穂積がいかにも楽しそうに言った。

「入江田専務がドラム叩《たた》いて、あ、お宅の土門君がキーボーディストね」

「土門君が？」

土門が穂積のバンドのメンバーで、しかもキーボードを演奏するなんて……意外だった。

「彼、キーを二ついっぺんに押しちゃいそうな、ごん太《ぶ》っとい指しとるのに、器用なもんだよね。音感もいいし。訊いたら、花丘さんとこでは設計やってるんだってね。三次元のCAD／CAM使うっていうんでないの。ごっつい見かけによらず、繊細なんだ。そのギャップが好き。はははははははは！」

ひとしきり笑った後で、今度は穂積がすねたような顔をした。

「けどさ土門君、最近、カノジョができたでしょ」

――理恵ちゃんだ。

「で、練習サボりがちでね。たまに来ても、以前の熱意が感じられないわけさ。身体の底から突き上げてくるようなロック魂が欠けてんの。いや、うちら真剣に遊びたいのさ。中途半端は嫌なんだな、仕事もバンドも。そこで後釜を入れたんだけどね、やっぱりお宅の製造部にいる菊本君――」

「キクちゃん!?」

そこで穂積が力なく首を振った。

「しかし、ありゃ、駄目だ。音楽的センスのカケラもない。はははのは」

明希子はくすりと笑った。

「おっと、話が横道にそれまくってたね。面白い金型つくったって?」

穂積の問いかけに、

「はい」

力強く頷いて見せた。

そこに台車に金型を載せた夏目が入ってきた。ほづみ合成工業所のひょろりと背の高い二十代後半の男性社員と一緒だった。

設計のやり取りの際に感じたことだが、夏目はプレッシャーに弱い。危機に直面すると、すぐにペシャンコに潰れそうになる。今回のトライアルの助手には彼を連れてきた。いい機会だから、少し夏目に経験を積ませようと思ったのだ。

「うちの嶋《しま》に、手伝わせます」

と穂積が言った。

「ちなみにファクトリー5のベーシストね。はははははは」

長身の嶋がぺこりと頭を下げた。

「よろしくお願いします。なんか、すごい金型だって、社長から大事に扱うように言われてます」

嶋が手馴《てな》れた感じで巻き上げ装置《ホイスト》のフックに花丘製作所から運んできた金型をロープで玉掛けした。一抱えほどある大きさの、重さ三〇〇キロの金型が、天井を走るクレーンで吊《つ》り上げられ、射出成形機の真上まで運ばれていき、下ろされる。

ウグイス色の射出成形機は、幅五メートル、奥行き一・五メートルほど。

「こいつは金型を締める力が一〇〇トン。あ、今はニュートンで言うからね、俺なんかには分かりづらいんだけどさ。はははははは」

合成樹脂材料を供給するためのじょうご型のホッパーを煙突のように頂いた射出成形機は周囲に熱を放ちながら、船のようにも、それ自体が工場のようにも映る。

「向こうにあるのは型締め力が四〇〇トン」

幅一〇メートルほどの成形機が壁いっぱいに置かれていた。

よくもまあ、こんな小さな町工場《まちこうば》に収まったものだと明希子が感心していると、

「型の取り付けが済みました」

嶋が声を掛けてきた。

いつの間にか工場内にいたすべての従業員が集まり、花丘製作所の金型に注目して

いた。

「ホームズ、まずは空打ちよ」

「はい」

夏目が金型と射出成形機の制御機をコネクターで接続させると、作動確認を行った。成形機の窓付きドアの向こうで金型が、可動型と固定型の上下二つに分かれて設置されている。夏目が機械操作すると、カク・カク・カク——可動型が準備運動で身体をほぐすようにわずかな動きを見せた。固定型側もそれに応じるように各部位がピンボールのフリッパーのように揺れた。

皆息をひそめてサーボ金型の動きに注目していた。

成形機が上型を下型までなめらかに案内し、合体した。だが、サーボ制御により両方の型の合わせ目——パーティングライン——は完全に結ばれていない。

「樹脂のノズルからの射出が九〇パーセントになると、サーボが働いて型が締まります」

カチ・カチ——両方の金型が完全に閉じる。

そこで、

「おお！」

人々の間にどよめきが起こった。

キュイーン。

「おい、またサーボが！」

「すげぇー！　この金型、スライドが二回動くんだ!!」

「普通一回じゃないかい？」

「どうなってんだ、これ!?」

口々にそんな声が聞こえる。

「二回目のスライドで、ラジエターキャップのネジ部分をヒケ防止のために、外側のネジ山に沿ってサーボで凹凸《おうとつ》にコア抜きするんです」

明希子はほづみ合成の人々に説明した。

「こんな型、見たこともないよ、アッコさん」

穂積がアコースティックギターの逸品を眺めるみたいにうっとりした表情をしていた。

「花丘製作所のサーボ・ダブルスライド金型です」

明希子は言った。

「サーボ・ダブルスライド金型!!」

今度はその場にいるすべての人々が口を揃《そろ》えた。

「カッコよすぎる！」

穂積が叫んで、

「ジャカジャーン!!」

エアギターを胸の前でかき鳴らした。

2

射出成形機に設置した金型が温まるのに一時間ほどかかる。「お茶でも」という穂積について夏目と明希子はあの玄関から工場に向かう通路とでもいった事務所に戻った。三人で膝を突き合わせるようにして、背もたれがキーキー音を立てる古い回転椅子に座る。ほづみ合成工業所は、設備も面積も現場に多くを割いているようだった。

「俺がガキの頃はさ」

穂積がのんびりと言った。

「よくニッパー使ってランナーから製品を切り離すのを手伝わされたもんだわさ。はっはっはっ」

ランナーとは、成形材料の流路である。射出成形機のノズルから勢いよく発射された熱で溶けたプラスチックは、金型内に入るとランナーを通って製品部分に至る。

以前、エコトイレットの金型で、ほづみ合成が花丘製作所に注文をつけてきたのがこのランナーの部分だ。金型を削ったフライス目（刃の跡）がランナーに残っているというのだ。表面がなめらかでないと、製品に樹脂がすっきり流れないようで気持ちが悪いとの言い分である。これはまさしく先方の気持ちの問題であって、実際に製品に影響が出るとは考えにくい。そう、こだわりなのだ。だが、こうした強いこだわりを持つことが明希子は好きだ。それで、ベテラン職人の仙田の手を煩《わずら》わせて、顔が映るくらいのランナーができるような金型の表面仕上げをさせたのだった。「これならランナーを見ながらひげが剃《あた》れらあ」とセンさんは言っていたっけ。

穂積が言っている「ニッパー使ってランナーから製品を切り離す」作業は、プラモデルの部品をランナーから切り離すのと一緒だ。

「今じゃあ、エアニッパーの付いた取り出しロボットがあるから、製品を手作業で切る面倒はないんだけどね。でも、あれだって、いかに際《きわ》のところできれいに、しかも早く切るかコツがあるんだよ。思えば、俺の樹脂屋修行の始まりだったかな、なんて思うわけさ」

穂積が懐かしげな目をした。

「んで、そうやって手伝ってってとさ、なんかの用事でお袋んとこに来た近所のおばちゃんが、エライねって小遣いくれたりしてさ」

「やっぱりいい町ですね、吾嬬町って」

明希子が言う。かつて自分は、この町と距離を置こうとした。

「モノづくりと人情の町よ」

プラ屋の社長がしみじみ応じた。

「ええ。今度の社長がとても感謝しているんです」

「いいって。俺んとこも、そのうち協力してもらうことがあるわな。お互いさまさね、アッコさん。わはははははははは！」


準備が整ったと嶋から声をかけられ、再び射出成形機の前に戻った。

「とりあえず百ばかり打ってみますかな」

と穂積。

「お願いします」

明希子は言った。

穂積が嶋に向かって頷くと、彼が射出成形機を稼働させた。低いモーター音とともにサーボ・ダブルスライド金型が組み合わされ複雑精妙な運動を行う。そうして金型がまた上下に分かれると、嶋が成形機械のドアを開けて、

「どうぞ」

と促した。

明希子は頷き、金型の下に軍手をした両手を差し出す。その手の上に、インジェクターが押し出した二つのラジエターキャップがポトリと落ちてきた。二個取り――金型が行う一度の開閉によって、二個ずつの製品ができる。生まれたてのラジエターキャップはまだほかほかと温かい。

それを横から覗《のぞ》き込んで、

「順調、順調」

夏目が快心の笑みを見せる。

明希子は黙ったまま頷いた。本当にそうだといいのだけれど。

成形した百個の製品を、夏目が〇・〇一ミリを確実に読み取ることができるマイクロメーターで、一個一個計測していく。

図面上では、キャップの直径が五〇・三〇ミリの製品である。しかし、機械加工でコンマの単位まで寸分違わぬ成形品を生むことなど不可能だ。当然、公差《こうさ》が認められる。五〇ミリ寸法なら、プラスマイナス〇・二五ミリ――製品の一パーセントくらいの範囲《レンジ》がごくごく一般的なものだ。

だが、ラジエターキャップの場合、ネジ部分が数値以上に膨らめば、ラジエター本体のネジ穴に入らなくなってしまう。したがって片側のみの公差になる。プラス〇ミリ、マイナス〇・二五ミリで、これはけっこう厳しいものだ。
穂積と明希子が見守る中、手際よく計測を進めていた夏目だが、その顔がみるみる蒼褪《あおざ》めていった。

「な……なんてことだ？」

押し殺したような声を漏らした。

「ホームズ――」

明希子は声をかけたが、彼の耳には届いていないようだった。

「どうしてだ？　どうしてなんだ？　ボクの計算上ではこんなこと……」

独りつぶやいている。

明希子は夏目が握り締めているマイクロメーターを、彼の手からそっと外すと自分でサンプルをいくつか測ってみた。

「これじゃ……危ない」

虚脱してこぼれた自分の声が聞こえた。

「危ないって、どれくらいよ？」

穂積に訊かれ、明希子は応《こた》えた。

「サンプルにばらつきがあって、直径五〇・二二ミリの製品があるんです」

「えーと、マイナス〇・二五ミリまで許されるんだから、マイナス〇・〇八ミリなら

――なんだ充分に合格ラインでないの？」

穂積がのんびりと言った。

「今、この時点で公差下限ぎりぎりでは、翌日を考えると危険な数字になります」

「ちょっと待ってよ、マイナス〇・〇八ミリが下限だって？」

「ええ、プラス〇ミリ、マイナス〇・〇八ミリが、この製品のレンジです」

今度は穂積が慌てたように、

「そ、そりゃ、髪の毛一本の太さだぜ、アッコさん！」

「ええ。でもやらないと」

半ば虚《うつ》ろに応えている自分がいた。そして、明希子は我に返った。そう、やるしかないんだ。

「そんな無茶なこと言ってきてるのかい、先方は？」

「いわば無言のプレッシャーかしら」

すると、夏目がヘナヘナとその場にしゃがみ込んでしまった。

「おいおい、ここにそのプレッシャーに押し潰されちゃってるオトコがいるぞ」

やれやれ、と明希子は思った。これが彼の弱点だ。

「ここまでやったのに！　うまくいったと思ったのに!!」

夏目はパニックになって、泣き出さんばかりだ。

「落ち着いて、ホームズ。できないことを大声で嘆いている間に、どうしたら問題解決できるかを考えるのよ」

駄々っ子をなだめるように諭す。

それにしても、金型って、なんて厄介なの？　しかし、そう思ったあとで薄《う》っすらと笑みさえ浮かんでくるのだ。頑固で孤高。無口で堅牢《けんろう》。そうかと思うと繊細で、そして美しい。けっして人の言うなりにならず、我が道を往《ゆ》く。あなたこそ、男の中の男そのもの。そこに、わたしは惚《ほ》れている。

穂積がラジエターキャップのサンプルを一個ひょいと取り上げて眺めていた。

「マイナス〇・〇八ミリがレンジで、公差下限ギリの五〇・二二ミリの製品が混じってるのかあ。そらあ、確かに明日になるとやばいかもね」

成形品は二十四時間後さらに収縮が進行する。

「ええ。ですから収縮する分も見込んで、トライの段階でプラス〇、マイナス〇・〇三ミリあたりを狙う必要があるんです」

「神業《かみわざ》だ、そらあ」

穂積がほとほと呆《あき》れ返ったような顔をした。

「それに、サンプルにはばらつきがあるわけなんだろ？　公差内のものもあれば、公差下限を割っちゃってるものもあるわけだ。単純に寸法がマイナスしてるだけなんだったら、金型の大きさを変えてつくり直しゃあいい。けど、大きいもの、小さいものが入り混じってちゃあ、金型寸法を変更しても、すべて合格に入らないわなあ。こうなったらよほど力のある成形機に代えるとか……」

「あくまで金型の仕様を変えるだけで可能にしたいんです。成形機を選ばない金型でないと」

「そんなこと言ったってアッコさん、できることと、できないことがあるよ、ははは……ふー」

「でも、それをやるのが型屋」

明希子の固い決意を前に穂積が、

「あのね……」

なにか言おうとして、半ば諦めたように口をつぐんだ。それでもギターを爪弾《つまび》くような仕種をしつつ、なにか考えているようだった。

「えっと、このダブルスライド型だけどさ、最初のサーボ制御で金型を閉め切らないで、少しだけ空けておくんだよね？　んで、樹脂の射出量が九〇パーセントくらいになったら、金型を閉じるわけだ」

「ええ」

明希子は応えた。

「しっかしこれはあれだな、九〇パーセントで動かすところが、シビアに制御できてないんでないかい」

「どういうことです？」

「うんとね、成形機の射出装置っていうのは、昔は油圧式が主流だったのね。最近の機械は、ずいぶん正確にはなったんだけど、粘性の強い高温のプラスチックが流れ込むわけだから、数十ミリグラムが安定制御できないんだな。んでもって、どうしてもショットごとに微妙なばらつきが出るわけ」

お馴染《なじ》みの頭を抱えたポーズでいた夏目が、ほんのちょっと顔を上げた。

「数十ミリグラムの樹脂量のばらつき……」

「そう」

と穂積が頷いた。

「こうしたことは、俺らの現場でも起こってることだよ。でも、〝超〟のつく精密品でもない限り、まったく問題のない許容範囲であるけどね」

今回のラジエターキャップは、その〝超〟のつく精密品なのだ。先般の三洋自動車のリコール問題が、この製品のハードルを異様に高く押し上げていた。メーカーのお家の事情は、下々《しもじも》の町工場にまで影響してくる。

明希子は穂積に改めて訊いてみた。

「射出成形機が計る射出量九〇パーセントと、実際の数値にぶれがあるということですね？」

「そう。射出量九〇パーセントのタイミングっていうのは、機械自体としては確かに精密だけど、実際に金型内に流れ込んだ材料まで見て容量を計ってるわけじゃないからね。つまりは間接的な計量値になっちゃうってわけだよ。だとしてもだよ、通常のレンジ内であれば太鼓判の製品ができてるよ」

3

試し打ちの結果に焦心しつつサーボ・ダブルスライド金型をほづみ合成工業所から花丘製作所に持ち帰った。

昼休みだったが、明希子は食事をする気にもなれず自分の席に座っていた。さっき隣にある設計部を覗いたら、夏目は例の格好で机にうつぶして固まっていた。

明希子も途方に暮れていた。ここまで手を尽くしてきたのに。やっぱり無理なんだろうか、トライ時点でプラス〇ミリ、マイナス〇・〇三ミリの製品をつくるなんて……

「えーーっ！」

突然、はしゃいだような声が上がった。

「本当ですか、それ!?」

泰代が隣の席のルリ子に向かって言っている。

その問いかけにルリ子が頷いてみせた。

パンを齧《かじ》っていた藤見も、コンビニの唐揚げ弁当を前にした小川も、何事かとそちらに視線を送っている。

「皆さん、重大発表！」

泰代が立ち上がって言った。

「ルリ子さんが、結婚するそうです!!」

「えっ」

明希子も思わず小さく声を上げてしまった。それじゃ、ついに工場長と……

三階フロアの奥に島がある設計部からも、泰代の声を聞きつけたスタッフらがルリ子のもとにやってきた。

「おめでとう」

「おめでとうございます！」

「ついにやりましたね」

「いやー、めでたいめでたい」

口々に発せられる言葉が、ルリ子を取り囲む。

「で、お相手は?」

という質問に、今度はルリ子が、

「高校時代の同級生なんです」

頬を上気させて応えた。

「半年前にクラス会がありましたの。そこで久し振りに顔を合わせたら、いまだ彼も独身とのことで。お互い休日は暇だし、一緒に映画でもということになったんです。そこからなんとなくお付き合いが始まって……あ、少しもハンサムじゃないんですよ、彼って。高校時代には、わたくし、ぜんぜん眼中になくって」

彼女には珍しく、かん高く浮ついた調子でしゃべっていた。眼鏡の奥の瞳がキラキラと輝いている。そんなにもルリ子をはしゃがせるほど結婚て嬉《うれ》しいものなんだ、と明希子は羨《うらや》ましいような、ま、自分には当分縁がないな(ほんとに当分なのかしら!?)と諦めたような気持ちで眺めていた。

「わたくしの青春は花丘製作所に捧げた」が口癖で、ちょっと浮世離れしたところはあるけれど、財布の紐《ひも》のゆるいこの会社の経理を引き締めようと一所懸命尽くしてくれてきたルリ子さん。彼女に、季節と一緒にほんとの春が訪れたのだ。

明希子は立ち上がると、

「ルリ子さん、おめでとうございます」

言葉を掛けた。

「どうぞお幸せに」

「ありがとうございます、アッコさん!」

ルリ子が感極まったように泣き出した。

集まってきた人々の間にパチパチと拍手が沸き起こる。泰代がルリ子の肩を抱く。みんなの拍手に包まれながら、ルリ子は声を上げ泣きじゃくっていた。

そこで明希子ははっとして、フロア内を見回した。そういえば菅沼の姿が見当たらなかった。傍らにある菅沼の机に目をやる。そこには、今日もルリ子が用意したらしいサラダが入ったコンビニの袋が載っている。

明希子は事務カウンターを抜けると、社の正面の窓辺に立った。見下ろすと、車寄せに一人ぽつんと菅沼の姿がある。

急いで階段を下り、外に出た。明希子の鼻先を紫煙のにおいがかすめた。

降りそそぐ暑いくらいの真昼の陽光にじりじりと炙《あぶ》られながら、菅沼がぼんやりとタバコを喫《す》っていた。

「工場長……」

照れたような笑みを浮かべて菅沼が明希子を見た。

「タバコ、やめたんじゃなかったんですか？」

「ええ。いや……まあ、ちょっと」

明希子は言葉が見つからなかった。

「久し振りに喫ってみると、うまいもんじゃあないな」

そう言いながら、なおも煙を吹かし続けた。

「どら、蕎麦《そば》でも食ってくるかな」

作業ズボンのポケットに両手を入れ、くわえ煙草の菅沼が歩き出し、立ち止まった。

「アッコさん、あたしゃ、ばかですね」

背中を向けたままで言う。

明希子は、とぼとぼと去ってゆくその後ろ姿を黙って見送るしかなかった。

人の心を覗き見ることはできないのだ、と明希子は思った。心に窓でもない限り。

——窓！

明希子は会社の階段を今度は急いで駆け上がり、依然として祝賀ムードに満ちた三階フロアを横切ると設計部に直行した。

「ホームズ！　サーボ・ダブルスライド金型に窓を付けられないかしら!?」

隅にある自分の席で頭抱えポーズでいる夏目に向かって言った。

「窓……ですか？」

夏目がのっそりと顔を上げた。

明希子はさらに言う。

「射出成形機には材料を均一に送り出す精度に限界がある。射出量九〇パーセントという成形機からの信号を受けてサーボが動くところが、実際はばらつきがあった。それなら、金型自体でそれを検知すればいいと思ったの。金型に窓をあけて、中に入ってきた材料の量を見ることでね」

それが明希子がつかんだヒントだった。傷ついている工場長には大変申し訳ないのだけれど。

「窓……窓……窓……」

夏目がぼんやりとつぶやきながら考えている。やがて、ブルリと身震いした。

「そ、そ、それだ！　窓ですよ！」

興奮して言った。

明希子も頷き返した。どうやら自分の意図するところが、夏目に伝わったみたいだ。

夏目が立ち上がり、喜色満面に万歳のポーズをした。

「すごい型だ！　これはすごい金型になるぞ！」

すると、また夏目が、はたとなにかに気がついたように悄然《しょうぜん》とした表情になった。

「だけど、実際にできるかどうか……耐熱性が分からないな……」

夏目が再び椅子にストンと腰を落とし、頭を抱え込もうとする。明希子はそんな彼の作業服の胸元をつかんで引き起こした。

夏目が驚いたように目をぱちくりさせている。

「ホームズ、ひとつ言っておきたいことがあるの」

静かな口調で語りかけた。けれど、両手は夏目の作業服を放さなかった。小柄な夏目は明希子よりも背が低くて、自分を見おろす視線に気圧《けお》されているようだった。

「このサーボ・ダブルスライド金型の開発には、いいえ、これからも金型製作にかかわる以上、まだまだ困難にぶつかることがあるでしょう。そうした時、今までみたいに騒ぎ立てたり、大げさに落ち込んだりしないこと。金型製作はね、一ミクロン、あるいはそれ以下の精度を求められる仕事よ。わたしたちは髪の毛の百分の一に近い微妙な数字に立ち向かってる。そうした精度を求められる金型設計者がいちいち心を乱していてどうするの？」

夏目は歯の根が合わないらしかった。顎《あご》を上げ、身体は小刻みに震えている。

「トラブルに直面して、気持ちが少しも乱れない人間なんていないと思う。けれど大切なことはね、その時、その人がどう感じていようと、逃げずに問題に対処しようとしてるかどうかなの。どう、ホームズ、困難に正面から立ち向かうって誓える？」

夏目が明希子を見上げ、

「ち、誓います」

圧倒されたように応えた。

「ほんとに？」

鋭い視線で明希子が確認すると、夏目が今度は、

「はい！」

きっぱりと返事した。

明希子はにっこり微笑《ほほえ》むと、夏目の作業服の前を放し、襟元を整えてやった。

すると、彼は腰が抜けたみたいにその場にへたり込んでしまった。

ここまで手を尽くしたのに……なんてそんなものはないのだ、と明希子は思った。

それでも駄目なら、さらに手を掛けるだけだ。もっともっと、不可能を可能にできるまで。どこまでも。


「ねえ、キクちゃん、これできるかしら？」

明希子は夏目が修正した図面を、製造部の一階現場にいる菊本に広げて見せた。

「お、こらあ、こないだつくったサーボ・ダブルスライド型っスね。なんか、試し打ちが、うまくいかなかったって聞いたんスけど」

「ええ。それでね、ちょっと改良したいのよ」

菊本がさらに図面をじっと覗き込んで、

「あれ、ここにある、小さい丸い窓みたいなのはなにかな？」

「あ、それ、キクちゃんの言うとおりよ」

「え？」

「だから、窓」

菊本がぽかんと口を開いたままこちらを見ている。

「どうしたんです？　キクさん」

阿部と岸がやってきて、横から図面を見る。

「あれ、この窓みたいなのなんだ？」

それに応えたのは菊本だった。

「窓みたいじゃねえよ、キシ坊。窓だよ、こりゃあ」

「金型に窓ですか⁉」

阿部と岸が顔を見合わせている。

「アンベ、キシ坊、なにお見合いしてんだ？」

葛原だった。隣に仙田もいる。

菊本が図面を差し出すと、二人で眺めていた。

「できるかしら？」

明希子は訊いてみた。

「こんなのやったことありやせんね」

葛原が言った。

「無理ってこと？」

すると、今度は仙田が、

「いや、耐熱ガラスをポンと埋め込むだけだからね、わけないよ。だけどねえ……」

「そう。だけどお嬢、なんで窓なんて付けるんです？」

「金型の中を見るためです」

「しかし、三ミリばかりの窓から、真っ暗な金型んなか覗こうったって、明かりがいりやすぜ」

「そうだ明かりだ！」

声を上げたのは菊本だった。そうして、

「ハイ！　ハイ！　ハイ！」

右手を上げながら、車座の中央に出てきた。

「光ファイバーセンサーを使うんでしょ、ねえ、アッコさん？」

「そのとおりよキクちゃん」

「窓は、金型の中に明かりを通すためのもの。つまり、光ファイバーセンサーが検知する光線を取り入れるために付けるんスね」

明希子は頷き、今度はそこにいるみんなに向かって言う。

「金型の窓越しに仕掛けられた光ファイバーセンサーが金型内の材料を量る。適量を示す一定線のところまで材料が来たら、サーボがスライド型締めを行うの」

「おお！」

その場にいる製造部のメンバーがどよめいた。

「なっるほどねえ」

阿部が言って、つくづく感心したように何度も頷いている。

「それなら、確かに毎ショットのサーボの動作を均一にできますよね」

その隣で腕を組んでいた最年少の岸が納得したように、

「これで、製品の大きさのばらつきもなくなるわけだ、うん」

「お、キシ坊、よくできました」

菊本が言うと、みんなが声を上げて笑った。

そんな中で、一人なにか考えていたらしい葛原が、

「お嬢、実際に光ファイバーセンサーを金型に仕込めるかどうか、耐熱性についてはどうなんです？」

「ホームズの計算上ではオーケーです」

すると、葛原の難しげな顔がほころんだ。そうして、しゃくれた顎をポリポリかいている仙田と面白そうに目を見交わすと、

「やりやしょう」

明希子に向かってきっぱりと言った。

第十章　町工場《まちこうば》

1

三洋自動車S工場で行われる検査には、小川、夏目、明希子の三人で臨んだ。

射出成形機に設置した金型が温まる頃、作業服姿の桑原部長と坂本が姿を現した。

「おおっ!?」

「こ、これは……」

直径三ミリほどの丸い小さな窓のあいた金型を見て、二人は声を失っていた。

「サーボ・ダブルスライド金型‐光ファイバーセンサー・スペシャルバージョンです」

黒いスーツに、三洋自動車の作業用キャップを被った明希子は言った。

「この金型なら、貴社のご要望にかなうラジエターキャップができるはずです」

そこで桑原を見つめ、坂本を見つめた。

「設計責任者の方も、品質管理の方も満足していただける、仕様書以上のものをとのご要望にかなう製品が、です」

桑原と坂本が居心地悪そうな表情をした。

「コホン……」

桑原が軽く咳払《せきばら》いし、

「では始めようか、五十嵐《いがらし》君――」

射出成形機の前にいるオペレーターに向けて手で合図した。

五十嵐と呼ばれたオペレーターが、手に提げていた水を満たしたバケツを成形機の傍らに置く。

「必要ありません」

明希子は言った。

「え?」

若い、向こう意気の強そうな五十嵐が不満げに明希子を見返す。

「サンプルを冷却させるための水ですよ」

「この型でつくる製品は、水に浸けなくても大丈夫です」

五十嵐は明希子の言葉に明らかに反発を感じたようで、むすっとしたまま成形機の操作に取り掛かった。

「待って！」

明希子は成形機の下を覗き込むと、そこにある温調機の設定温度を確かめた。デジタル数字が〔120℃〕を表示していた。

「高すぎます」

「えーっ!?」

五十嵐が業を煮やしたように、

「笹森産業さんの型は一二〇度で設定していたんですよ。それでもヒケてたっていうのに」

「そう。笹森産業さんの型は、ヒケをなくすために高い温度設定で保圧力を高めていました。金型を長く閉じた状態にし、そこに少しずつ多量の樹脂を流し込むことで、製品を肉厚にしようとしたわけです」

そんなことは言われなくても分かっているといった表情で五十嵐が鋭い視線を返してくる。

明希子は続けた。

「当然、製品も高温になります。打ち出された製品の内部はまるでマグマのようでしょう。外部をも溶かし、変形させてしまいかねません。そうしないために、水で急冷する必要があったんです。それは、そのための水ですね」

　五十嵐の足元にあるバケツを示す。

「しかし、うちの型はもっと低い温度設定で大丈夫です。そう、一〇度下げてください」

「一一〇度に!?」

「ええ、そうしないと、金型が噛んで（凹凸部分が組み合ったまま離れなくなって）、オシャカに（使いものにならなく）なります」

「ずいぶんとデリケートなんですね」

　彼は不満そうだったが、言われるままに温調機の設定を変えた。

「じゃ、いきますよ」

　少しふてくされた感じで言い放つと、五十嵐が射出成形機を作動させた。

　皆が金型に注目していた。

　モーター音とともに上型が下型に向かい一体となる。だが、パーティングラインはわずかに開いたままだ。そこに材料が流し込まれ、射出量が九〇パーセントになった時、

「ああっ!?」

桑原と坂本が同時に声を上げた。

「光ファイバーセンサーが検知して、サーボが駆動します」

カチンッ。

二つの型が完全にパーティングラインを引き結んだ。

夏目と明希子は視線を交わし、頷き合った。

キュイーン。

ラジエターキャップのネジ部分を肉抜きするために型の一部が回転しながら動き出す。

「ぶ、部長、これって……」

坂本の口からそんな言葉がもれ、桑原はもはや一言も発しなかった。

明希子の胸の中で塊《かたまり》が生まれた。だが、その塊は希望をはらんでいた。そして、それが風船のように大きく膨らんだ。

――これが、これこそが花丘製作所の技術なのよ！

しかし、この後すぐに予測もしなかった結果が待ち受けていたのだ。

「厚いですね」

ラジエターキャップを計測した五十嵐が言った。

明希子は耳を疑った。夏目、小川と互いに顔を見合い、五十嵐のところにさっと歩み寄った。

五十嵐が明希子たち花丘製作所の三人に向けて、

「〇・一ミリほどネジ部分が肉厚になってます」

平べったい口調で告げた。

「本当ですか?」

と小川が言い、その言葉に気を悪くしたらしい彼が、

「ええ、確かです」

今度は怒ったような表情で言った。

おかしい、と明希子は思った。ほづみ合成工業所で行ったトライアルでは、すべてのショットで規格通りの製品ができたのに。

隣で、夏目がいつものように頭を抱え込むような仕種を一瞬見せたが、思い留まってそれをよした。そして、厳しい表情でなにか考え始めた。

よし、一歩前進だ。ホームズは今度のことで危機に瀕した場合の処し方を学んでくれたようだ。悩んでいるだけではなにも生まれないのだ。必要なのは考えることだ。

次々にできてくるどの製品を計っても肉厚だった。

桑原から離れ、明希子の横に来た坂本が小声で、

「どういうことでしょう、花丘さん?」

心配げに言う。

「アッコさん……」

小川もいたたまれないように言って寄越す。

どれを測っても、〇・一ミリずつ厚い。きっちりと測ったように。

――測ったように!?

「なんだ、これじゃあどうしようもないな」

桑原がけんもほろろに言った。

「ネジが太くちゃあ、ラジエターの雌ネジに突っ込めないじゃないか。大した仕掛けの金型をつくったって、できるものが役に立たないんじゃあ、とんだ茶番だ」

「待ってください！」

そう言ったのはオペレーターの五十嵐だった。

「部長、もう一度試させてもらえませんか。僕の設定が悪いのかもしれません」

彼が真摯《しんし》な表情で桑原に言うと、明希子に向き直った。

「この金型の力をもう少し見てみたいんです。やりましょう」

五十嵐からの意外な提案に、

「ありがとうございます！」

思わず明希子が言うと、小川と夏目も彼に向かって頭を下げた。

桑原が仕方なさそうに、

「じゃ、もう一度だけ。駄目ならその金型、持って帰ってもらいますよ」

「はい」

そこで、明希子は五十嵐に向かって訊《き》いてみた。

「この射出成形機は油圧式のものですね」

「そうですが」

隣で夏目が、はっと気がついたように、

「そ、それだ！」

大きな声を出した。

「慣性力《かんせいりょく》だ!!」

ほづみ合成はさすがプラ屋だし、穂積社長のこだわりから新型の成形機を揃えていた。今度のトライアルも、それらを使って行ってきている。けれど、ここにあるのは量産のためではなく、あくまで検査用に置かれている油圧式動力による旧式の機械だ。

花丘製作所の金型は、精度を上げるため窓越しに光ファイバーで八〇パーセント流入した樹脂を検知し、さらに遅延タイマーにより遅れて入ってくる一〇パーセントを加え九〇として、サーボ制御する設定になっている。

「ところが、油圧式の成形機の場合、それがいささか緩いんですね」

夏目が説明した。

「慣性力が働いて、光ファイバーの指示で八〇で止めた後、どうしても遅延分がピタリ制御できなくて、一〇パーセント以上の材料がダラダラと流入してきてしまう。車は急に止まれないってやつですよ」

夏目が五十嵐のほうを向いて、

「設定が違っていたのはボクのほうです。油圧式成形機に合わせて遅延タイマーの設定を変えて、材料の流入を早めに閉める必要があったんです」

夏目がコントロールボックスにある遅延タイマーを調整すると、金型は規格通りのラジエターキャップを生み出し始めた。それは、その後、何ショット繰り返しても変わらなかった。

「しかし、しち面倒くさい型だね」

桑原がうんざりしたように言った。

「それだけデリケートで、ハイレベルな金型を要求したのは三洋自動車さんです」

小川の言葉に、桑原が渋い顔をした。

「すごい型ですよ、これは。本当に」

五十嵐が魅入られたように言った。

「遅延タイマーの設定くらいどうってことない。それだけで新旧の成形機を選ばないんですからね」

さらに続ける。

「笹森産業さんの型が保圧のためにワンショットについて一分三十秒ほどかかっていたのが、半分以下の四十秒くらいしか要さない。しかも、ダブルスライドのコア抜きで、ネジ部分の内側を肉盗みしているから、製品内部に熱を持つこともない。したがって、水で冷やす必要もない。ワンショットにかける時間が短く、温調機の熱量も抑えているから、エネルギー経費の節減と環境にも配慮することになる。よいことづくめじゃないですか」

「よくぞおっしゃってくれました！」

夏目が五十嵐の手を握った。

「いや、すごいですよ！　ほんとにすごい!!　こんな型、見たこともない……」

五十嵐が興奮したように捲《まく》し立てた。そのあとでしみじみと、

「できるんですね、こんなのが」

夏目の手を握り返す。

なにも言えずに夏目は口元を震わせている。目が真っ赤だった。

――いいんだよ、ホームズ、こんな時には思いきり泣いたって。

「やりましたね、アッコさん」

晴れ晴れと小川が言う。こんな表情をしている彼を、明希子はこれまで見たことがなかった。ずっと苦労をさせてきたんだな、と思う。

「それにしてもアッコさん、〝金型が噛む〟とか〝オシャカになる〟とか、ずいぶんと現場の言葉が板についてきましたね」

「え？」

「さっきのやり取りですよ。でも、この調子で、今度は本格的に現場に出ることになったりして」

「それは、あるかもね」

明希子が微笑んで言うと、

「え⁉」

小川がきょとんとしていた。

その時だった、

「花丘さん、ちょっとよろしいですか」

坂本に呼ばれた。

2

明希子は坂本の後について事務棟の廊下を歩いていた。

坂本が立ち止まり、ドアをノックすると、「どうぞ」と中から声がした。桑原の声のようだった。

坂本がドアを開き、勧められて先に室内に入ると、そこには桑原のほかにもう一人スーツ姿の男性がいた。

「高柳さん!」

「お久し振りです、アッコさん」

明希子は桑原が手で示した、高柳の向かいの応接ソファに座った。

桑原が、中庭に面した窓を背にして座っている。桑原の顔はやや影になっていて、その表情は見えにくい。坂本はドアに近い位置に席を取り、四人はローテーブルを挟んで、四方に腰掛けていた。

「いや、このたびは当社の新車部品の製作に関しまして、大変お世話になっております」

桑原が口を開いた。

いったいなにが提案されるのだろう？　明希子は握り締めた手のひらに汗をかいていた。

「また、先ほどは花丘さんに、素晴らしい型を見せていただきました。ありがとうございます」

明希子は頷いただけで黙っていた。心臓が音を立てているのが分かった。

「えー、つきましてはですね、ここで少しばかり調整をしたいと」

影になっている桑原の表情は相変わらず読み取れなかった。と、そこで彼は急に声を荒らげて、

「坂本君、黙っていないで、きみから説明したまえ」

「は、では」

坂本が弾かれたように、

「実は今回のラジエターに関する樹脂部品の金型発注なのですが、当社といたしましては、ラジエターキャップとラジエタータンクを一式《アセンブリー》で考えております。いったんは低価格のお見積をご提出いただいて、両方を笹森産業さんにご依頼したわけですが、えー、諸事情によりラジエターキャップのみを花丘製作所さんにお願いすることになりました」

なにが諸事情にょ、い、い、よ、と明希子は思い、高柳を見た。高柳は眉ひとつ動かさなか

った。

「で、ですね、問題はここからなのですが、当社が一式と考えている以上、いざ生産ラインに入ったのち、ラジエターキャップか、ラジエタータンクかのいずれかに不具合が生じた場合、その補償をどちらの会社が一括して負っていただけるかということなんです」

「なんですって!?」

明希子は思わず声を出した。

「しかし、あくまでラジエターキャップの型をつくるのはうちであり、ラジエタータンクの型をつくるのは笹森産業さんなんですよ！」

「ええ、まあ、確かにそのとおりなんですが、ここは不測の事態というか、思ってもみなかったことで、当社はあくまで一式でお願いするつもりでいたものですから」

坂本が言いにくそうに、

「まあ、先般のリコール以来、そのへんの補償について明確にしておくよう、上から強く念押しされているもので」

「だったら、花丘さんが補償するべきでしょうな」

と高柳が言った。

明希子は正面にいる男の顔を見据えた。

　彼はこちらを見ていなかった。三洋自動車の二人のどちらにも視線を送っていない。左の手のひらに右手の握りこぶしを打ちつけるようにしていた。ゆっくりと、音も立てずに、けれど、なにかのリズムを刻むように。高柳は、自分の手元のそんな仕種を眺めているかいないかのようだった。そうしてさらに言葉を継いだ。

「この件は、一式で花丘さんが受ければいい。うちは降りますよ」

「高柳さん――」

　それは想像もしない発言だった。

「いやあ、助かります」

　これまで言い出しにくい提案を部下の坂本に押し付けっ放しだった桑原が、状況が変わったと見て、笑みを浮かべて口を差し挟んできた。どうやら、一気にこの場をとりまとめてしまおうということらしい。

「じゃ、笹森産業さんの好意で、ラジエタータンクの型も花丘さんにお任せするということで、よろしくお願いします。ラジエタータンクの見積金額につきましては、笹森産業さんから提出いただいた金額に準じるということで、よろしいですな？」

「いいえ」

　と明希子は言った。

「あくまで、うちが提出した金額でお願いします。それが、花丘製作所にとっての適

「正価格になります」

 桑原の顔が泣き笑いのような表情になった。

「そんなー、それじゃあ、こちらが一度予定した価格より高くなっちゃうじゃないですかあ」

 明希子はその時、高柳がふっと微笑んだのを見た。

「無理にとは申しません」

 明希子はきっぱりと言った。

「ラジエタータンクは笹森産業さん、ラジエターキャップはうち、そういう受注の仕方もあるわけですから」

 それを聞いた桑原が慌てたように、

「いやいやいやいや、今回は花丘製作所さんに一式でお願いしますよ。トラブルがあった場合の補償の一本化、それがうちにとって最上の問題ですからね。分かりました、花丘さんから出していただいた金額で結構です」

「それから、金型のメンテナンスについて、当社と年間契約を結んでいただきます」

「ええっ!」

 桑原は開いた口がふさがらないといった表情だ。

「金型は使い続ければ摩耗します。デリケートなサーボ型の精度の保守を貴社のほうで行えるのなら、提案は取り下げます」

「そりゃもちろん後々まで面倒見てもらえるなら、ありがたいことです」

桑原がさっと坂本に顔を向けた。

「きみ、すぐに上の決済を採って」

「はい」

高柳が立ち上がった。

「さてと、用なしになったからには退散するとしますかな」

それを受けて桑原と坂本も立ち上がり、高柳に向けて一礼した。とっとと厄介事を済ませてしまいたいとでもいったように。

高柳が去りがてに、

「これに懲《こ》りず、またお声掛けください。ああ、そう、桑原部長、近々この間のあの店で一献どうです？　部長、ずいぶんとお気に召していただいたみたいなんで。例の娘《コ》、また呼んどきますから」

そう言葉を残してドアを閉めると、顔を赤くした桑原がコホンと空咳《からぜき》した。

今度は明希子が、

「すみません、ちょっとだけ失礼します」

二人に向かって言うと、高柳の後を追って廊下に出た。

笑みを浮かべる。

「ありがとうございました」

歩み去る背中に向かって声を掛ける。

高柳が振り返った。明希子を眺めているその口元には、先ほど一瞬垣間《かいま》見せた笑みとまったく違う、酷薄と言っていい種類のものが浮かんでいた。

「サーボ・ダブルスライド金型－光ファイバーセンサー・スペシャルバージョンだと、笑わせる」

「え？」

「採算を度外視して、客の我がままにいちいち応《こた》えた軽業《かるわざ》みたいな金型をつくることが、あんたの言う技術力なのかな」

「……………」

「うちの技術とは、利益を生むものだよ」

「花丘製作所の技術も、もちろん利益を生むものです。ただ、笹森産業さんとはやり方が違うだけです」

「まあ、今後もお手並み拝見だ」

踵《きびす》を返し去っていく。少し歩いて一度立ち止まった。背を向けたままで言う。

「ただし、メンテナンス契約という考えは斬新だ。金型は一個売り。売ったら終わりだった。精度の高い型をつくり、その維持・管理を任される。そんな考えもあるんだな」

「高柳さん」

明希子の呼びかけに振り返らず、肩ごしにヒラヒラと手を振った。

——ええ。見ていただきますよ、これからの花丘製作所を。

応接室に戻った明希子に、

「いやあ、こう言っちゃなんですが、花丘製作所さんに一括してお願いできて、こちらも安心ですよ」

桑原が言った。

「えーと、なんでしたっけ、スペシャルのスライド型でしたかな。なにしろ、あれだけのものがつくれるんですから、ねえ。うちも、最初は低い見積額で笹森産業さんには発注したけど、やっぱり技術のあるところがいちばんだ」

続けて坂本が、

「花丘さんには、今回のラジエターキャップやラジエータータンクといった本体パーツだけでなく、より樹脂部品の多い車内パーツもどんどんお願いしようと思っているんですよ」

「ありがとうございます」

そこで坂本が少し声を低めて、

「実は、不具合が起こった時の補償の一本化なんていささか強引なことを言ってはみましたが、ああいう提案をすれば、技術力の点で上の花丘製作所さんに、ラジエタータンクのほうも発注し直せるんではないかと考えましてね。これ、部長の発案なんですが、うちの思惑どおりの結果になったというわけです、へへへ。ねえ、部長、やっぱり高柳さん降りちゃいましたね」

「そうそ、アハハハ。花丘さんにとっても、いい話でしょ。よかったね。でも、こう言ってはなんだけど、うちとしては、ちゃんとしたモノさえつくってくれたら、花丘さんでも、笹森さんでも、あるいはどこかほかの下請けさんでも構わんのですよ」

なんということだ。三洋自動車からいったん受けた注文を引き上げられることが、新しい職場に移ったばかりの高柳にとっては、どれほどの痛手か。明希子は、笹森社長のあのガラスのような瞳を思い出した。

もしかしたら、ラジエタータンクの金型製作に、すでに笹森産業はとりかかっていたかもしれない。そうだとしたら、高柳の立場はどうなるのだろう？　しかし、そんなこと、この人たちの都合の前では、微塵《みじん》も関係ないことなのだ。新規プロジェクトに向けて多額の設備投資をしながら発注がストップし、病に倒れた父のことも……

相手が中小企業だと思ってなめるな！

「お言葉ですが」

と明希子は言った。

「自動車は二万の部品からできています。それらの部品のほとんどは、中小の町工場がつくっているんです。日本を支えているのは、無数の中小企業という巨大な工場だということ、それを覚えておいていただきたいんです」

明希子が応接室を辞し、正面玄関に行くと、小川と夏目が傍にあるベンチシートにも座らず、心配げに立ったままで待っていた。

「アッコさん！」

二人が小走りにやってきた。

「お待たせ」

明希子が微笑みかけると、小川が、

「今さっき、高柳部長が……高柳が、出ていきました」

「そう」

今度は夏目が、

「ボクらが挨拶したのに、まったく無視しやがって」

「きっと悔しかったんでしょう」

「ええ!? じゃあ、アッコさん――」

「勝ったのよ、わたしたち」

そう言った時、初めて実感した。勝ったのだ、と。もちろんひとまずの、ただこの瞬間だけの勝利かもしれないけれど。

「さ、帰ろ。みんな待ってるよ」

多摩地区からいくつか電車を乗り換え、二時間近くかけて帰ってきた。山小屋のような三角屋根の、古い木造の駅舎が土手上にある吾嬬駅で降りる。川風を頬に感じると、少しだけほっとした。小川も、夏目も、明希子も疲れていた。夕陽に照らされて三人の足元から伸びる影が長い。

土手下の道を折れ、五分ほど歩くと、吾嬬町界隈《かいわい》では異彩を放つ花丘製作所の建物が見えてきた。

「アッコさん、あれ――」

夏目が指差す。

「ええ」

明希子は自然と笑みが浮かんだ。

小川が照れ臭そうにはにかむ。

会社の正面で全社員二十六人が並んで待っていたのだ。

大きな土門の姿が見える。葛原が笑っている。仙田がポリポリと顎をかきながら、それでも満足そうに笑顔でいた。菊本、阿部、岸の三人が肩を組み、はしゃいでラインダンスするみたいに身体を揺らしていた。

明希子は、「ただいま」と言おうとした。けれど、胸になにかが詰まったようで声にならなかった。

「アッコさん」

「アッコさん」

「お嬢」

「アッコさん」

「おかえりなさい」

「おかえりなさい、アッコさん」

「アッコさん」

明希子は彼らに向かって、

「やったよ」

さっぱりと応えたつもりだったけれど、自分の声が掠《かす》れていた。

「アッコさん！」

「アッコさん!!」

「バンザーイ！」

「バンザーイ！」

皆喜びに満ちた表情で、茜色《あかねいろ》の空に向かって両手を突き上げた。

通りかかった吾嬬町の人たちが何事かと面喰らったような表情をし、けれどそのあとで、わけが分からないままに拍手を送ってくれた。

「バンザーイ！」

「バンザーイ！」

「バンザーイ！」

ルリ子と泰代が満面の笑みを浮かべ両手を上げている。菅沼と藤見がみんなの真ん中あたりに隣り合って並び、声を揃えて万歳していた。

「やった……やった……やったんだ。やったんだ。やったんだ……」

自分の傍らで顔をクシャクシャにした夏目が、ぼそぼそ繰り返していた。

明希子も涙がこぼれ落ちそうだったけれど、今はまだ泣く時ではないと思った。だから、かすむ目で、みんなの笑顔を眺めていた。

3

三か月が過ぎた。坂本の言葉通り車内パーツの注文も追加され、三洋自動車からは順調に仕事が入り続けた。かつて無用の長物となって花丘製作所の財政を圧迫していた五軸のマシニングも、今はフル稼働している。

「ただいま～」

夏目がサーボ型のメンテナンスのために行っていた三洋自動車から戻ってきた。

「まったく、メンテナンス契約とは恐れ入りましたよ、アッコさん。あたしなんかにゃ、考えも及ばないことです」

菅沼がつくづく言う。

「確かに。年間を通じた安定収入が見込めるわけですからね」

藤見が同調する。

活気に満ちた社員らの表情を見つめながら、けれど明希子は不安を消し去れないでいた。相変わらず受注のほとんどは三洋自動車一社に頼っている。これでは、またあそこになにかあれば、すぐこの前みたいに花丘製作所も立ち行かなくなる。自分のところのような中小の下請け工場というのはそうしたものかもしれない。けれど、なんとかしなくては。

時折思うことがある。以前父が言っていた仕事に対する高柳との考えの違いというのは、ここに起因するのではないか、と。

「採算を度外視して、客の我がままにいちいち応えた軽業みたいな金型をつくること

にな りが、あんたの言う技術力なのかな」——高柳の声が甦《よみがえ》る。それは、単に客の言いなりになってばかりいては駄目だ、と言っているのとは違う気がする。要求に応えることは応える。そのうえで、自分たちにできることがあるはずだ——そう彼は言いたかったのではないか？　高柳は花丘製作所に対して飽き足らないものがあって去ったのだ。ましてや沈没しそうな船から逃げ出したのとは違う。

それなら、自分たちにできることってなんだろう？　もっと取引先を広げる。それもひとつだ。そのために、小川も自分も日々営業にいそしんでいた。

あるいは——

「そう、下請けじゃなくなるのよ」

口をついて言葉が出ていた。明希子は自分の席にいて、菅沼と藤見が何事かとこちらを見ている。

明希子は二人に向けて照れ笑いを浮かべ、

「いつまでも下請けのままでいちゃ駄目ですよね」

改めて言った。

「そう言いますけどねアッコさん、うちみたいな規模で一足飛びにはなかなか……。目先の食うための仕事で手いっぱいですよ。それでも、このところはアッコさんのおかげで、三洋自動車から引っ切りなしに注文が入るようになってきてるし、エコトイレットの追加注文も入ってくるしで、てんてこ舞いだ」

そこまで言って菅沼が満足げに頷いた。

「足るを知るってことですよ。身の程ってことがあります。うちみたいな会社は、その身の丈に合った取引をして、受けた仕事を一個一個丁寧にする。それでいいじゃないですか」

今度は向かいの席の藤見に、「なあ」と同意を求めるようにした。ぎくしゃくしていた二人――というより、藤見を受け入れようとしなかった菅沼だが、経営が安定傾向にある近頃は歩み寄る態度を見せていた。

「下請けじゃなくなるって、アッコさんにはなにか考えがあるんですか?」

藤見に訊かれ、

「実は具体的なことはぜんぜん」

と明希子は肩をすくめた。

「わたし、以前の勤め先でいろんな企画を実現できたでしょ。そりゃあ、自分が考えたキャラクターがアニメになってテレビCMで流れたり、イベントで着ぐるみになったりするようなものだけど。でも、見えるんです、反応がこの目で。子どもたちが嬉しそうにその着ぐるみを取り囲んだり、お店でキャラクターグッズが売れてるところが。うちのみんなにもそういった思いを味わってもらいたいの。確かに、自動車の部品をつくる今の仕事だって必要だし、人の役に立つことだと思います。だけど、もっとそれ以上に、自分たちが企画して、つくった製品を世に送り出す喜びをみんなで感じたいんです」

「それって、メーカーになるってことですよね」

黙って聞いていた藤見が言った。その言葉に、明希子は胸が高鳴った。

メーカーになる。花丘製作所のブランド名の製品を企画開発する。それは今のこの会社にしてみれば、菅沼の言い分ではないがあまりに身の程知らずな考えなのかもしれない。

けれど、いつか……

「アッコさん、お客様です」

泰代の声に、はっとしてカウンターの向こうを見た。そこに立っていたのは意外な女性だった。

「すみません、突然押しかけてきてしまって」

来客用のブースの向かいに腰を下ろしているのはスーツ姿の相原京子だった。南雲龍介の秘書。そして、小野寺亮の別れた妻。彼女に会うのは、工作機械の見本市会場以来だ。小野寺ともあれ以来会っていない。

「ご相談があって、伺いました。娘のことなんです」

「美央ちゃんの？」

「ええ。アッコさんは……ごめんなさい、そう呼んでいいかしら？」

「どうぞ」

明希子が微笑みかけると、京子もほっとしたように笑みを浮かべた。

「アッコさんは、美央にお会いになっていますね」

明希子は頷いた。

「じゃあ、あの子の耳のことは？」

もう一度頷いた。

「学校に行くのに、補聴器を付けたがらないらしいんです」

京子が言葉を選んでいるようだった。

明希子は待った。

「いじめを受けているとか、そういうのではないみたいです。でも補聴器は、同級生の誰もが付けているものではありません。自分だけがそれを付けているのが、あの子は嫌なんでしょう」

明希子にも分かるような気がした。あのくらいの年代の子にとって、人と違っているのはひどくいたたまれない気分がするものだろう。

「あの人から——小野寺から、アッコさんの会社は、金型の設計製造をしているのだと聞きました。金型は、同じものをたくさんつくることができる。ものをスタンダードにするのが金型だと、彼が言っていました」

「ものをスタンダードにする——小野寺さんがそう言っていたのですか？」

「はい」

そういう考え方もあるのか。

「そしてアッコさんの会社は、規模は小さいけれど、優れた技術を持っているとも」

あの小野寺がそんなことを。「ハナオカセイサクショ、か——聞いたことないな」

かつてそう一蹴した小野寺が。

「アッコさんの会社のその技術で、補聴器をスタンダード化してもらえないでしょうか？　美央が、いいえ、美央くらいの齢《とし》の女の子が、みんな付けたくなるような補聴器をつくってほしいんです」

花丘製作所をあとにする京子が、

「アッコさんは、わたしをずいぶん身勝手な女だと思っているのでしょうね」

確かにそう感じないでもない。小野寺の立場になれば、そしてなにより美央のことを考えれば。

「でも、こうしなければ、わたしは小野寺ばかりでなく美央も恨むようになっていた。そうして思い続けたでしょう、自分の夢を実現するのを邪魔したのは家族なんだ、と」

彼女がうつむき、再び顔を上げた。

「わたしの人生なんです。大切な一度だけの人生なんです。後悔したくなかった。分かっていただけるなんて思っていません」

明希子に掛けられる言葉はなかった。

「家族を捨てた女が今さらなにを、と思うかもしれませんが、この件だけはどうぞよろしくお願いします」

夏の陽盛りの中で京子が一礼した。

こちらの回答は決まっている。

「やります」

明希子は言った。

翌日の朝礼で前に立った明希子の姿を見て、社員らからどよめきが起こった。なぜなら、いつものスーツ姿ではなく作業服を身に着けていたから。

「今日から、花丘製作所によるオリジナル製品の開発を始めます」

その言葉に、先ほどよりも大きなざわめきが広がった。

明希子はフロアの照明を消すと、左手に握ったリモコンを操作した。プロジェクターの光線が闇を切り裂いて、背後に映像が現れた。

「これが、その試作品です」

轟屋ガイドブックのキックオフミーティングの時のように、スクリーンが反射するおぼろな明かりの中に明希子はいた。

映し出されたのは、自分が描いたデッサンをスキャンしたもので、雛菊《デイジー》をイメージさせる花のアクセサリーだった。

「なにかと思えば花飾りですか？　駄物《ダモノ》じゃないですか」

隣に立つ菅沼が呆れたように言った。

「ただのアクセサリーではありません。補聴器です」

「ええっ!!」

さっきまでの皆のどよめきが、今度ははっきりとした声になった。

「この花の部分が耳から覗いて、オシャレでかわいい印象にしたいんです。この補聴器を花丘製作所で独自に開発します」

「独自にって、そりゃ、どこのメーカーからの依頼もなしにつくるってことですか？」

と、また菅沼が言う。

「ええ。ただし補聴器に搭載される電子機能については、うちにノウハウがないので、どこかと提携することになるでしょうが」

「そんな当てもない仕事に、手いっぱいな今のうちの状況で、どうしろっていうんですか？」

菅沼は不平たらたらだ。

「なあ、フジさん、工程スケジュールに余裕なんてないよなぁ」

今度は菅沼が藤見のほうを見て言う。

〝フジさん〟ですって!?　いつの間にそんなに仲良くなったのよ！

「いやー、無理ですよ、工場長。ここで余計なことに手を出して、せっかくうまく回ってる納期に支障をきたすようなことはしたくないですね」

藤見も追随して言う。

それを跳ね返すように、

「もちろん、うちの規模で独自開発製品のプロジェクトチームを組むことなどできません。この企画はわたしが中心になって行います」

「アッコさんが!?　それじゃ現場に出るって言うんですか!?」

明希子は菅沼に向かって頷いた。

すると藤見が、

「ちょっと待ってください。アッコさんには、社長としてあなたにしかできない仕事があります。それを自ら現場に出るなんて」

「新しい事業の立ち上げも社長の仕事です」

明希子は藤見にきっぱりと言った。そうして、社員全員に向けて、

「ただ、わたしは経験不足です。皆さんの力が必要なんです。だけど、みんな忙しいのは分かっています。手の空いた時なんて言えません。それでも、みなさんちょっとずつ仕事の調整をつけて、手伝っていただけないでしょうか？　お願いします」

明希子は頭を下げた。

「しかし、工程管理というものがありますし」

と藤見。

「無茶ですって、アッコさん」

横から菅沼がたしなめる。

明希子は、一人テレビを眺めている美央の小さな後ろ姿を思い出した。熱い気持ちがほとばしり、それが言葉になった。

「補聴器を付けたがらない小学生の女の子がいます。その子のために、みんなが〝ステキね〟って言うようなものをつくりたいんです。隠そうとしたり、目立たなくするんじゃなく、眼鏡がオシャレなアイテムになったように」

明希子は再び全員に目を向ける。

「アイドルグループが同じ型でつくったイヤホンを付け、歌って踊る。その様子を見て、憧れて、あれをしてみたいと思うような補聴器をつくりたいんです。一人の女の子のために、多くの女の子のために——それができるのが金型なんです」

「だから、今のうちじゃ無理なんですって」

菅沼がそう繰り返した。

「無理ってことあるかい！」

声がした。菊本だった。

「なんか腕が鳴るじゃねえか！　俺、やるよ!!」

「俺も」

「俺も手伝います」

「やらせてください」

「手伝わせてください、アッコさん」

口々に声が上がっていた。

「みんな、ありがとう」

ふと見やると、菅沼と藤見がにやにやしながら目を見交わしていた。社員のほうから声が上がるように二人で仕向けていたのだ。

ひとつだ。花丘製作所はひとつだ。今、一丸となって同じ目標に向かおうとしている。

「だけどアレだな」

仙田が言った。

「アッコさんの描いたその補聴器に行きつく前に、いくつもの壁を乗り越えないといかんな」

「なんだよセンさん、水差すようなこと言うなよ。せっかくみんなで盛り上がってるとこなのによ」

菊本が口をとがらせる。

「いや、センさんの言うとおりだ」

と今度は葛原だった。

「補聴器っていったら、直接人の身体に触れるもんだ。汗もかけば、雨にも濡れるかもしれん。防水性を考えなきゃな」

「防水性か……」

たちまち菊本が困ったような表情をした。

「二色成形《にしょくせいけい》にしたらどうでしょうね？」

無口な土門が、珍しく意見を述べた。

みんなが一緒になって問題解決に当たっている。明希子は嬉しかった。

「二色成形か、確かにそれも一案だな」

と葛原。

「だけどクズさんよ、そうなると四つ型をつくることになるぜ」

仙田がゴマ塩の無精ひげが生えた顎をポリポリかきながら、明希子の背後のスクリーンのほうへと歩いていく。

「ほれ、アッコさんの描いたこの絵だと、花の中心に円形があって、それを花びらが取り囲んでるだろ」

仙田のしゃくれた顎と、花の絵を示す指がスクリーンに影をつくった。

「花びらが白、中心の円が黄色だ。この花をつくるだけで、白い樹脂を注入する一次側の型が一個。黄色い樹脂の二次側が一個必要だわな」

仙田が葛原のほうを振り返ると、

「そうか！」

と納得したように反応した。

仙田が葛原に向かって頷き、さらにほかの社員への説明のために続けた。

「まあ、この花のある側を補聴器のフタとしようか。そうすっと下側、こっちのほうには防水のためにシリコンでシールドする必要があるから、樹脂用の一次側の型が一個。シリコン用の二次側の型が一個。つまり、合計で四個の型をつくることになるってわけさね」

「確かにそりゃ、あまりに工数がかかりすぎるな」

葛原が険しい表情で言う。

「じゃ、オーバーモールドでいきますか」

再び土門がぼそりと提案した。

「ああ、そうなるな」

と仙田は言ったが、なにか引っかかっているようだった。

葛原も、

「オーバーモールドなら、安く生産性も上がるわな。しかし……」

と厳しい表情のままでいた。

ベテラン職人の二人が考え込んでいた。

「なんでえ、なんでえ、クズさんも、センさんも、石みてえになっちまってよ。どうしたってんだよ?」

菊本が業を煮やしたように口を挟んできた。

「うるせえキク、少し黙ってろ」

葛原が言う。

「だって、そうむっつりしてるばっかりじゃ、こっちだってなにも意見が言えないじゃんかさ」

「確かにキクちゃんの言うとおりよ」

明希子が穏やかに間に入った。

「どういうことなのかしら？」

仙田が再び顎をポリポリかきながら、

「オーバーモールドっていうのは、この場合だと補聴器のマイクだのなんだのの機能を樹脂ですっかりくるんじまう工法なんですがね。これが、またちょいと面倒でね。そうだな……」

仙田が少し考え、それから思いついたように小川の顔を見た。

「おい小川、おめえ、パチンコ玉持ってねえか？」

小川が顔を赤くさせた。

「嫌だなあ、もう営業をサボってパチンコ屋になんて行ってませんよ」

以前の失態を蒸し返され、いたたまれないようだった。

みんなもどっと笑った。

「いや、一個くらい引き出しにへえってないか？」

なおも仙田が言う。

それで仕方なく小川も自分のデスクに行って、引き出しの中を探し始めた。

「あった！」

パチンコ玉を持って戻ってきた。

「はい、センさん。でも、言っておきますけど、僕はもうパチンコ屋には……」

「これですよ」

パチンコ玉を受け取った仙田がそれを明希子に示した。

「この試作の第一段階は、こいつを樹脂でぴっちりくるむとこから始まりやす」

4

「パチンコ玉を樹脂でくるむ、かあ」

設計部の隅の席で、夏目は以前のように頭を抱え込みはしなかったが、難しい顔で腕を組んだ。

「パチンコ玉をくるめないで、補聴器の繊細なメカはオーバーモールドできないって、センさんが」

明希子は言った。

するとと夏目が重たそうに口を開いた。

「まず、下型にパチンコ玉を置きますよね。そこに上型が下りてきて、型の中に樹脂が流れ込む。でも、パチンコ玉は底の部分がどうしても金型と接していることになります。すると、そこはプラスチックでコーティングできないんですよ」

「………」

明希子にはイマイチ理解できていない。

「いいですか、ぴっちりとパチンコ玉をコーティングする形状の金型をつくったとします。それでも、金型に当たってる部分は樹脂でくるめなくて、穴があいちゃうんですよ」

「なるほど」

今度は明希子も納得した。

夏目がなおも言う。

「つまりはパチンコ玉を金型の中で宙に浮かせるってこと。そうでもしなけりゃ、すっかり樹脂で包み込むなんてできませんよ」

「宙に浮かせる、か」

明希子は途方に暮れてつぶやいた。センさんとクズさんが厄介そうな顔をしてたわけだわ。これは、とんでもないことに手を出しちゃったかも……

明希子の隣には土門が立っていて、やはり無言で太い腕を組んでいた。

「エアを使うっていうのは？」

と土門が提案した。

「エアを型の中に吹き込んで、それで浮かせるってこと？」

土門が頷く。

「あるいは、磁力を使うか」

と夏目。

「金型に磁気を通すってことね、ホームズ」

「ええ」

「うーん、どちらもなんかぴんと来ないわねえ。それよりも、うちの売りであるサーボを活《い》かしてなにかできないかしら」

そこで一度解散となった。


「パチンコ玉を宙に浮かせる方法か……」

自分の席に戻ってからも明希子は独りつぶやいていた。

「アッコさん、これ、どうぞ」

ルリ子が差し出した箱には、あんこ玉が並んでいた。

「うちの人の実家、老舗《しにせ》の和菓子屋なんですよ」

先日式を挙げたばかりのルリ子が、新妻らしく恥じらいの笑みを浮かべた。結婚式には、穂積や入江田ら吾嬬町内の製造業者で編制したバンド、ファクトリー5が余興で登場し盛り上げた。

「ご馳走《ちそう》さま」

こしあんを寒天でくるんだあんこ玉は、艶々《つやつや》としていかにもおいしそうだった。明希子は振る舞われたあんこ玉を爪楊枝《つまようじ》で突き刺そうとした。

「そう、これよ！」

明希子は思わず声を上げた。

ルリ子がきょとんとしている。

「なんですか？」

明希子は立ち上がると、再び設計部に向かった。

「アッコさん、また面白い型つくったんだって、わはははは」

穂積が嬉しそうに言った。

「すみません、穂積社長。また、試し打ちに協力していただいて」

夏目が台車に載せ、ほづみ合成工業所に運んできたのは二三〇ミリ×一五〇ミリの金型と箱に入ったたくさんのパチンコ玉だった。

「おいおい、今度はなにを始めようっていうんだい？　ははははは」

「パチンコ玉をオーバーモールドするんです」

「ははははは……へ？」

明希子は射出成形機に装塡《そうてん》した金型が温まるのを待つ間に、花丘製作所が新規に取り組んでいる補聴器について説明した。

「パチンコ玉を宙に浮かせる、そりゃ面白い！　わはははははははははっ!!」

やがて、以前トライアルに来た際にも協力してくれた、嶋というひょろりとした長身の社員がやってきて、準備ができたことを伝えてくれた。

「じゃ行くわよ、ホームズ」

明希子が言うと、夏目が頷いた。

射出成形機に装塡された下型の丸い窪《くぼ》みにロボットアームがパチンコ玉を置く、そこに上型が降りてきてパーティングラインを結ぶ。そのあとだ――

「おお！」

穂積が驚きの声を上げた。

シューッ。

サーボが動いた。

下から爪楊枝のような樹脂の柱が伸び、パチンコ玉を押し上げたのだ。

ピシッ。

またサーボが働いた。

「内蔵したカッターが、ピンを切ったんです」

明希子の言葉に、穂積がうんうんと無言で何度も頷いていた。

そこにノズルから高熱の樹脂が噴射され、球形をした型内を満たす。

「パチンコ玉を真ん中に押し上げたピンは、高熱の樹脂に混じって溶けます」

穂積が再びうんうんと頷いていた。

明希子が金型の下に手を伸ばすと、ポトリと四つの丸い樹脂が落ちてきた。それは軍手越しにも温かい。パチンコ玉をオーバーモールドする四個取りの型だった。

「ええっ！　どうしてなの!?」

明希子は呆然《ぼうぜん》と目を見張った。

パチンコ玉はすっかりくるまれることなく、一方に片寄って樹脂の皮に穴があいていた。

「こんなはずじゃ……」

隣で夏目も言葉を失っていた。

「どうしたんだい？　なにがあったのかな？　あっちゃー……」

覗き込んできた穂積が気の毒そうな顔をした。

「こりゃどういうわけかなあ?」

同情したような口ぶりの穂積に、明希子はからっとした笑顔を返した。

「樹脂の流路が一方向だけだったからです。だから、勢いよく噴射された樹脂にピンの上のパチンコ玉が弾き飛ばされてしまったんだわ」

「なるほど、そうかあ。でも残念だったね、せっかくつくった型なのに」

すると夏目が落ち着いた声で言った。

「パチンコ玉の赤道上を扇形に三分割するように、三方向から樹脂を射出させることで、解決できると思います。この扇形の中心角がすべて一二〇度であれば、円周は三つの弧に三等分されて安定するわけですから」

「またやり直すわけか、あんたたち」

穂積が感に堪《た》えないといった面持ちになる。

「ええ」

明希子は明るく応えた。そう、何度でもやり直せばいい。そもそもが、このパチンコ玉をオーバーモールドすること自体が、試作の第一段階にすぎないのだ。

「アッコちゃん、例の補聴器の件なんだけどさ、興味があるって医療機器メーカーが出てきたよ」

電話の向こうで南雲龍介が言った。

「本当ですか？」

「ああ。よかったら、もう少し話を進めてみるけど」

「ぜひお願いします！」

「アッコちゃんにそう言われちゃ、一肌脱ぐしかないよな。それによ、なにしろうちの秘書が頼んだことが発端でもあるしな」

「京子さんお元気ですか？」

「ああ、元気すぎて、こっちも尻をたたかれっ放しだよ」

そう、よかった。京子も元気で頑張っていればいい。そして、小野寺も。美央も。

明希子が家業の型屋の仕事にかかわるようになってから一年が過ぎようとしていた。

「見返りってわけじゃないけど、また一杯付き合わないか？」

「あのもつ鍋、おいしかった」

「今度はもっとシャレたとこに案内するよ」

「そうね」

いいかもしれない。たまには息抜きも必要だ。でも、息抜き、なんてつもりで行っても、南雲との会話は仕事が中心になるはずだ。彼はなにかビジネスのアイディアをくれるかもしれないし、こちらにも情報を求めるだろう。しかし、それもまたいい。

「じゃあ、楽しみにしてっからな」

南雲が電話を切った。

自社ブランド製品開発の道程《みちのり》は長い。でも、一歩一歩進んで、少しずつ不可能を可能にしていくのだ。そうやって生きていく花丘製作所でのこれからの日々が、これまでの日々がどこまでも愛しく思えた。

そして今日も、明希子は営業先に一本の電話をかける。

「花丘製作所の花丘でございます」

謝辞

父が亡くなり、娘が跡を継いで危機に陥った町工場を再建する話――と株式会社NCネットワークの内原康雄社長からアイディアをもらって書き出した物語であったが、花丘誠一は最後まで生命力を発揮した。誠一のキャラクターには『気がついたら失語症―とにかく…しぶとくいこう』の著者、小島恒夫さんの豊かな人柄が反映されている。

株式会社伊藤製作所の伊藤澄夫社長には、フィリピン拠点の工場見学にご招待いただいた。手品の名人、伊澄社長のモデルは伊藤社長である。

取材のアレンジをしていただいたNCネットワークエミダス事業部の金澤亜希子部長のメールアドレスが〈acco@〉であったことが、登場人物の皆が主人公を「アッコ」と呼ぶ小説にしようと意図するヒントになった。

サーボ金型については、株式会社みづほ合成工業所の後藤敏公社長の知恵に頼り切った。後藤社長は作者の無理難題の要求に辛抱強く付き合ってくださった。

そのほか執筆にあたり、多くのプロフェッショナルのお力を拝借した。深く感謝している。作中で事実と異なる部分があるのは、意図したものも意図していなかったものも、すべて作者の責任である。

日本電鍍工業株式会社・伊藤麻美社長
株式会社クライム・ワークス・酒井良之専務
中辻金型工業株式会社・戸谷加代統括部長
第一プラスチック株式会社・松田雄一郎社長
株式会社浜野製作所・浜野慶一社長
HILLTOP株式会社・山本昌作副社長
hakkai株式会社・関聡彦社長
ベノック株式会社・奥田潤社長
株式会社丸山機械製作所・塩川斉専務
株式会社　クロコアートファクトリー・徳田吉泰社長
西京信用金庫本部・秋吉泰郎主任
（肩書はすべて取材当時）

主要参考文献

伊藤澄夫『モノづくりこそニッポンの砦 中小企業の体験的アジア戦略』工業調査会
中川威雄『図解　金型がわかる本』日本実業出版社
森重功一『図解入門　よくわかる最新金型の基本と仕組み』秀和システム
吉田弘美『今日からモノ知りシリーズ　トコトンやさしい金型の本』日刊工業新聞社
廣恵章利、本吉正信『プラスチック成形加工入門』日刊工業新聞社
細川武志『クルマのメカ&仕組み図鑑』グランプリ出版
広田民郎『自動車の製造と材料の話』グランプリ出版
服部和夫『ホンダの新車品質は、こうして創られる』文芸社
ムギ（勝間和代）『インディでいこう!』ディスカヴァー・トゥエンティワン
小島恒夫『気がついたら失語症―とにかく…しぶとくいこう』文芸社
『言語障害のリハビリテーション―失語症患者さんのご家族へ―』埼玉県総合リハビリテーションセンター言語科

第九章で明希子が語る金型への愛は、向田邦子「マハシャイ・マミオ殿」（講談社文庫『眠る盃』所収）をヒントにしている。

解説

細谷正充

「お仕事小説」という言葉が使われるようになったのは、いつ頃からだったろうか。はっきりしたことは分からないが、気がつけば、あちこちで目に付くようになっていた。特に、ここ数年は、エンターテインメント・ノベルのジャンルとして、当たり前のように使われている。そのお仕事小説の世界に、またひとり有望な作家が現れた。上野歩である。

上野歩は、一九六二年、東京都墨田区に生まれた。生家は、プラスチックの成形加工所である。専修大学文学部国文学科卒。一九九四年、第七回小説すばる新人賞を『恋人といっしょになるでしょう』で受賞する。「小説すばる」一九九四年十二月号に載った「受賞のことば」で、

「小学生の頃、アポロ11号が月面着陸に成功したので、『将来何になりたいか?』という質問に、男の子は『宇宙飛行士』と応《こた》えるのがほとんどでした。そんななかにま

じって、『小説家』と、大志があるんだかないんだかわからないことを言っていた僕は、自分の夢にやっと一歩近づけたようです」

と述べているように、作者は早くから作家を夢見ていたようだ。まさに念願のデビューであった。以後、『チャコールグレイ』『朝陽のようにそっと』『愛は午後』と、現代小説を発表していたが、二〇一一年、『鳴物師 音無ゆかり 事件ファイル』でミステリーに挑戦。さらに、二〇一五年に小学館文庫から刊行された『削り屋』で、お仕事小説の世界にも乗り出したのである。本書『わたし、型屋の社長になります』は、それに続く、お仕事小説の第二弾だ。もっとも作品の連載そのものは本書の方が先であり、『わたし、型屋の社長になります』を執筆したからこそ、『削り屋』が生まれたのであろう。その証拠に、どちらの作品も製造業を題材にしているではないか。

とはいっても、仕事の内容は違う。『削り屋』が金属加工会社を舞台にしていたのに対して、こちらは金型製作会社である。さらに『削り屋』の主人公が新米職人の青年だったのに対して、こちらは父親の跡を継いで社長になった女性だ。読み味は、別物といっていい。

広告代理店「ダイ通」の第三営業部副部長の肩書を持つ花丘明希子は、ガイドブックの仕事に燃えていた。部下の佐々木理恵を中心に据えて、ちゃくちゃくと体制を整える。ところが父親の誠一が脳出血で倒れたことで、すべてが変わった。墨田区吾嬬町で金型の受注生産をする「花丘製作所」を営んでいた誠一だが、仕事に復帰するのは無理とのこと。小さいとはいえ、三十人以上の従業員のいる会社をどうするのか。いろいろと考えた明希子は、広告代理店を辞め、「花丘製作所」の跡を継いだ。

ところが最新鋭の機械を入れた製作所は、発注元の都合で大口の仕事を失い、危機に瀕していた。売り上げは半減、借金は三億円。毎月の資金繰りにも苦しむ有様だ。金策に走り回ったり、古参社員が辞めたりと、苦しい状況が続く。だが、悪いことばかりではない。困ったときに手を差し伸べてくれる、人の情けの有り難さを知った。多門技研の小野寺亮という、気になる男もできた。そしてチャンスがやってくると明希子は、製作所の社員たちと共に、困難な仕事にチャレンジするのだった。

本書のメインとなる舞台は、下町の金型製作会社だ。ちなみに金型とは、鍛造に使用される型や、金属製の鋳型、プラスチックの成形に用いる金属製の型などを意味する。作中で明希子が理恵に説明するときに、まず鯛《たい》焼き用の鯛の型の話をして、さらにスマートフォンを取り出すと、

「スマホの外側のケースも、ボタンも、この中に詰まった電子部品も、さまざまな金型から生み出されてるの。テレビも、パソコンも、大きいのなら自動車のボディだっ

て、ありとあらゆるものが金型からできてるといっていいわけ。溶いた小麦粉と餡《あん》の代わりに溶かした金属や樹脂を金型に流し込んでね。この工場では、そうしたいろんな部品の金型を受注製造しているんだ。（中略）うちは樹脂金型——つまりプラスチック製品用の金型が専門なんだけどね」

といっている。まさに工業製品の土台を支える、重要な製造業なのだ。そうした知識は持っていた明希子だが、実際の会社経営については手探りである。しかも製作所は、一歩間違えれば即倒産。目先の金策に走り回るしかない。でも、ここから明希子のキャラクターが、どんどん立ち上がってくる。嫌味な銀行員に土下座までする彼女の行為は泥臭いが、あふれんばかりの熱血がある。そう、熱血こそが、本書の大きな魅力なのだ。一癖も二癖もある製造業の先達に助けられながら、一所懸命に会社を存続させようとする。その過程で金型製造業の面白さに目覚めた明希子の、新たな挑戦と、さらなる未来を切り拓《ひら》こうとする気概が、なんとも気持ちいいのだ。

ちょっと妙な連想になるが、こうした熱血に接しているうちに思い出したのが、昭和の少年漫画である。いや、先に読んだ『削り屋』の影響もあるのかもしれない。『削り屋』の冒頭で、主人公の剣拳摩が金持ちのボンボンに雇われた二十人を相手に喧嘩をするシーンを見て、まるで昭和の少年漫画だという感想を持ったのだ。その感想は、本書に通じるものがあった。もちろん新米職人の拳摩と、会社社長の明希子では、立場が違い過ぎる。だが、どちらも昭和の少年漫画に登場するような熱血系主人公であるのだ。

ならば、こうした人物像は、作者のどこに由来するのであろうか。二〇〇六年に出版されたエッセイ集『ふれあい散歩 じんわりほのぼのエッセイ』を読んで、なんとなく理解できた。生まれ育った東京下町の工場街を原風景とする作者は、人の情けや小さな幸せを大切にする感性を持っている。それは現代でも変わらない。たとえば冒頭に収録された「大根の王様」に出てくる練馬の農家のオジさんなど、まるで昭和の古き良き頑固親父である。なるほど、上野歩は世界や人間を、このように観ているのか。だから、お仕事小説を書こうとすると、仕事に真剣に取り組むキャラクターとなり、必然的に熱血系主人公になるのかと、大いに納得したのである。

さらに金型製作の面白さにも注目したい。経歴のところで触れたように、作者の生家は、プラスチックの成形加工所である。本書の舞台と登場人物にリアリティがあるのは、当然のこと。善人だが旧態依然とした体制に慣れた者。無口で真面目《まじめ》な者。お調子者だが、根が素直な者。自分の会社を潰した過去を糧《かて》に、新風を吹き込もうとする者。同じ製造業仲間として、明希子を導く者。家族のために製作所を辞める者……。もちろんフィクションとしての誇張はあるだろうが、きっと製造業に携わる人はこんな感じなんだろうと、思ってしまうのである。そんな下町の製造業の空気に、明希子だけではなく、読者まで染まっていく。だから、後半の困難な金型製作へのチャレンジが嬉《うれ》しい。試行錯誤を重ねて、より優れた物を造り出していく。これこそ製造業の醍醐味《だいごみ》なのだ。

そしてそれは、作家業にも通じ合う。なぜなら小説も、ワンオフの物造りであり、常に試行錯誤を重ねて、より優れた作品を世に出そうとしているのだから。今、あなたが手にしているこの本が、それを証明しているのである。

ところで本書には、ちらりと〝血美泥〟という族の名前が出てくる。この血美泥、やはり名前だけだが、『削り屋』にも登場するのだ。つまり本書と『削り屋』は、同一の世界を舞台にしているのである。だとすれば、夢が広がる。本書に続き、さらに製造業を題材にしたお仕事小説を、作者が次々と書いてくれないか。そしていつか、すべての主人公が集結して物造りをする話を書いてくれないか、と。二作で終わってしまっては、もったいない。上野歩の製造業ワールドが、どんどん大きくなっていくことを、期待せずにはいられないのである。

（ほそや　まさみつ／文芸評論家）

本書のプロフィール

本書は、株式会社NCネットワークのWebサイト及び『エミダスマガジン』二〇〇六年秋号より連載された『KATAYA　金型屋物語』を改稿し、新たに書き下ろしを加え完結させた文庫オリジナルです。

小学館文庫

わたし、型屋《かたや》の社長《しゃちょう》になります

著者　上野《うえの》 歩《あゆむ》

二〇一五年十月十一日　　初版第一刷発行

発行人　菅原朝也
発行所　株式会社 小学館
〒一〇一-八〇〇一
東京都千代田区一ツ橋二-三-一
電話　編集〇三-三二三〇-五八一〇
　　　販売〇三-五二八一-三五五五
印刷所―――凸版印刷株式会社

この文庫の詳しい内容はインターネットで24時間ご覧になれます。
小学館公式ホームページ　http://www.shogakukan.co.jp

ISBN978-4-09-406227-4